U0944144

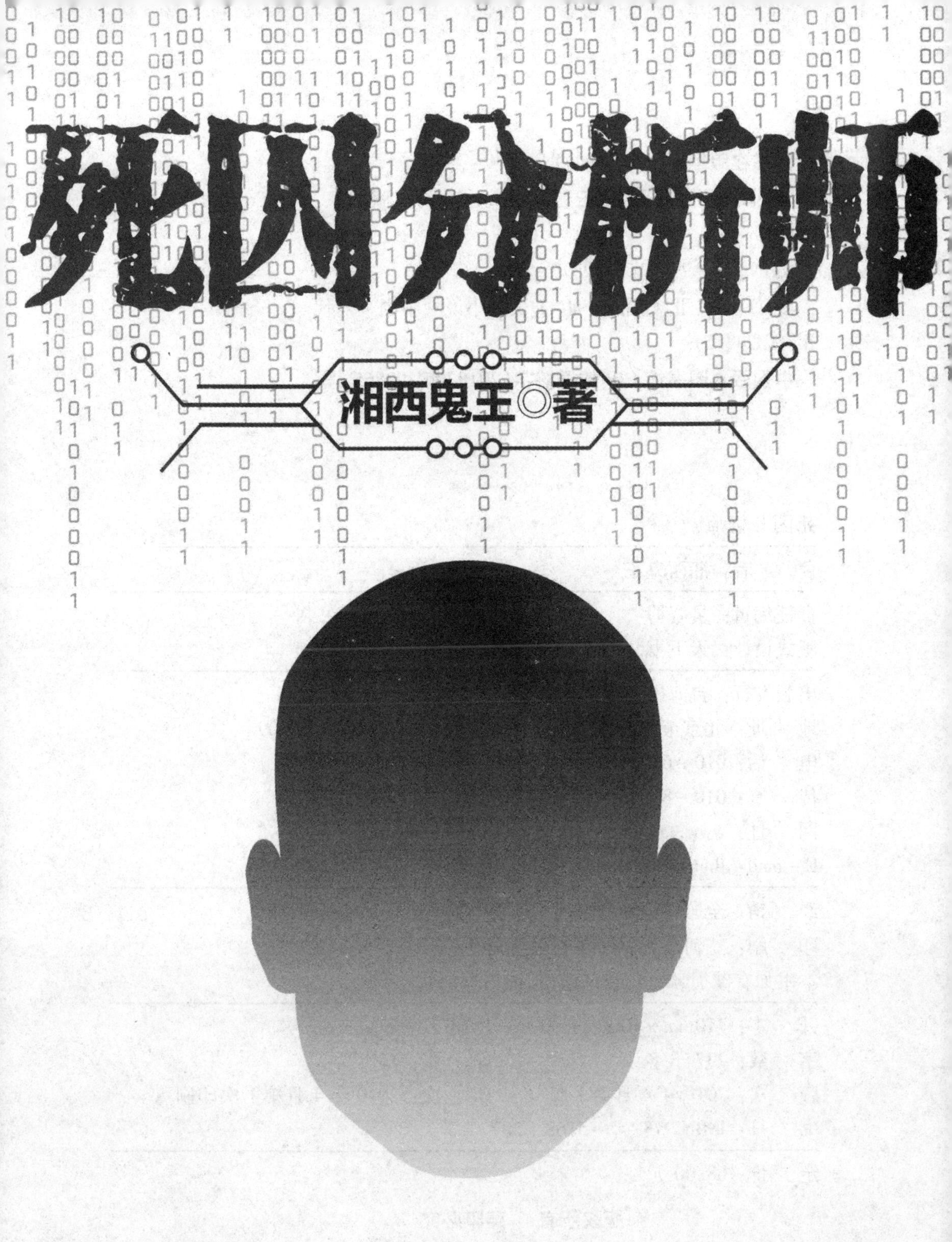

台海出版社

图书在版编目（CIP）数据

死囚分析师／湘西鬼王著.—北京：台海出版社，2018.9

ISBN 978-7-5168-2077-3

Ⅰ.①死… Ⅱ.①湘… Ⅲ.①长篇小说-中国-当代 Ⅳ.①I247.5

中国版本图书馆 CIP 数据核字(2018)第 192865 号

死囚分析师

著　　者：湘西鬼王

责任编辑：员晓博　　装帧设计：天下书装

版式设计：天下书装　　责任印制：蔡　旭

出版发行：台海出版社

地　　址：北京市东城区景山东街 20 号　邮政编码：100009

电　　话：010-64041652(发行,邮购)

传　　真：010-84045799(总编室)

网　　址：www.taimeng.org.cn/thcbs/default.htm

E-mail：thcbs@126.com

经　　销：全国各地新华书店

印　　刷：三河市人民印务有限公司

本书如有破损、缺页、装订错误,请与本社联系调换

开　　本：710mm×1000mm　　1/16

字　　数：237 千字　　印　　张：16

版　　次：2019 年 4 月第 1 版　　印　　次：2019 年 4 月第 1 次印刷

书　　号：ISBN 978-7-5168-2077-3

定　　价：68.00 元

目　录

第一章　**呼救的头颅**　// 001

第一节　夜晚游泳的女尸　// 001
第二节　死因分析　// 003
第三节　恐怖组织　// 010
第四节　钉子户　// 019
第五节　装神弄鬼　// 025

第二章　**叹息之地**　// 028

楔子　// 028
第一节　不好笑就杀死你　// 029
第二节　敲头　// 031
第三节　自杀的公主　// 035
第四节　闹鬼公厕　// 040
第五节　流血的水箱　// 044
第六节　极度侮辱　// 048
第七节　听笑话的怪人　// 053

第八节　李哲的决心　// 059
第九节　真凶现身　// 062

第三章　**双头怪**　// 070

楔子　// 070
第一节　煮脚　// 071
第二节　僵尸　// 072
第三节　血腥油画　// 076
第四节　疯狂医生　// 081
第五节　背尸人　// 084
第六节　六峰山路 15 号　// 088
第七节　凶宅之内　// 094
第八节　“血爷”门徒　// 098
第九节　恋足癖　// 103
第十节　无痛之人　// 109

第四章　**白斩肉**　// 115

楔子　// 115
第一节　无牙老太　// 116
第二节　分尸疑案　// 118
第三节　陌生的情人　// 125
第四节　白斩人肉　// 132
第五节　人食狗　// 136
第六节　电锯黑手　// 142

第五章　**红衣男孩**　// 150

楔子　// 150
第一节　闹鬼之月　// 151

第二节　小偷金三毛　// 154
第三节　梦游“杀手”　// 158
第四节　复活的嫌犯　// 162
第五节　诡村挖坟人　// 167
第六节　黑暗工匠　// 172
第七节　真相大白　// 177

第六章　**招灵**　// 183

楔子　// 183
第一节　轻度偷窥欲　// 184
第二节　无解之状　// 187
第三节　碟仙杀人　// 191
第四节　非常审讯　// 199
第五节　杀子内情　// 203
第六节　真正的主谋　// 208

第七章　**白骨床**　// 215

楔子　// 215
第一节　白骨床　// 216
第二节　职业乞丐　// 218
第三节　监狱诡案　// 220
第四节　马小然的秘密　// 224
第五节　“天眼”神算　// 227
第六节　失踪的美女　// 229
第七节　血宴　// 232
第八节　逃出生天　// 239
第九节　弃暗投明　// 243

第一章

呼救的头颅

第一节　夜晚游泳的女尸

西营市有一段河口，那里是母亲河的入海口。每当汛期来临，河水犹如战场冲锋的千军万马一般，气势万钧地冲入大海之中，汇集成一片汪洋之水。暴怒的河水是不可阻挡的，任何东西落入其中，都会被汹涌的河水卷裹其中，瞬间踪影全无。

不过暴怒的河水也有安静的时候，除了冬季的上冻期，只要不是七八月份的汛期，河水总是温驯得犹如刚出生的小猫悄无声息地流淌，加之河道两边水汽蒸腾的环境，所以植被生长得极其茂盛。这里是年轻人的天堂，他们喜欢来这儿踏青、玩闹、谈恋爱，这里也能算是西营一景。

王川是西营某大学的大二学生，五月的一个晚上，他和三个朋友喝多了酒，回校时路过此地，忽然想撒尿。

同伴提议，应该“射入”河水中，那片辽阔的大海中就会有他们一份“贡献”，这个提议立刻得到了所有人的赞同。四名青年一字排开站在河岸上，高唱着《再别康桥》，比谁尿得更高更远。然而就在一片嬉笑声中，站在最左边的李渡忽然说道：“好像有人在喊‘救命’。”

“你酒喝多出现幻觉了？”站在他身边的刘成举嘲笑道。

“你们别说话，仔细听。”李渡说道。

另外三人见他的样子不像是开玩笑，便各自收声，细细聆听。果然，静谧的夜色中，一个女人呼喊“救命”的声音隐隐传来，四人立刻警惕地往上游望去。皓月当空，河道旁又是路灯林立，所以视野不是问题。一会儿工夫，果然一个女人在水里打着圈从上游漂下来，满头长发漂散在水中，在月光下很显眼。

四名醉醺醺的大学生顿时酒醒了一半。来不及多想，王川立刻说道：“赶紧救人。”说罢他便跳进水中。

五月份的河道口水流平缓，深度也只有五六米，对于一个水性好的人而言，这就是个水流量稍大的游泳池，所以不光是王川，其余会水的人也跳进了河里。只有刘成举没下去，因为他是个旱鸭子，但他也用力掰了一根粗长的树枝，以防意外发生。几个人很快便在河道中形成了一道“人墙”，而女人依然是打着转漂浮而来。

这时，李渡忽然觉得有些奇怪，他大声道：“不对呀，这女人不管距离远近，怎么呼救的声音一直都是一样高低，一点儿变化都没有？”可惜另外两人正忙着往前游泳救人，根本就没有听到他的提醒。

很快，水性最好的王川首先接近了女人，他展开双臂将女人脑袋搂进怀里，然而没见他怎么费力，就将女人的脑袋一下从水里拎了出来。

王川这才发现，水中“长发飘飘”的女人只剩下了脑袋。与此同时，夜色中忽然传来一阵尖利的笑声，犹如鬼魅一般。王川顿时吓得大呼小叫起来，他忙不迭将女人头颅丢回水里，甚至连划水都忘了，被水流冲得向后而去。

水中的人一旦乱了阵脚就会下沉，王川再好的水性也无法避免，他几下沉浮后腿便抽了筋，这下他更慌乱了。万幸水里还有个“学生会主席”，李渡在极度慌张之下，还是将腐败的女人头颅丢上了岸，接着与同学合力将王川从水里拉上了岸。

四个筋疲力尽的大学生离女人的头颅远远坐着，十分钟后，警察赶到现场。四名大学生互相依偎着进了警车，也不知是因为害怕还是寒冷，四人在开着空调的警车里瑟瑟发抖，王川更是泣不成声。

第二节　死囚分析

“你确定自己没有听错？那颗高度腐败的头颅，居然发出了呼救声？根据警方的尸检报告，死者死亡时间至少是在五天前，你却在昨天晚上听到了她的呼救声？”

做笔录的警员觉得，这几个大学生是不是吓傻了？但四人异口同声地说，自己肯定没有听错，而且他们不但听到了呼救声，在王川将头颅举出水面后，四人还听到了笑声，如果说呼救声还有些隐约，那么笑声则是无比清晰的。

黑暗的夜色中，那条西营人无比熟悉的河道中，一个女尸的头颅漂浮在水面上，还发出呼救声，如果不是真见鬼了，那就是他们在说鬼话。可是看四个人的反应，他们似乎没有撒谎。

当然，心烦的绝不只有警员，南水分局的邝有才副局长比他们更心烦，因为这起莫名其妙的案件就发生在他的辖区。而且，在这个时候，他还接待了一组莫名其妙的“钦差”。他们是公安部派下来的三位调查员，要提审一名已定死罪、即将行刑的犯人，而这名犯人正是这位邝副局长亲手逮捕的。只是在破案过程中，让他心里没底的是线人，他也无法百分之百地确信线人给出的消息，万一这个案子中线人提供的线索出了问题，他这个副局长面临的可是前途尽毁的风险。想到这儿，他立刻拨通了线人的电话：“你给的消息准确吗?”

“我敢骗您局长大人吗?”

“如果没有问题，上面为什么会派工作组下来调查我?”邝副局长觉得自己居然被一个小流氓给耍了，感到越来越愤怒，说话没了章法。

“您可别吓唬我，因为这宗案子调查您?”

“废话，他们来这里点名就是为了吴宗伟，不是这宗案子出了问题，还能为什么?”

电话那头沉默了，邝副局长内心愈发慌张不安，说道：“你小子给的线报是不是有问题？我要是被你坑了，你也别想好过。”

“别，您别发火成吗？这件案子百分之百和吴宗伟有关系，我、我是和他老婆有一腿，听他老婆说的。”

邝副局长一听这话，更是恼火到了极点，骂道：“你是不是栽赃陷害吴宗伟，好和那娘们混在一起?”

“您能不能冷静一点儿，我就是有天大的胆子，也不至于为了一个女人冒这么大风险，吴宗伟真的杀了杨凯，我敢肯定。”

吴宗伟的这个案子其实一点儿也不复杂。一年前，本地两大流氓团伙为了抢夺地盘火并，吴宗伟是一方老大，他亲自带人埋伏对方老大杨且，不过该打的没打到，他把容貌和杨且极其相像的同胞兄弟杨凯给砍死了。杨凯是当地中学的副校长，所以案件性质之恶劣可想而知。不过邝副局长很快就通过线人知道了杨凯的真实死因，所以吴宗伟被抓捕归案，他也没有否认，痛快承认了罪行。

由于一举捣破两大流氓团伙，短时间内破获性质恶劣的凶杀案件，原本任刑警队副队长的邝有才，连升两级跃居副局之位，真可谓风光得意，前途不可限量。没想到才过了一年，高层便派调查组下来翻查此案了，邝副局长内心的怀疑和害怕可想而知。

而现在同事们看他的眼神也有些古怪，本来他周围全是羡慕的眼光、奉承的话语，如今同事们看到他，似乎全都商量好了一般，有些局促、尴尬，想和他打招呼，却又刻意保持距离。难道他们全都知道了答案，只有自己还蒙在鼓里？

越想越是心烦，邝有才为此寝食不安，短短几天便瘦了六七斤。所以当调查组真的来到自己面前时，他反而有一种即将被“解放”的轻松感，反正是死是活的给个话，总比整日活在忐忑中要强许多。

调查组一共有三人，其中一人的名字叫秦老鬼，而这居然不是外号，他名叫老鬼，身份证上的姓名就是“秦老鬼”三个字。还有两个年轻人，姑娘叫文艳丽，青年叫马三平。因为是公安部派来的专员，级别上比市立分局的职务要高几级，所以分局一众领导都参与了迎接工作。

吃过饭，局长意味深长地看了邝副局长一眼，说道：“不知道三位领导为何要提审吴宗伟，他的案子早结了？”

秦老鬼笑道：“我当然知道。况且如果不是板上钉钉的死因，也轮不到我们跑这一趟。您也不用多想，这宗案子办案过程肯定没有任何问题，我们也不是来为谁翻案的。不过据我了解，吴宗伟是邝副局长亲手抓捕的，所以有些问题我想和邝副局长聊聊。”

“那你们聊，我就不打扰了。”局长很识相地退了出去。

邝副局长只觉得自己心跳剧烈，手心全是汗。秦老鬼觉察到了他的不安，笑道：“邝副局长不用多想，这件案子不存在工作上的疏漏，否则来找您的肯定不会是我。不过我还是想问一个问题，对于吴宗伟这个犯人，您有多少了解，因为我知道，您和他都是土生土长的西营人。”

邝副局长有些不太明白此人的用意，答道：“我知道他，完全是工作上的原因，这人是西营市名气很大的流氓团伙的头目，因为他的活动范围在我的辖区，所以多年来一直是我重点打击的目标。”

“那么您觉得，这人的性格如何？”

“阴险毒辣。他的父母都是知识分子，所以文化程度较高，看表面很难相信他是个流氓头子，属于比较会隐藏自己的那类罪犯。”

“嗯，与我这边的判断高度一致。”

“他的案底我掌握得很清楚，这人是个惯犯，但他重大的犯罪案件我们都已经掌握，除非是一些打架斗殴的普通刑事案件，有可能会被忽略。”

听罢，秦老鬼皱着眉头思索片刻，才说道：“我需要与这个犯人见一面，您能安排吗？”

调查组来之前，相关的介绍资料便由省厅发给了分局，一切工作必须配合支持，邝副局长不能拒绝。话说到这份上，邝副局长隐约感觉到，三人此番前来的真正目的，还是因为吴宗伟的过往，和自己并无多少干系，想到这儿，他终于放下了连日高悬的心。可是，这些人是如何怀疑到吴宗伟头上，而来此对犯人展开调查的？难道“高层”在全国各地都有信息网络？

想到这儿，邝副局长只觉得背后一阵发冷，幸亏自己没做过亏心事，否则说不定哪天就被严打侦办了。

经过预约，一天后，在西营第二监狱的审讯室里，两方的人面对面坐着，邝副局长作为吴宗伟的“老对手”，也有幸陪坐一旁。

“吴宗伟，1972 年生人，持械致人死亡，被判死刑，四天后执行，对吗？”秦老鬼今天戴了一副厚如酒瓶底的眼镜，提出问题后直愣愣地盯着死囚。

“没错，可惜没干掉杨且那个王八蛋。”吴宗伟一副满不在乎的模样。

“你们之间的争斗，却杀死了一个毫无干系的人，对此你心里愧疚吗？”

“愧疚？我为什么要愧疚？杨凯暗地里没少帮他哥哥对付我，干掉这小子也算他活该。”

“对于即将到来的死刑，你害怕吗？”

“我们这种人就是挨枪子儿的命，要是怕，也不会出来混。”吴宗伟紧握双拳，愤怒地大声嚷嚷，看表情，他似乎觉得是受到了侮辱。

“是吗？看来吴老大还真是位视死如归的汉子。”秦老鬼说话时脸上挂着一丝狡黠的笑容，他弯腰从地下拿起一部高清摄录机，仔细看了一会儿，然后将视屏一面转向吴宗伟，说道：“我学过人体行为学，所以我知道，人最诚实的身体部位不是嘴，也不是脸部透露出的表情，而是人的腿和脚。比如说性格狂傲的人，坐下后会叉着腿，性格轻佻的人会时不时抖动某一条腿。但最准确的还是害怕的反应，这时双腿会不受自己控制地颤抖，不知道你的双腿是否属于颤抖的范畴？”

不等吴宗伟反驳，秦老鬼又指着他的双脚说道：“而你也意识到了这一点，所以不停挪动双脚，想寻找一个让自己更舒服的坐姿，控制双腿的抖动，却有些力不从心。我奇怪的是，如果你真如自己所言并不畏惧死刑，那你究竟害怕什么？”

吴宗伟听了这话，脸上肌肉忽然抑制不住地抖动了几下，接着两道眉毛挤在了一起。秦老鬼仔细观察着他的表情变化，并没有说话，屋子里一时安静得出奇。过了一会儿，吴宗伟深深吸了口气道：“好吧，就算我害怕了，那又怎样？我已经被判了死刑，害怕当然是正常的反应。”

秦老鬼将录像调回他面部肌肉抖动的那一段，开始慢动作播放，然后说道：“当你两道眉毛挤在一起时，这种表情是典型的恐惧表情，害怕与恐惧不是一回事。我试着解读一下你现在的心理状态：你害怕即将到来的死刑，由此产生的不安情绪导致双腿不停抖动。不过害怕与恐惧绝不是同一种类型的心理活动，到底是什么原因，让你在死囚牢里还如此没有安全感？”

听了这话，吴宗伟双臂紧紧抱在胸前，身体后仰，一动不动。自此之后，无论秦老鬼说什么，吴宗伟一个字也不说，就以沉默对抗。到了这份上，傻子也能看得出来，他身上肯定另有隐情。

四人神色匆匆地走出监狱，秦老鬼对文艳丽说道："立刻找出所有能找到的与吴宗伟有染的女人资料。"他又对马三平说道："你去调查吴宗伟的家人，搞清楚他们的收入状况。"

邝副局长不明白这些信息与破案到底有怎样的联系，便问道："领导，这人到底是怎么回事？"

"我基本可以断定，这人隐瞒了一宗比杀人更为严重的犯罪行为，因为他最后的身体行为，很明显是一种保护自己的状态，这说明我的问题让他心里觉得不安，所以才会下意识做出保护自己的动作。看来他是想把这个秘密带进棺材里，反正也是一死，说不说都无法改变最终结果，但是我们必须把他内心的这个秘密挖出来，否则很可能会造成更为严重的后果。"

"您这种分析人下意识动作的手段，是称为微表情捕捉的侦查手段吗？"

"没错，我是学人体行为和犯罪心理学的，所以对于微表情有一定的研究，我认为面对一个罪犯，根本不可能去听他说的话，观察他们下意识透露出来的行为动作，可信度更高。"

"可是您怎么会查到他的头上？是线报吗？"

"当然不是线报，我们这行不存在线人。待会儿你就知道是怎么回事了。"

车子风驰电掣地回到了市局，秦老鬼没有丝毫停歇，麻利地走到他开来的那辆"依维柯"前，打开后门，只见车子里放满了电脑和通信仪器，似乎就是一个功能完备的移动指挥所。

秦老鬼等邝副局长上车后，关上车门，打开电脑，程序运行后，他输入了工作号码，又对眼球和指纹进行了扫描，确认后才进入了系统。那是一个类似于DOS的系统，黑乎乎的屏幕上只有左下角闪烁着一个亮点，秦老鬼输入“吴宗伟”三字后，弹出了类似于文档类型的界面，上面详细归类了吴宗伟的审判材料、个人资料和一个名为“判断小结”的文档。他打开“判断小结”后，只见上面记录着：

吴宗伟属于典型的A型血罪犯，心理抗压能力强，个性狡猾多疑，心狠手辣，不过这种罪犯特别容易对强者屈服，当他遇到犯罪手段更高明或是更为庞大的犯罪团伙时，会产生崇拜心理，所以容易被人利用。而吴宗伟个人以及家庭的财务状况，与他罪行记录中的非法所得有巨大差距，并且与之交往过的女性，超过半数以上比例其家人都报过失踪案件，所有失踪人员至今下落不明，其隐瞒过往罪行的可能性高于百分之八十，建议重新立案调查。

“您是怀疑，他把自己的女人卖了?”邝副局长觉得简直匪夷所思，吴宗伟说起来也算是为恶一方的流氓头子，他居然会去做拐卖妇女的勾当?

“也未尝不可，否则很难解释经济收入上的差距和女人失踪的关联。”

或许是系统判断出了问题?邝副局长心里这么想着，嘴上却问道：“这是您的调查总结?”

“这是系统调查后的总结，我是根据它的总结，决定是否要对吴宗伟继续展开调查。网络时代一个最大的好处就是信息共享，而死刑是需要最高法院核准的，这就意味着各地死刑犯的资料是统一管理，而我们就是死刑犯数据库的分析员。因为我们开发出了一套程序，这套程序能根据死刑犯的血型、犯罪手段等所有个人信息，对其做二次判断，判断死刑犯是否存在隐瞒过往犯罪行为的可能性。因为根据统计，绝大部分死刑犯都是惯犯，他们在走向生命终点时，往往身负累累重罪，所以我们要保证每一个死刑犯不存秘密地踏上地狱之路，除了给那些被害者一个交代，也必须抓住所有负罪却逍遥法外的罪徒。”

第三节　恐怖组织

“真没想到，咱们公安系统里居然还有这样一个部门存在，我真是孤陋寡闻了。”

“事实上，绝大部分同行都不知道我们的存在，除非有过合作的。您问为什么会把目标放在吴宗伟身上，其实这是系统综合分析后得出的结果。每天有近千人被判死刑，系统会自动甄选嫌疑最大的罪犯，并将结果提供给我们。”

“居然还有如此神奇的软件，我听着简直就像先知一样。”

“从功能而言，它确实具有预判能力，但和先知不同的是，软件的判断依据来自于真实的资料和数据。比方说，系统之所以选择吴宗伟，就是他的收入和消费差别过大，根据犯罪记录，吴宗伟被查明的非法所得是五百三十万左右，且不说他分给手下的部分，光是在他名下各地刷卡的消费记录，还有转账的金额，以及被你们冻结的资产，加在一起，已经超过三千万。两千五百万的资金缺口可不容易弥补，所以必须搞清楚这两千五百万的资金来源。”

“我明白这套软件的运作方式了，确实非常有道理。所以我们需要做的，就是根据你们提供的线索去调查，将可能存在疏漏的案情彻底做个了结。”

“没错，世上任何一件事情的形成，总是由许多元素和片段组成的，就像电影图像是由一帧帧图片组成的道理一样，而再谨小慎微的罪犯，作案过程中都难免会有一两帧的图片脱落，这些细微的线索如果依靠人力去搜集确实比较困难，而电脑却可以处理大量信息，而且不会有丝毫疏漏。人能想到，电脑能做到，两者的结合，自然天衣无缝了。”

“太精彩了，诸位居然能设计出这样的系统，我非常敬佩。”

“您过奖了，不过这套软件还有一个特殊的功能，这在我们设计软件之初都没有想到，是进入试用阶段后才发现的。就是这个软件能根据一个案件中的少量线索，不断搜索并挖掘可能存在的线索，给警方破案提供帮助。这一功能实现的原理，其实和挖掘死囚身上隐藏的犯罪信息是完全一样的。”

“也就是说，这套软件能用到一些看似毫无线索的案件上，利用系统强大的网络搜集、综合分析信息的功能，寻找筛选一切可能和案件相关的信息，对吗？”邝副局长的心情顿时激动起来。

“没错，邝副局长的理解能力确实很强。”秦老鬼露出一丝欣慰的笑容。

“实不相瞒，我们这儿刚发生了一起看似非常诡异的案件，目前我们还没有掌握任何有价值的线索，您能用这套软件帮我们分析一下吗？”

“您早说啊，这本来就是我们工作的一部分，能详细介绍一下案情吗？”

邝副局长就将“夜晚游泳的女尸”案的来龙去脉详细讲了一遍，又说道：“我们现在大致的判断，除了闹鬼，正常情况下不可能发生这样的情况。”

“千万别说闹鬼，我这人啥都信，就是不信鬼神。就算真有鬼神，也不可能害人，害人的只能是人。”说罢，秦老鬼仔细想了想，又说道，“这样吧，您提供一张女尸的头部照片，咱们先用修复技术模拟出死者的样貌，然后再以此作为切入点，调查死者的相关信息。”

秦老鬼将死者的照片扫描入电脑，程序开始比对颅骨，并按照人体的正常比例，修复模拟出受害者原本的五官，不一会儿，一个真人比例大小的头像就出现在屏幕上。接着，系统接入信息库，筛选出信息库中符合五官比例的人，这一过程耗时比较长。中途外出做调查的两人先后回来汇报结果，吴宗伟前前后后与之发生关系并能问出的女性至少有十七人，其中十四人莫名失踪，剩下三人中一人是他的原配妻子，一人早年遭遇车祸身亡，还有一人“幡然醒悟”，很早就离开了吴宗伟，跟当地一名工程人员结婚搬去了外地。

秦老鬼将资料放在邝副局长面前，说道：“十七个人只能算是最保守估计，我相信，与吴宗伟交往之后失踪的女人绝不止十七个，而这与他巨额资金的来源是否有联系，必须深挖到底。”

邝副局长翻看到其中一人的照片后，表情有些古怪地说：“这人不是陈晓菊吗？她没失踪啊。”

“您认识她？”

“当然认识，她和我老婆是一个学校的老师，应该是教小学英语的，前天我去学校时还见到她呢。”

“会不会是她和失踪人外表相像，或是她还有同胞姐妹？”

“要不我这就去问问，您稍等。”邝副局长打过电话后，回复道，“她不认识吴宗伟，也没有同胞姐妹，看来就是长得像而已。”

思索了一会儿，秦老鬼说道：“这可真是天助我也。邝副局长，咱们得演一出戏给吴宗伟看了。”

“没问题，只要您有计划，我尽全力配合。”

计划也不复杂，就是拍了一些秦老鬼和陈晓菊坐在一起聊天的侧脸照，经过图像处理，她与失踪的女人几乎是难以区分了。于是秦老鬼带着这沓照片，又坐在吴宗伟面前，说道：“给了你这么长时间考虑，就是希望你能够自己坦白，政策不需要我再解释了，你自己把握。”

吴宗伟苦笑道：“反正都是一死，我没什么可说的。”

“你怕对方对你的家人实施报复？可是你想过没有，那些被你伤害的女人，她们的家人有多痛苦？”

吴宗伟的表情明显惊了一下，立即矢口否认道：“我根本就听不懂你在说什么。”

“你真不懂也好，假不懂也罢，我劝你一句，既然已经到了这份上，还是给自己积点儿阴德吧。”

说罢秦老鬼从口袋里掏出那沓照片，扔在他面前，吴宗伟的表情愈发慌乱，他胸膛剧烈起伏着。邝副局长将那些照片一一摆放在他面前，说道：“事实俱在，难道还需要我们把所有掌握的事实都说出来？我警告你，吴宗伟，千万不要心存侥幸，我既然能将你抓获归案，就能搞清楚你的老底。”

看样子吴宗伟已经处在崩溃的边缘了，他紧紧闭上眼睛，居然有泪水从眼角流出，能让一个做了半辈子错事的混蛋流泪，说明这件事必定让他的内心极度纠结。秦老鬼从怀里掏出最后一张照片，放到他面前道：“你看看这个人。”

吴宗伟睁开眼睛看清楚后，身体剧烈抖动起来，有些失态地说道：“这不可能，这根本不可能，你们根本不可能找得到她。”

“你凭什么说我们找不到她？你知道她去了哪里？”

“你们、你们根本就不知道那是一群怎样的人，被他们抓走的女人不可能完整地回来，根本不可能！”吴宗伟最后一嗓子似乎用尽了所有力气，整个人往椅子里缩回去，满脸恐惧表情。

“可她就是回来了。吴宗伟，你为了一己之私，将这些和你有肌肤之亲的女人卖出赚取利益。亏你能做出这种狼心狗肺的事情，混世的人至少还讲义气，你却连猪狗都不如。”

“是，我是猪狗不如，可到了这份上，我也没有办法。如果我不做这件事，他们就会杀了我全家，我压根儿就没有路可以回头。”

“你还有的选择，说出这些人到底是谁，至少还能救出一些人。人之将死，其言也善，你为什么连死都要如此心狠?”

“不是我不说，而是说了也没用。如果我告诉你们，不但抓不到这些人，我一家老小都会被杀死。你们没有见过这些人，不，他们根本不是人，他们就是魔鬼!”说到这里，吴宗伟的状态已近乎癫狂，监狱为了保险起见，将他押了回去。

“妈的，这王八蛋，死都不肯吐露实情，看来他所隐藏的犯罪行为很严重。”马三平拍着桌子，气咻咻地说道。

“是相当严重。”秦老鬼皱着眉头道，“我有预感，吴宗伟背后的犯罪团伙所犯下的罪行，可能是近年来罕见的，这一趟没有白来。”

邝副局长又激动又紧张，如果这个案子也能在他手里了结，那他岂不是要坐上市局局长的宝座了。可是吴宗伟宁死不愿吐露实情的态度，也让众人感觉毫无办法。

回到车上，系统比对的女人照片已经出来了，相关资料也整理得清楚详细。女人叫王丽云，西营市大区乡人，这个地方位于西营市城乡接合部，所以距离出事河道也不算远。王丽云今年三十五岁，系统给她的分析小结是心地善良、性格要强、没有过往犯罪记录，可以排除仇杀的可能。不过系统随即又给出了一个男人的照片。

邝副局长一见这张照片，眼都瞪圆了，问道：“这是什么意思?难道系统判断他是凶手?”

“系统给出的照片未必就是凶手，但和受害者肯定有某种联系。这人你认识?”

“当然认识，他叫苟云伟，是宜居房产的老总，宜居房产在西营也算是明星企业了，而且我们在小学、中学时都是同学。”

“我看看系统是如何得到这张照片的。”秦老鬼点开信息资料，只见系统给出了非常详细的获得苟云伟信息的路径。原来，在半个月前，王丽云曾打电话报警，说宜居地产纠集了一群社会闲散人员威胁并殴打她，系统正是检索到了这条备案的信息，所以给出了苟云伟的照片。

“我想起来了，大区乡那边正在搞商业开发，住户与开发商之间肯定会有利益上的矛盾冲突。”

“你觉得他们有可能为这事杀人吗?”

“绝对没可能，拆迁谈判无非是利益的事情，多一点儿少一点儿也不会伤筋动骨，可杀人就不一样了。苟云伟现在怎么说也是个亿万富翁，为了一个项目去杀人？我觉得他应该不会傻到这份上。”

“或许是他手下的工作人员操作失误导致的惨剧呢。我觉得这条线索是非常重要的，完全可以顺藤摸瓜地查下去，至少是个调查的方向。”

“倒也是，这条线索确实非常重要，我先谢谢您了。”

“没事，你忙你的，吴宗伟这边就交给我了。”

邝副局长随即开着车子离开了。

然而离吴宗伟的行刑日期只有三天了，如果三天之内他还是死都不肯说，那么这个可怕的犯罪团伙的这条线索就将彻底断绝，除非他们再度犯案。

然而就在死囚分析师们一筹莫展之时，邝副局长回来后却给了他们一条非常有价值的线索。线索来自于他的线人——那个出卖了吴宗伟、并且和他老婆有一腿的线人，当日受到了邝副局长的“责备”后，这个线人一直惴惴不安，而邝副局长后来虽然知道调查组来此的目的并不是针对自己，却没有告知对方这个消息，所以连日来生活在揣测中的线人愈发紧张。他不停地在吴宗伟老婆那儿询问调查与吴宗伟有关的所有信息，不过除了确定吴宗伟是个流氓头子之外，再没有获得任何有价值的线索。

不过这个线人的“责任心”确实很强，他趁吴宗伟老婆不在家时，把屋子从里到外翻了一遍，终于在一部照相机里发现了一些照片，于是第一时间送到了邝副局长手上。

照相机里储存的照片简直让人无法直视，只见每一张都是一个外形极度恐怖的人，但是无论多么奇特的外形，有几点是相同的：这些人都没有四肢，没有双眼，耳朵、鼻子全都被割掉了，浑身毛发都被剃得干干净净，就像是传说中的“人彘”，而且从裸露的身体来看，这些人全部是女性。

不同之处在于，这些女人的身上有的文满了各式各样的文身，有的则被插入了各种样式古怪的饰品。总之每一张照片都是极度残忍，十分诡异。

文艳丽才看了一眼，就扭头出了房间。秦老鬼看完后说道：“惨不忍睹，骇人听闻，我本来以为吴宗伟只是个人贩子，现在看来，还是把他想得简单了。”

之后便是用系统进行五官复原，照片比对很快出来后，虽然众人已经有了心理准备，仍不免感到心惊。那些外形恐怖、遭受了难以想象的迫害的女人们，果然都是和吴宗伟有过关系又失踪的那些女人，其中就有和那位英语老师外形相似的女人。

秦老鬼气得抑制不住地浑身发抖，说道：“这王八蛋，我真恨不能立刻就宰了他，玩弄女性也就算了，至于要把她们残害成这副模样吗？”

邝副局长也意识到了情况的严重性，立刻向上级汇报，申请再度提审吴宗伟，还有他的老婆。

提审时，当这位“老大”看到这些无法抵赖的证据，他居然喷了一口血。狱警起初还以为他是咬舌自尽了，经过检查才发现他就是喷了一口血。

秦老鬼冷冷地说道："你就是把内脏全喷出来，也得交代清楚这一切到底是怎么回事。"

或许是因为证据确凿，或许是因为面对着这些血淋淋的照片吴宗伟良心发现，这次他没有继续抵赖，只是叹了口气道："我可以交代清楚，但是你们得保护我的家人，得让他们搬离这座城市，我的儿子要让他改姓，总之不要让他们和我有任何关系。如果能答应这个条件，我就把所有知道的事情都告诉你们。"

"你说，我们有义务保证证人家属的安全，所以这些事情你尽管放心。"

"其实这些到底是什么人，我到现在都不知道，之所以会介入其中，是因为赌博。我这人好赌，有一次把钱输得干干净净，还欠了几十万，当时又急等着用钱，赌场老板让我用女人抵债，一个女人给我五十万。起初我并不知道他买女人的用意，以为只是卖去山村给人当老婆……"

"你觉得，只是拐卖妇女，一次能卖到五十万？在利益面前，你连最基本的判断能力都没有了。"秦老鬼鄙夷道。

"没错，我当时已经穷疯了，听说一个女人能赚这么多钱，我当晚就把和自己有关系的鲁靖交给了他们。这些人胆子真大，开车过来就把鲁靖给抓走了，并且当场就给我一个装五十万现金的皮箱。我也是被钱财冲昏了头脑，又卖了和自己有关系的两个女人，抓她们两人的手段我想想就害怕。马青青是独居，所以这些人在她门口放婴儿啼哭的录音，把她引出来之后，直接砸晕带走。郁知非是在百货大楼女厕里，被他们伪装的清洁工迷晕后，藏在垃圾桶里带走的。我干了三次之后，就忍不住问上线，抓这些女人到底干什么用，他就给我看了一组恐怖的照片，就是你们见到的这种。据他说，东南亚某个国家专收女性，并将她们的身体、身体……伤害得不成人样，之后会带着受害人，在世界各地的地下黑市展览，同时也售卖人体器官，所以这个犯罪团伙会以极高的价格大量收购女人。而对于人种的选择，东亚女性和东欧女性是最受欢迎的，因为前者性格温柔，后者皮肤白皙，所以价格也比其他地区的女性要高。我也是狼心狗肺，赚到了钱就再也拔不出来，这事就一直做到现在。当然我也退出不了，因为一旦进去了，就别想再出来。我曾经想过收手，但同样有个做这事的人，满一年没提供女人，第二年新年刚过，他们全家人就一起被煤气熏死在屋子里。那些人特意把出事的照片和注解发给我，说如果超过一年不提供活体，下场就会和那家人一样，而这宗灭门案，到现在都是以意外死亡处理的。”

众人无不听得目瞪口呆。邝副局长说道：“姓吴的，你们这些人下辈子投胎就该当头牛，给人犁一辈子地，到老了干不动了，再被千刀万剐地吃下肚。”邝副局长如果不是因为过于恼火，是不会如此失态的。

“无论受什么样的报应，我都认了，只要我的家人不受到伤害就成。”吴宗伟垂头丧气地说道。

“立刻把接头人的地址给我。”

“没用了，那人早就被干掉了。上次东方商城枪击案，被打死的那个人是我的上线，一直都是他和我联络的，如果我没有被抓，新任的接头人肯定会联系我，现在是没可能了。但是有一点我可以确定，这个组织绝不是抓住某一个下线就能展开调查的，所以想彻底解决这些人，根本没有可能。”

“这就不用你操心了，你有找到联系人的办法吗?”邝副局长问道。

“没有，不过我知道在这里和我做同样买卖的人，通过这些人，应该能找到新的联系人。”说罢，吴宗伟将他知道的“同行”资料都写了下来。

“真搞不懂，这世界上居然有做这种生意的人。您说这些人是不是疯了？”马三平说道。

“知道要钱，精神就还没有问题。说实话，我没想到能从吴宗伟身上挖出这样一宗大案。”

“没错，我也没有想到，开始和几位接触，说实话，我真心觉得死囚分析不靠谱，但是现在，我知道您几位的工作有多重要了。没想到，就在自己身边居然潜伏着一群如此可怕的魔鬼，要是长此以往，不知道有多少女性会遭到他们的毒手。”

第四节　钉子户

经过对吴宗伟的分析，挖掘出的这条线索立刻在西营乃至全国公安系统内掀起了一场抓捕活体买卖的风暴。这宗案件性质之恶劣，牵涉面之广，不断刷新着死囚分析师们和邝副局长的认知度。而死囚分析的重要性，也通过这宗案件凸显出来，如果以常规的方式结案，死刑判决后便一了百了，仅仅西营一地，便不知有多少女性会继续受到伤害。邝副局长每每想到这一点，便会不寒而栗。当然，结果也确如吴宗伟所说的，无论如何也无法调查到案件的源头，这一恐怖的活体展览组织，就像是存在于另一个世界的，根本没有线索能追踪到究竟是在哪一个国家，只能大致判断是东南亚某国，但这次救下的女性已经足以让死囚分析师们觉得欣慰了。

当然这一切都是后话，目前三个调查员还在西营，因为除了抓捕西营市的“活体提供商”，还有那件诡异的“女尸头颅夜游”案件需要进一步调查。苟云伟有明确证据证明王丽云的死亡与他无关，除了时间上的不一致，在大区乡搞开发的商业地产公司也不止苟云伟一家。

“秦老鬼，说实话，我对于小狗子还是有一定了解的，不是我向着他，这小子从小胆子就不大，而且这家公司说白了，真正的掌权者是他岳父，于情于理，说这小子杀人，我真不信。”

“我明白您的意思，不过既然系统给出了他的照片，就说明他和王丽云之间肯定有联系。这套系统的分析能力，在吴宗伟的案件上已经证明了，如果您不怀疑，可以继续深入挖掘。并不是说苟云伟一定就是杀人犯，但这条线索肯定是有用的信息，否则系统不会提供。”想了想，秦老鬼又道，“要不然我和您走一趟，去跟苟云伟聊聊，我能判断出来他是不是在说谎。”

联系了苟云伟之后，邝副局长得知他正在大区乡做商业地块考察，便驱车前往。到了当地，秦老鬼发现周围的居民几乎都搬迁离开了，很多民房都已开始拆除。

见面后，秦老鬼见苟云伟高高瘦瘦的，戴着一副眼镜，十足文绉绉的书生气，不太像是生意场上的人。邝副局长和他说话也不客气：“你小子怎么亲自跑过来了？”

“上次你不是说，怀疑我手下的人暴力拆迁吗？我特意过来叮嘱他们要注意方式方法。不过来了我才知道，这一片的人几乎都走光了，就剩王丽云一家，拆迁工作真算是顺利的。大局长，我即便真有杀鸡给猴看的打算，那也得挑刚开始的时候吧，如今只剩这一家人，怎么都好谈，至于杀人吗？”

邝副局长发现秦老鬼很仔细地盯着苟云伟的脸，便又说道：“你小子千万别说瞎话，要是做了亏心事，别看有老同学这层关系，我饶不了你。”

“我和你这么说，搁几年前，咱们拆迁可能确实会用一些非常规手段，但是这两年国家抓得很严，你是执法机关的，应该比我更清楚。我们最多往人家门口泼点大粪、扔点垃圾什么的，没谁真敢碰人一下。这要是出了事，可比赔付拆迁款的成本高多了，谁都不傻，这账谁都会算。”

秦老鬼忽然问道：“苟总说，这里就剩下王丽云一家了？能带我们去看看吗？”

邝副局长给苟云伟做了介绍，只说是自己同事，死囚分析师一般人不可能知道，也就不提了。苟云伟带着二人上路，边走边道：“王丽云这家人情况，经过我了解，确实有些特殊。听负责拆迁工作的人说，王丽云其实已经动了搬走的念头，但是她的丈夫死活不愿意。我们拆迁的条件是拆一还一，不是我自夸，这算是非常优厚了，他家房子经过测量，一共近千平方米的面积，能分十套左右的房产，房子拿到手，光是靠租金就可以生活得很好，真不明白他们到底有何打算。”

“拆一还一是最高赔偿标准了，他们到底打算要多少？”邝副局长问道。

“咱们说句实在话，反正就这一家了，哪怕再多给一点儿，也不是没得商量，可是王丽云的丈夫死活就是不和我们谈，甚至连面都不见。”

“那你和我老实说，王丽云为什么要报警抓你？”

“那是因为我没报警，上次她带着老公来我这里谈条件，两句话还没说完呢，就被她老公一口拒绝了，还要打我，我就让保安把他们请出去，结果王丽云就报警了，说我打他们。你可以去派出所调查，当天我就带他们去医院验伤了，就是担心说不清楚。”

说话间他们便到了王丽云家，这是一栋三层的红砖楼，墙体还没有来得及上漆，二楼以上的窗口甚至连窗户都没有装，里面也看不到任何家具摆设。苟云伟说道：“看见没，这是为了拆迁突击盖的房子。”

没等他敲门，一个五短身材的男人便开了门，粗矮肥胖的身体上扛着一个圆乎乎的脑袋，乍一看就像两个肉圆子串在了一起。只见他手里握着一把瓜子，边吃边吐壳，他乜着眼看着屋外三人，身上的衣服又脏又皱，和秦老鬼有得一拼。

“王大哥，听说你家里发生的事情了，我代表公司来看望你。”说罢苟云伟从口袋里摸出一个白信封递给他。男人飞快地嗑着瓜子，并没有去接钱，甚至一点儿反应都没有。

秦老鬼发现他的屋子里满地都是瓜子壳，由于拉着窗帘，屋子里的光线很暗，只有饭桌上的电脑显示屏还比较亮。而秦老鬼站在门口，能隐约闻到房间里的臭气，用猪圈来形容这屋子丝毫不为过。

“王大哥，一码归一码，我只是代表公司来探望你，和房子没有关系。”

男人依然没有丝毫反应，就这么直勾勾地盯着苟云伟，气氛有些尴尬。僵持了一会儿，三人便转身离开，男人重重关上门。

苟云伟说道：“你们看见了？但凡有一点儿谈判的余地也成，但他根本就不理我们。”

“这人叫什么名字？”秦老鬼问道。

“王更，三横王，更新的更。”

离开苟云伟后，邝副局长问道：“我这老同学有没有说瞎话？”

“没有，他的回答流畅，表情自然，除非受过特工训练，否则他说的肯定都是真话。苟云伟没问题，但是我感觉王更的行为有些古怪，从人体行为的角度来看，他的反应绝对不正常。自从开门见到咱们后，他的目光便一直停留在苟云伟的脸上，我做了几个动作，如果是正常人，余光看见身边的人有动作，会下意识地观察一眼，可是他连眼珠子都不动。这人的精神可能有问题。”

“那我找人调查一下，王更是否有精神病史。”

“不用，我这套系统就能判断他的部分特质，只要有网络，这套系统就能得到最全的资料。”

“可是这么做的话，风险也很大，万一这套系统被人盗用了呢?”

“这套程序最重要的就是安保系统，就是密码认证和操作系统，每次运行都会对我的五官拍照并分析，如果不符合我的五官数据，就无法操控系统。我已经看到了这套系统在吴宗伟身上发挥的作用，希望也能对这个案件有所帮助。”

通过搜寻王更的个人资料，得到了血型等各方面数据，输入系统分析后，果然得出了王更存在有精神疾病的可能的结果。依据有两点，一是他母亲的家族有遗传精神病史，二是王丽云不止一次在网上发帖询问过精神病人的判断方式。

秦老鬼补充道：“我再总结第三点，知道自己老婆被人杀害却无动于衷的，除了夫妻的感情有问题，那就是精神不正常。”

“难怪他不和小狗子谈事，原来是精神不正常，想把他动员走还真不容易。”

“也未必，如果可以证明他确实有精神病，那就必须接受强制治疗，到时候就能换个明白人来谈事了。”

话音未落，系统又弹出了一个年轻男人的照片。只见照片中的人大约二十多岁，相貌英俊，身材中等。秦老鬼立刻根据照片找出了这个人的所有资料，此人叫王全友，某大学应届毕业生，22 岁，正在西营市某事业单位实习。

“这人和王更肯定有联系，应该调查一下。”

不等秦老鬼翻看线索来源的依据，邝副局长便道：“咱们这不是调查凶杀案吗？又转移到她老公身上，是不是有些不太合适？”

“成，侦查这一块，以您的意见为主，我只是提供一些资料。”

“领导，您可别多心，我不是怀疑这套系统的准确性，只是……”

“邝副局长，您这么说可就见外了。我们来这里的最重要的任务已经圆满完成了，对这个案子只是提供一些线索而已，能用不能用的，您不必解释。”

“我只是觉得不好意思，吴宗伟这个案子得到了您那么大的帮助，按理说我不应该反驳您的意见，只是我觉得，眼下还不是调查王更精神病的时候。”

“没问题，您尽管按自己的思路来，我……”

话音未落，邝副局长的手机响了，他做了个抱歉的手势，出去接电话了。

马三平笑道：“这哥们担心的事情还真多，不用就不用呗，还特意赔礼道歉，看来官大一级压死人啊。”

文艳丽冷冷地说道：“破了吴宗伟这样一个大案子，他当然能得到实惠，对咱们感恩戴德也不是假话，这和我们的级别根本没关系。”

接完电话，邝副局长神色有些古怪地走进来说道：“领导，看来王更确实有些古怪。”

“哦，刚才的电话里说了什么？”秦老鬼的身体立刻做出前倾的姿势。

“是小狗子打来的电话，他走后又派了一个工作人员给王更送钱，无意中发现王更在电脑前看黄片，而且……”说到这儿，他下意识地看了文艳丽一眼。

“没事，您尽管说。”

“他看到情绪亢奋时，一个人在屋里喊‘救命’。”

“这人的精神肯定不正常。”马三平皱眉道。

秦老鬼也是皱着眉，却没有说话，他起身下了车，在车尾部转来转去，过了一会儿，才停住脚步，问道：“我记得他屋子的窗帘是拉上的，苟云伟的工作人员是怎么看到这些情况的?”

“他先听见喊‘救命’，以为发生了意外，走近后又没了响动。我推测这人可能是担心屋子里真的有罪犯，所以暗中找了一个观测点，才发现了王更的情况。”

秦老鬼点头道：“我觉得王更的嫌疑很大，因为患精神病而杀人的案件也不在少数。从他一人在屋里喊‘救命’的症状，感觉这人可能有类似幻想症的精神疾病。美国著名的连环杀人犯格林河杀手，就是妄想症患者。”

“说实话，这宗案子实在有些诡异，所以我都没往人上面去想。”

秦老鬼说道：“我之前就说过，我从来不相信会有鬼神为恶的。王丽云与人往来极少，系统能找到的和她有联系的人，只有发生过小摩擦的苟云伟，所以不存在情杀和仇杀的可能。我个人认为，王更的杀人嫌疑非常大，而且从死者死亡状态异常这一点来看，也符合精神病人作案的特征。”

邝副局长叹了口气道：“要不然，我还是找王全友了解一下情况吧。”

第五节　装神弄鬼

越来越多的线索表明，王更的精神可能是极不正常的，无论是在河中女尸案件中，还是对这个社会可能存在的威胁，所以对王更的行为不能放任不管。

邝副局长第二天一大早，便在王全友实习的单位门口找到了他，说明来意后，王全友立刻很配合地把自己知道的所有情况都说了出来。

原来，在河中女尸被发现的当晚，王全友和女朋友就在那一片区域闲逛聊天，他们没走多远，就听见有女人呼喊“救命”的声音。起初他以为发生了劫财劫色的案件，为了在女朋友面前逞能，他便硬着头皮循声而去。

可是找到声音的来源后，这对小情侣才发现，呼喊“救命”的并不是女人，而是一个身材短粗、在地上转圈的男人，这人边喊“救命”边做出各种古怪的动作，而他其实并没有遭遇任何险情。出于好奇，王全友便用手机拍摄了一段视频，因为他是某视频网站聘用的拍客，当晚便将这段视频上传到了网站上，起名《精神病人癫狂实录》，还获得了比较高的点击率。

邝副局长这才明白，系统为什么要将王全友和王更联系在一起，他差点儿就错过了系统给出的最重要的线索。正是王全友无意中拍摄的这条视频，才揭开了“女尸为什么会呼救，为什么会大笑”的谜底，因为这一切都是由王更亲自“配音”完成的，所以邝副局长取得了那段视频后，立刻回到市局，申请抓捕王更。

秦老鬼知道了这一状况，恍然大悟道：“难怪那些学生会听见呼救声，原来王更当时就在现场。看来系统给出王全友这条线索，真的是太准确了。”

“您应该在全世界范围内推广这套系统，至少能提高一倍的破案效率，简直是太神奇了。”

夸完后，邝副局长就实施了抓捕行动。王更没有丝毫反抗，束手就擒，抓捕小组的人也在他房子一楼的床底下，发现了高度腐败的王丽云的尸体。当然，是没有脑袋的。

王更成了杀死王丽云最大的嫌疑犯。不过，在审讯室中面对邝副局长的审问时，王更只是机械地回答道："我不知道自己是谁，我不知道自己为什么会在这里。"

经过精神科医生的诊断，确定王更除了患精神类疾病，还有选择性失忆症，这一症状主要体现在，患者会选择性地遗忘自己不愿意记住或者逃避面对的人和事。

而王更可能是因为他在犯病时杀死了自己的妻子，清醒后却无法接受这一现实，导致病情加重，从而患上了"选择性失忆症"。他不想知道自己是谁，因为他潜意识里知道，自己就是杀死妻子的凶手。

秦老鬼听罢，连连点头道："很有道理，他之所以会呼喊'救命'，是在模仿妻子被杀时的状态，这说明他虽然能够忘记自己，但潜意识里还是存在杀人时的记忆。而王丽云是个要强的女人，她不想让别人知道丈夫是精神病，所以不愿意把王更送去治疗，导致他的病情日益恶化，最终害人害己。而他们周围的邻居早已搬迁，所以即便是在居民区里被杀死，也没人知道这事。唉，可怜的女人。"

在黑色夜幕中，一个外表看似正常的精神病人，怀里抱着已经腐烂的妻子的头颅，不知道什么原因他来到了河道边，并将头颅丢入水中，之后产生了无意识的模仿。他手舞足蹈地模仿妻子被杀死时的呼救声，而河的下游处则有四名大学生，凑巧发现了从上游漂来的呼喊救命的"落水女人"……

黑夜里，总有一些毛骨悚然的事情发生。千万不要相信那是闹鬼，因为在这世界上，最可怕的永远是人。

第二章

叹息之地

楔　子

“罪人不应该被拯救，罪人应该被惩罚。”一个人道。

“他们不是罪人。”另一人道。

“可是他们应该受到惩罚，否则当他们知道自己错了时，一切都晚了。”

“惩罚即是挽救?”

“对，毫无原则的包容才是真正害了他们。”

“好吧，但愿你所做的一切，能够让他们幡然醒悟。”

一个高大的背影逐渐消失在黑暗中，黑暗的房间里，另一人一动不动地站在原地，脚下躺着一个毫无知觉、脖子上套了一个铁圈的美丽女孩。

第一节　不好笑就杀死你

王茜醒来后，发现自己躺在一处水泥地上，她立刻坐起身，发现周围有许多人和她一同起身。不过王茜很快发现，那些并不是人，只是一排排冰冷镜子中自己的影像，前后左右的许多镜子围成了一个圆圈，将自己包围在中间，三百六十度无死角。

她意识到情况很不对劲，起身就想找出口，却发现自己的脖子上套着一个铁圈，铁圈背面连着一根固定在地面的铁链，正是这根铁链将自己的行动限制在一平方米之内。

王茜慌张地拨动着铁链，发出“哗啦啦”的声响，却无法撼动分毫。这时，只听一个冷冰冰的声音道：“除了钥匙，没人能靠自己的力量弄断铁链。”

循声望去，四周除了镜子什么都没有。王茜只是个在读大二的学生，哪里经历过这些，她吓得双腿不停发抖，哆哆嗦嗦地问道：“你、你到底是谁？干吗……把我、我抓到这儿来？”

说话时，她四下打量着，只见对面的镜子后隐藏着一副方形的大墨镜，屋内光线不好，如果不仔细看，是不会发现的。与此同时，她发现了那面镜子下部有一双圆头皮鞋，看到这儿，她的目光再也无法挪动，因为极度紧张令她颓然跪倒在地。

惨白色的日光灯在那么多面镜子的映照下显得无比苍凉。

冰冷的空间里响起了脚步声，那双圆头皮鞋从镜子后不疾不徐地走到王茜面前。只见这个男人穿着一身深蓝色粗布工作服，头戴红色耐克帽，鼻梁上架着一副蛤蟆镜，嘴上蒙着口罩。全身上下，除了一双手，其余部分全被包裹起来了。

男人以冷冰冰的声音说道："讲个笑话给我听，如果无法把我逗笑，那么你就得死。"说罢对着她虚劈了一刀。

王茜没想到，对方居然提出了如此变态的要求，此情此景，她哪儿还有心情说笑话，于是她愣在当场，一个字都说不出来。对方提刀威胁道："你没听见我说话？信不信，我现在就在你身上开两条口子？"

王茜在他暴虐的言语中吓得瑟瑟发抖。她在家里是父母的心头肉，在学校是所有男生视线的焦点，所以她从内心觉得自己就是个公主。她从小就以公主的行为举止要求自己，她知道人未必能够高贵，却一定可以高雅，未必能够有钱，却一定可以有才。只是平日如公主一般高雅有才的王茜做梦也想不到，自己竟会落到这个地步，对方一定是个变态，甚至有可能是追求自己无法得逞，从而怀恨在心的某个男生。

可是，此时此刻王茜没有任何选择的余地，她只能说一个可以逗乐对方的"笑话"，并寄希望于对方可以遵守诺言，放自己一条生路。

问题在于，自己应该说什么笑话呢？王茜平素刻意保持端庄，对于笑话她关注得不多，因为她担心自己会笑到忘乎所以。

所以在如此紧张的状态中，王茜更想不起自己听过什么好笑的笑话。想了足有七八分钟，她才颤颤巍巍地说道："某部队演习，一个新兵开炮打歪了，炮弹落到了旁边的农田，把一人炸得黢黑。战士赶过去后，冒着烟的人一手攥着一个萝卜，说道……"

"'不就是偷个萝卜吗，不至于用炮打吧？'这个笑话一百年前我就听过，不好笑，一点儿都不好笑，再换一个。"对方挥舞着手里的刀，似乎随时会劈下。

王茜吓得以手抱头道："别、别、别杀我。"

"你、你、你怎么结巴了？"他用略带嘲谑的口吻说道，在王茜的抽泣声中哈哈大笑，似乎很得意。

王茜愈发觉得受了委屈。忽然，对方大喝一声道：“没让你停，继续说!”

王茜把自己所有能想到的笑话都说了一遍，可是对方根本连一丝笑容都没有，他蹲在王茜面前，一动不动地望着她，就像雕塑一般。说到后来，王茜因为内心强烈的恐惧，已经话不成声，情绪一下子爆发出来，泪水犹如决堤的洪水一发而不可收拾，害怕、委屈、愤怒、羞愧，种种复杂的情绪交织在内心，让女孩彻底崩溃了。她涕泗横流。

“我给你机会了，但是你没有把握住，这可不怪我。”

听了这句冷冰冰的话，王茜绝望地抬起头望着他。

他并没有用刀，不知从哪儿抽出一根棒球棍子，丝毫不知怜香惜玉，对准王茜那美丽的脑袋狠狠砸去。

第二节　敲头

“您分析死因？死因还有什么可分析的？”

“死因当然得分析，陈琦虽然是入室盗窃，致人死亡，但根据系统给出的分析报告，此人有隐瞒犯罪案情的可能。我来此地的目的，就是为了调查他过往的犯罪史。”

“靠电脑程序判断一个死因，这种方式科学吗？”

“是否科学，等我和犯人见面之后，就水落石出了，只需要您安排一下就成。”

“当然没问题，有省厅的介绍信，您的工作，我们一定大力配合。”

很快，陈琦便坐在了秦老鬼对面。这名死囚的胆子似乎很小，双眼不敢与别人对视，眼神里充满了恐惧，还不停搓着双手，这种行为是因为他内心极度恐慌。

秦老鬼尽量让自己的语气显得平和，说道："你是因为入室盗窃致人死亡的？"

"是的，我真没想杀人，只是被他抓住后，我太慌张了，把他推倒了，没想到他后脑勺磕在了茶几上。我都后悔死了。"

秦老鬼似乎是随口说道："又是脑袋碰到硬物了。"

杨德才发现，十分平常的一句话，却让陈琦如遭雷击一般浑身剧烈抖动了一下，接着他第一次抬起头看了秦老鬼一眼，满脸都是不可思议的表情。秦老鬼非常仔细地观察着他的一举一动，当看到陈琦有如此反应后，他似乎微微动了动头。

过了一会儿，秦老鬼问道："你并没有杀人动机，只是在慌张的状态下致人死亡的？"

"是，我只是个小偷，我不是杀人犯。"

"可是用不了多久，你就会被执行死刑。"听了秦老鬼这句话，陈琦用力咬了嘴唇一下，呼吸也立刻变得急促，过了好一会儿才恢复平静。

秦老鬼道："你有没有想过，自己死后，孩子如何生活？还有你的妻子，别人会如何看待她？假如有一天她改嫁了，新的丈夫能不能对你孩子好？他会不会虐待你的儿子？这些问题，你考虑过吗？"

"你别说了，我都是要死的人了，就算想管，也管不了这些事。"

"其实你完全有活下去的希望，为什么要主动放弃呢？或许你是为了自己家人的前途，但是你想过没有，你都无法保护他们了，创造的这些虚假的希望真的能有用？"

听了这句话，陈琦彻底崩溃了，他双手捂着脸，号啕大哭。杨德才内心很惊讶，难道这世界上，真的有可以分析死因的软件系统？

虽然之前已经进行了多次审讯，杨德才也并未发觉隐藏在陈琦身上的疑点，却被一个远在外地、和此案毫不相干的人查清楚了。到底是真的有这套分析系统存在，还是眼前这个邋遢的人能掐会算呢？

秦老鬼的语气更加笃定了，他说道："其实你知道，自己是有机会活下去的，而且如果你真的是为了弟弟好，就应该把知道的一切说出来，争取宽大处理。你活下来的意义，远远超过你以死亡换来的机会。我想，在这两个选择之间，无论是你的弟弟，还是你的妻子、儿子，他们必定希望你能好好活下去，而非那个所谓的前途。"

陈琦再次抬起头，眼神不再游移，他以非常坚定的语气说道："我坦白所有事情，争取宽大处理。"

杨德才立刻从身上摸出记录本道："你说。"

"我要检举凉京市立大学教授陈宗诗，他杀死了妻子。"杨德才的手不由得抖了一下，在本子上画了一道长长的"勾"，似乎是肯定对方说的话。秦老鬼则重重舒了口气道："把你知道的都说出来吧，人不应该袒护魔鬼，那样只会害了更多的人。"

"那是四年前九月份的一个晚上，我去凉京市立大学校长家里行窃，因为得到消息，他从法国刚回来，我想肯定能偷到一些好东西。校长家是在新盖的教师职工宿舍三十层，就在我找东西的时候，忽然看到对面十八楼的一户人家里，有一名男子正用针管吸取液体。当时我以为他要吸毒，不免觉得奇怪。因为这两栋楼里住的都是凉京大学的老师，而且这个人我也认识，他是凉京大学人体结构学的教授陈宗诗，因为他是我弟弟的博导。所以我想知道，他到底是不是真的要吸毒，就看见他将针管里的液体挤入一杯水中就离开了，然后他老婆走进房间，喝了这杯水。

"我这才知道，他下的是麻醉剂。当时我心里觉得奇怪，他为什么要麻醉自己老婆，就继续看下去。过了一会儿，只见他洗过澡，站在床头前似乎是喊了一声，见老婆没有反应，便将侧着睡的老婆的身体翻到正面，然后摸出一只高跟鞋，对着老婆的额头轻轻敲打。”

“怎么个敲打方法?”不知道为什么，杨德才只觉得背后一阵阵发毛。

“就像是敲钉子那样，但是肯定没用那么重的力气。”

“你当时距离他家那么远，怎么知道他敲打时力气的大小?”秦老鬼问道。

“后来我一直在琢磨这件事，想不明白陈教授这么做的目的何在。于是隔了一个多月，我又潜入校长家偷看情况，结果发现他拉上了窗帘，不过从映在窗帘上的人影，也能模糊看出他又做了同样的事情。我这个人有一定的窥私欲，做小偷也有一部分这方面的原因，胃口被吊起来，我就忍不住了，于是我潜入陈宗诗家，躲在床下。到了晚上，果然陈教授又用鞋底子敲老婆的脑袋，当时我特地把手放在床垫上，感觉他敲击的力度，只觉得震动感非常弱，但是频率很快。当时我认为，陈教授可能和我一样也有特殊的心理需求，很快就把这事给忘了。之后过了大约一年，有一天弟弟告诉我，他师娘死了，死于脑溢血。

“我听说后，立刻就将她的死因和陈教授古怪的行为联系在一起。可是我又不好乱说，因为在这之前半年，陈宗诗已经安排我弟弟去美国一所名校深造，当时弟弟已经快要走了。我不想在这个节骨眼上给弟弟添乱，不过还是问了他一句：‘如果用小木棍不停在额头上轻轻敲打，时间长了，会不会致人死亡?’

“我弟弟说，如果是在眉心部位，长期敲打会导致血管变形，而且颅脑不断承受击打力，即便只是非常轻微的击打，天长日久，颅脑内外肯定会受伤，一旦发生类似血压骤升的情况，就容易导致变形的血管爆裂，其结果和脑溢血差不多。我这才明白，陈教授每天晚上用鞋底敲老婆的脑袋，目的是要不留痕迹地杀死老婆。想到这儿，我真是吓个半死。后来不知道什么原因，陈宗诗要把弟弟出国的名额拿掉，我一怒之下就要来了陈宗诗的QQ号，用这件事威胁他。陈宗诗最终还是让我弟弟去美国深造了，而我也因为担心弟弟的学业，所以从来没说过这件事。”

杨德才写字的手都在颤抖，写完最后一个字，他用力晃了晃手腕，说道：“真邪门了，这手根本不听使唤。”

第三节　自杀的公主

“杨局长，您觉得这条线索重要吗？”

“陈宗诗可是我们凉京的对外名片，他对于人体结构学的贡献不是国家范围内的，而是世界范围内的，如果这宗案子真如陈琦所言，那绝对是一宗大案。真邪门，我不知办过多少凶手，但想起陈宗诗这种杀人方法，居然直起鸡皮疙瘩。”

“我估计这宗案子十有八九错不了。陈琦不过是个小偷，他能想到如此高明的杀人方式？”秦老鬼道。

“我这边会立刻申请调查陈宗诗，此人身份特殊，不能贸然行动。对了，能和我说说，那套程序到底是如何运作的吗？居然能挖出这样一宗不可思议的案子。”杨德才对那套程序的兴趣大增。

“程序锁定陈琦的原因非常简单。其实刚才他自己都说了，他在QQ上威胁过陈宗诗。程序会根据陈琦的个人资料，在网上搜寻一切与他相关的信息，QQ的聊天记录当然是非常明显的依据了。所以在来之前，我就已经知道陈琦到底知道了什么事情。而且对陈宗诗，我也做过调查，其实您不介绍，这个人我也知道。系统很明确地判断出陈宗诗有杀妻的动机，因为两人曾经打算离婚，只是因为财产分割的问题，陈宗诗最终放弃了，和妻子达成庭外和解。但他每个月会固定往同一个账号里汇钱，所以肯定是有了外遇，而他打钱的所有流水，系统也能从网上获得，接收钱的那个人是谁，我也知道得清清楚楚。”

“很实用的程序，其实它的工作原理并不复杂。对了，您能给我们市局安装一套吗？”

“我只能抱歉地说‘不行’。因为这套系统经过授权，只要有一点儿操作失控，授权就会立即失效。如果对方软件系统关闭后门，我们是不能肆意攻破的，毕竟这套系统只是为了办案，而非去做黑客。”

“明白了。”

警方随后来到了陈宗诗任教的凉京市立大学，经过交涉，带走了这位在学术界大名鼎鼎的人物。

秦老鬼并没有跟随警方离开，因为凉京大学有一片著名的樱花树林，他要带着马三平和文艳丽去看看樱花，放松心情。三人刚刚绕过一座假山，忽然听到一阵喧哗，循声望去，只见距离他们不远的一栋女生宿舍五层楼顶上，一个姑娘已经翻过护栏，站在楼体的边缘，半只脚面悬空，只要往前稍微挪动，就会从楼顶掉落。她满头长发在风中飘动，衬得面容更加苍白，只听有女生焦急地喊道：“王茜，你有什么想不开的，说出来我们和你一起分担，你千万不要做傻事啊！”

“是啊，没有过不去的坎，我们都会陪在你身边的。”

这时，数十个身材高大、身着篮球服的青年赶到了楼下，其中一个长发披肩的帅哥立刻被两三个气愤不已的女孩围住，七嘴八舌地质问他。听说话的意思，这个青年正在和楼顶的姑娘谈恋爱，女孩们怀疑他做了对不起她的事情，才导致她要跳楼自杀。

帅哥愁眉苦脸地在楼下喊道：“茜茜，你可别做傻事，否则我真说不清楚了。”

只见女孩满脸泪水，看了他一眼，就在众人的惊呼声中一松手，从五楼顶上笔直栽落。马三平来不及多想，几步冲到楼下，在他张开双臂的同时，发现身边又多了两条胳膊。随即“噗”的一声闷响，马三平觉得一阵巨大冲击力撞击在胸口上，他顿时觉得呼吸困难，便失去了知觉。

当马三平恢复意识，发现自己左臂打着石膏，胸口固定着支架，躺在病床上一动也不能动，身边趴着已经睡着了的文艳丽。马三平忍不住用手摩挲着文艳丽那一头柔顺的秀发，过了片刻，她身子一动，坐了起来。马三平笑着把手放在鼻子前闻了闻，说道：“你的头发好香，喷香水了吧。”

文艳丽冷冷地说：“我以为你被撞傻了，没想到还是那么讨人厌。”

马三平呵呵笑道：“我说了，不把你娶到，我誓不罢休，这么伟大的计划还没完成，我怎么舍得变傻？”说到这儿，他转头看了看同病房里陷入沉睡的病人和陪护家属，压低声音道，“咱俩可是同处一室赤诚相见的革命同志，为了你，我一定坚持到底。”

“你这张狗嘴，一辈子吐不出象牙来。”文艳丽满脸通红地拍了马三平一巴掌，正好是在左肩部位，马三平“哎哟”一声，捂着膀子疼得直吐舌头。文艳丽后悔不已，立刻起身道：“对不起，我真不是故意的。你干吗非得这么损呢，吃亏了吧，没打到你断骨吧？”

“断了，不然不会疼到这份上，你帮我看看。”马三平愁眉苦脸地说道。

文艳丽看他的样子，十有八九碰到了伤口，吓得心里怦怦直跳，起身弯腰想看个仔细，没想到脑袋刚刚靠近他的左肩，马三平忽然转过脑袋飞快地在她的嘴唇上亲了一下，接着扭过头装睡了。文艳丽又羞又恼，却又有几分甜蜜，狠狠掐了马三平耳朵根子一下，却见他连动都没动。

因为英勇地接住了从五楼坠落的女孩，马三平左臂骨折，左胸三根肋骨骨折。不过他不是唯一受伤的人，和他一同接住女孩的人也受了伤，是双臂骨折。如果不是两人合力，任何一人都有可能被女孩砸瘫痪了，而自杀的女孩只是软组织挫伤，也就是大腿青了一片皮肉，是轻伤中的轻伤。

校领导包括女孩的家长都守护在女孩的身边，但奇怪的是，女孩死都不愿意透露她自杀的原因，不管院方还是警方询问，她都紧闭双眼，一声不吭。

到了下午，与马三平合力救人的那位来到马三平的病房探望他，因为是双臂骨折，所以并不妨碍走动。只见这人二十多岁，身材健硕，不过走路有些跛，经过介绍才知道，这人的左腿是在部队里执行任务时被炸伤落下的残疾，所以提前转业，在学校后勤处工作。

“原来是军人，怪不得关键时刻能挺身而出。我也在部队里待了两年，不过很惭愧，没有得到任何荣誉。”马三平道。

“我这条腿也是无意中被炸坏的，说句心里话，我宁可好好的，才不想要那些荣誉。”这人憨厚地笑道。

马三平对他印象非常好，自我介绍道：“我叫马三平。”

“岳峰，名字起得霸气，其实什么都不是。”岳峰自嘲道。

两人正聊着天，女孩的家长赶到了病房，二话不说，先给两人跪下。由于没人能腾出手扶他俩起来，岳峰急得没法子，干脆也给对方跪下了。王茜母亲随即搂着岳峰失声痛哭，岳峰手足无措，只能一个劲劝道：“您别担心，孩子一时想不开，经历过这么一次就好了。”

安慰了半天，王茜父母取出了两个信封，非要酬谢他们每人一万元。岳峰和马三平好说歹说，才算把这对父母劝走。等岳峰离开后，不修边幅的秦老鬼走进来，将一袋水果放在马三平床头道：“看来你得休息几天了。”他又压低嗓门道，“刚才我用系统对王茜的自杀行为进行了分析，结果给出了这个人的资料。”说罢秦老鬼拿出一张照片，只见照片中的人一身蓝布工作服，身上斜挎着包。

“没道理啊？那么漂亮的一个小姑娘，就找了这样一个人当男朋友？还为他自杀？”马三平疑惑道。

“不是只有感情受到伤害才会自杀的。”文艳丽白了他一眼。

“要我自杀，那必须得是感情受到伤害，而且伤害我的人必须得是艳丽，谁都不好使。”

“鬼哥，你听听，他说的都是什么话？你也不管管他。”

“都这么大人了，我总不能大小事都管吧。你小子也是，整天骚扰艳丽，小心我把你调去扫厕所。”秦老鬼忍住笑道。

“您舍得让我这样的人才去扫厕所？这可真骗不了我。再说了，艳丽也不会同意的。”

秦老鬼忍不住笑出声来。

“我已经把这人的照片资料交给警方了，他们已经开始调查，很快就会有消息。现在的小姑娘做事都这么极端，也不为自己爸妈想想，说寻死就寻死，一点儿都不犹豫。”秦老鬼叹了口气。

因为线索提供人是秦老鬼，所以找到当事人后，警方把秦老鬼也请了过去。只见对方身材健壮、肤色黝黑，身着蓝色工作服，胸口有公司 LOGO，是一家快递公司的职员。

“你是怎么认识王茜的？”警察问道。

“王茜？我根本不认识王茜是谁？”小伙子一脸茫然。

“你是真不认识还是假装不认识？”警察下意识地看了秦老鬼一眼。

“我是真不认识，我知道名字的人里就没有叫王茜的。”

秦老鬼打断了警察的发问道：“女孩的照片你应该有吧？”

年轻的警员这才想到拿出照片，放在小伙子面前道：“就是她，你辨认一下。”

小伙看了一会儿，才说道：“我想起这姑娘是谁了，前天我给她送过快递包。”

“你每天送那么多人的快递，为什么会记住她？”

“因为两个原因，首先是让我取快件的人比较神秘，他不愿意和我见面，而是让我去一个超市储物柜取物品，钱和地址都放在柜子里。当时为了取东西，我还让超市的工作人员帮我开的柜子，所以印象特别深。之后我把东西送给这个女孩，觉得她挺漂亮的，所以就有了印象。”

“对方让你送的什么东西？”秦老鬼立刻就来了精神。

“这我可不知道，因为是有包装盒的，是一个粉红色小盒，用丝线扎好的，我不可能打开看，这违反工作纪律。不过盒子入手特别轻，我怀疑就是一个空盒子，就为了这么一个空盒子，对方给了我一百块。对了，那女孩到底怎么了？”

“你说的都是真话？”

“是不是真话，你问女孩不就成了。”快递员有些不耐烦了。

系统经过分析，给出这个快递员信息，只是因为他送了一次快递，而女孩接到快递之后不久便跳楼自杀了。看来真正的原因，是寄盒子的人与盒中的物品。可是还没等开始进一步调查，秦老鬼便接到了文艳丽打来的电话，说凉京市立大学发生了重大刑事案件。

第四节　闹鬼公厕

秦老鬼风尘仆仆地跑到医院，就见杨德才站在病房门口挠头抓耳，一副失魂落魄的模样，一见到他立刻迎上来道：“秦老鬼同志，这件案子得拜托您帮忙了，我脑袋都快炸了。”

“您别急，有什么话咱们慢慢聊。是陈宗诗的案子出现转折了？”

“陈教授在警车上就招供了，基本可以定案了。我说的是刚刚发生的新案子，也是在凉京市立大学发生的。在一间男生宿舍里，中午一个同学回去睡午觉时，发现四名舍友在那儿嬉戏打闹，当时他躺下就睡觉了。没想到一觉醒来，四名舍友全部躺在地下口吐白沫，没了动静，该同学立刻打电话给公安局和医院。等我们到了现场，经过现场检验，四人已经完全没了气息，而目击者因为精神受到了极大的刺激，目前行为已经出现异常，被送往医院了。”

“真是没想到，凉京大学的意外事件，起个头就止不住了。”

“是啊，我办了几十年的案子，但是像凉京大学这样接二连三出事的，还真是平生头一遭。您能不能用系统给咱们分析分析，到底是怎么回事？”

秦老鬼立刻带着杨德才钻进车里，他输入了四名死者的个人信息。当计算机开始搜索和分析工作后，秦老鬼道：“这个过程时间不短，咱们先去现场看看。”

两人随即上了杨德才的座驾，再一次返回凉京大学。这次去的是男生宿舍，六楼整个楼层都被封锁了，其他宿舍的同学已经被转移到了别的房间。出事的宿舍是位于楼层最左边的607房，旁边就是厕所，只见敞开的宿舍门口站着一个警察，空无一人的房间内只有地板上用粉笔画着四具尸体的轮廓。

“能进去吗？”

“可以，取证阶段的工作已经完成了。”房间里的光线不算亮，秦老鬼摸出荧光手电，四下看了看。只见和一般男生宿舍没有多大区别，不算干净，也不算太脏，屋子里摆放着四五台笔记本电脑。

“您看死者死亡时头朝的方向。那个报警的贾星和调查现场的警员说过，厕所曾经发生过闹鬼事件，所以他认为，这四人死亡时脑袋都对着厕所的方向，不是巧合，而是厉鬼索命。”

“厕所曾经闹鬼？这是怎么回事？”

“我们已经做了调查。据说在很多年前，就是在这层楼的厕所里，发生过命案。是因为恋爱发生争执，三名学生将另一名学生打死在这个厕所里，靠左手最里间的蹲坑在夜晚十二点后，冲出的水是红色的，而且经常会有学生听到厕所里传出男生撕心裂肺的吵架声。所以六楼的同学基本不用这间厕所，他们宁愿去用五楼的厕所。”

“如果杨局不见怪，我想再找些学生问问，这种事情一人说的话不足信。”

“这有什么好见怪的，咱们做刑侦工作的就得严谨。”

两人随即下了楼，找到两个鬼鬼祟祟在远处观望的同学。秦老鬼详细询问了所谓的六楼闹鬼事件，其中一位同学小心翼翼地四下张望后道：“六楼闹鬼，我们是听说过的，但也只是听说，从来没人真正见过。我觉得，刘子他们的死，就是被学校里那个龌龊的老怪物害死的。”

“老怪物是谁？”杨德才掏出了记录本。

“我们都喊他撞钟人卡西莫多，他是学校的管理员，又丑又怪，据说是前一任校长的儿子，屁本事没有，所以托后门走关系也只能当个管理员，但他比训导处主任脾气都大。我们不止一次看到他训斥任教老师，对学生更凶，咱们这儿没有人不讨厌他的。而且这人心理变态，喜欢偷女生内裤，前些日子因为这事，被杨长海带人打了一顿。”

“你详细说说这事。”

“老怪物特别喜欢在校园里面转悠，白天晚上都是如此，好像从来都不用睡觉。有一天晚上，王茜可能是起夜吧，正好见到老怪物在偷她的内裤，后来王茜的男朋友杨长海，就带着刘子、周先武把老怪物一顿狠尅，当时他也放了狠话，说要杀死老杨他们三人，当然谁也没当回事。结果这事没过多久，王茜就跳楼自杀了，今天刘子他们也被杀死了。所以，肯定是老怪物干的。”

“杨长海呢？”

“他反而没事，不过他知道刘子被人害死了，当时就要找老怪物拼命，被人给拦住了。”

“这么重要的线索，怎么到现在都没人找我们反映？”

“老怪物他爸爸是前任校长，现任校长是他爸爸的学生，刚刚出了这事，各系系主任就挨班警告，要我们小心说话，不该说的别乱说。这不是摆明了警告我们吗？所以没人敢说真话了。”

等学生走后，杨德才道：“看来这人有重大作案嫌疑，得找到这个人，调查情况。”

“那六楼闹鬼厕所这条线索怎么办？”

“这条线索靠不住吧？”杨德才想了一会儿道。

“我个人是不信鬼神作祟的，可假如凶手真是学生说的那个人，就凭他一人之力，如何同时杀死四名男生？”

“四名死者的状态，基本可以肯定是中毒，这种杀人手段是不需要弄出多大动静的。”

“嗯，咱们先回去看看系统分析的结果。我建议，对付这人最好是以暗中布控为主，无论他是不是凶手，目前还不具备抓捕条件。”

杨德才采纳了秦老鬼的意见。两人回到车上，系统详细分析过四名死者的资料后，给出了三名与他们有关联的人，其中一人居然就是“卡西莫多”。只见这名管理员相貌丑陋，瞎了一只眼，左手缺了三根手指，身材高大壮硕，个人资料上显示，这人叫李哲。

系统对于李哲的分析，这人具备杀人的可能，依据是李哲曾经在部队里当过侦察兵，掌握杀人技能，而且脾气暴躁，虽然没有案底，但因为殴打学生，被学校内部处分过四次。就如提供线索的学生所言，如果不是因为他父亲的关系，作为管理员殴打学生，早就应该被开除了。而且最要命的是，李哲有一定程度的心理问题，他是个强迫症患者。

秦老鬼当然知道，患有强迫症的人一旦产生了杀人的念头，那就非把对方杀死不可，从这一点来说，几乎可以断定李哲是杀人犯了。

另两人中的一人是凉京大学的信息科员工，还有一人的出现则让两人都觉得莫名其妙，居然是自杀未遂的王茜。杨德才道："这个小姑娘和杀人案也能扯上关系？"

秦老鬼想了想道："杨局，要不然这样，您继续顺着正常的路子去调查，我去搞清楚那间厕所到底有没有问题。"

"您还信鬼神？"

"我当然不信，但是我听说过类似的情况，所以一直希望能有机会亲身经历一下这类事件，也算是不枉此生吧。"

"好，我全力支持，不过您一定注意安全。"

"您放心，我不会给您添麻烦的。"

杨德才走后秦老鬼坐在椅子上想了很久，然后打开了电脑桌下的柜门，里面嵌入着一个保险箱。他输入密码，打开箱门，里面摆满了各式各样稀奇古怪的工具，秦老鬼拿出几样，放进黑色的背包里，又关上了柜门。

第五节　流血的水箱

深夜，空无一人的马路上只有秦老鬼一个行色匆匆的路人，凉京并不是一座大城市，夜生活并不发达，夜幕中的城市显得静谧，甚至有些诡异。

黑暗中究竟存在多少可怕的真相？秦老鬼想到了夜色中模仿老婆呼救声的王更，还有在每个深夜坚持敲妻子额头的陈宗诗，这些令人毛骨悚然的事件，都是在夜色的掩护下发生的。今天的夜色中，又有怎样可怕的事件在发生？

凉京大学的大门已在视线中，秦老鬼在传达室做过登记后，进入了大学里。

夜色中的大学也是静悄悄的，没有什么响动，甚至连一丝微风都没有。穿过校门口两排高大宽阔的梧桐树组成的林荫大道，再往前就是闹鬼的厕所了。因为白天出了凶杀案，当晚所有的宿舍管理员都“精神抖擞”地站在岗位上。

秦老鬼和宿舍管理员打过招呼，上到了悄无一人的男生宿舍六楼，这才感觉到些许诡异的气氛。他掏出特殊的手电，走进了闹鬼的厕所，拧亮灯头，射出淡紫色的荧光，四下照射起来。

这种手电的灯光，可以照射出人体血液的成分，是非常实用的刑侦工具，叫“血液手电”。因为人体的血液即便用水冲洗干净，可在缝隙处总有残留，这些物质可以保存很长时间，而“血液手电”的特殊荧光，照到血液残留上，就会显出淡绿色。

不过或许是时间过去了太久，秦老鬼并没有在厕所里发现人体血液的成分，却发现在蹲坑隔间的木板上，有拳头击打产生的裂痕或凹痕。可这并不能证明是当年学生斗殴留下的痕迹。

秦老鬼走到左手最靠里间的蹲坑，按了一下冲水按钮，或许是常年无人使用，按钮居然是好的，“哗啦啦”一阵流水响动，一大股水喷涌而出。然而出乎秦老鬼意料的是，本来应该呈现淡紫色的水源，此刻居然变成了淡绿色，厕所里顿时闪耀着诡异的绿色光芒，就像忽然点亮的鬼火。

“夜晚十二点，最左边的坑位会流出血水。”杨德才的话就像炸雷一般回响在秦老鬼的脑海中。

他虽然胆子很大，却也瞬间出了一身冷汗，一步便从蹲坑中退了出来。而且这时他又发现，本来只有他一人在的楼层，现在厕所门口一动不动地站着一个黑影。秦老鬼浑身汗毛倒竖，壮着胆子问道："你是谁?"

对方没有说话，秦老鬼用"血液手电"朝那人脸上照去，只见一张丑陋到有些骇人的面孔出现在自己的视线中。这张脸上满是坑坑洼洼的肉坑，皮肤粗糙异常，鼻大口大，左眼居然是个肉窟窿，右眼微微鼓凸的眼珠子，在淡紫色的荧光下凶光毕露，恶狠狠地瞪着秦老鬼。

两人对视片刻，那人用低沉的嗓音问道："你在这里干吗?"

"我是来做调查工作的。"

"那么多年前死了人调查不出来，现在又开始调查了？是不是太久了?"怪人冷冰冰地说道。

看来他就是所有学生都痛恨的管理员李哲了。秦老鬼揪着的心这才稍稍放松。

秦老鬼尽量让语气显得轻松，说道："我也是刚刚接手这个案子，有线索就过来调查，以前我人不在凉京，可不是我消极怠工。"

"啪嗒"一声，厕所的灯亮了，秦老鬼的眼睛一时无法适应突然变强的光线，眼前有些发花。只见那人走到厕所中间，说道："多年前，三个学生殴打另一个学生致死，就在你现在站的位置。"

秦老鬼下意识地看了地板一眼道："这事是真的?"

"我亲眼看到的，那时我刚刚参加工作不到一年。说实话，我根本没想到学生间打架，居然能下如此重的狠手，挨打的人脾脏破裂，死于内出血，他没咽气时，嘴里鼻子里喷出许多鲜血。我是上过战场的人，但这辈子看过最残忍的一幕，却是在这个厕所里见到的，一条鲜活的生命，就这样被三个稚气未脱的半大少年给夺走了。”

怪人的语气变得愤愤不平，秦老鬼道：“一时年少冲动，可惜了死者。”

秦老鬼这番话，似乎让李哲不满意，他一把拉住秦老鬼的胳膊，将秦老鬼硬拖出了厕所，站在六楼的走廊上，他用手指着学院深处的方向，说道：“你今天来是因为出了大事，学院加强了警戒，还有值夜巡逻的便衣。可是没有这些人在时，你知道这里的每个夜晚都是怎样的？这里有许多女生把自己涂抹得和鬼一样，每晚都翻墙出去赚脏钱，那些男生闲得没事，也会在夜晚三五成群翻墙出去喝酒闹事。你以为学生被打死只是偶发事件？别以为每所大学都像清华、北大那样，这些小孩，坏起来是你根本无法想象的。”

“青少年的暴力犯罪事件……”

“暴力犯罪事件当然必须重视，但是那些尚未犯罪却同样暴力的学生，关注的人就不多了。在没打死人之前，那三个人还是学校的体育尖子，其实暴力倾向是早有表现的，只不过被忽略了。你说他们一时冲动，其根本就是家长和校方的漠视。我在这里干了八年，见过的事情太多了，四名学生被杀，我并不觉得奇怪。”说罢，李哲缓缓朝楼下走去。

“可是，这个厕所的情况，到底是怎么回事？”

“没人知道，或许真的闹鬼了也说不准。”李哲的身影逐渐消失在黑暗中。

秦老鬼尾随着李哲下楼，却发现他已经不见了。在这里足足转了八年的人，当然熟悉每一条路径，黑夜中不可能再找到他。秦老鬼想了想，没有再回六楼，他离开了凉京大学。或许这一切真如李哲所言都是存在的，包括那冒血的厕所。

第六节　极度侮辱

第二天一早，秦老鬼来到医院的看护室，里面躺着情绪稳定下来的王茜。

秦老鬼深夜偶遇李哲，虽然只有短暂的交谈，但是感觉他的身上似乎隐藏着不少秘密。很难判断他是否真的是杀死四名学生的凶手，因为李哲对于学生，确有对立情绪，但秦老鬼觉得，李哲并不一定像学生们说的那样坏。

系统一共给出了三个人的资料，王茜是秦老鬼见的第二个人，也是秦老鬼觉得破案之根本。通过系统，他得知了医生初步的判断结果，所以特意来了个大早，并且根据王茜的喜好，去买了一个加菲猫的毛绒玩具。这个外表看似比较成熟的姑娘，其实本心还停留在小女孩的阶段，只是平时被人夸得太狠，所以不免有些装样，这是自我感觉良好之人的通病，也没什么可说的。

果然，见到加菲猫，女孩脸上立刻洋溢出自然的笑容，她确实是个美丽的女孩，面色略显苍白，但五官之精巧，至少在秦老鬼见过的美女中，可以算是上上人选了。

美丽女孩确实是非多。秦老鬼心里这么想着，嘴上做着自我介绍，又说道："如果不是队员受伤，我应该已经走了，眼下只能留在这里，帮杨局长分析这宗无头案了。"

女孩一听说这事，眼神立刻变得黯淡，抱着加菲猫的手也松开了一些。

这一细微的变化秦老鬼都看在眼里，他说道："王茜，我不想刺激你，可光说安慰的话，也无法帮助你渡过难关。你从小就在别人的赞扬声中成长，但是赞扬的声音，让你获得自信的同时，也会把你的心变得如玻璃一般易碎，无法承受突如其来的变故。其实我们在成长的过程中，总会不断承受外界突然而至的打击，我给你一个建议，无论如何都不要轻易放弃自己的生命，因为错的不是你，即使有人需要受到惩罚，也不是你，或是你的父母。”

王茜听了这话，木然了很长时间，接着她低声啜泣起来。秦老鬼也不说话，安静地坐在女孩身边，等她哭够了，才说道：“这样吧，咱们做个游戏如何？”

王茜表情有些诧异地望向他道：“做游戏？”这是女孩第一次说话，声音犹如银铃般清脆甜美。

“没错，咱们各说三件自己从小到大最难以言说的秘密，时间分别是在幼年、少年、如今。一人说一件，我先开始，这里没有第三个人，咱们谁都别说假话，你敢不敢玩这个游戏？”

“那你先说一个我听听。”王茜有些犹豫。

秦老鬼道：“先说我幼年时期吧。我这人有点未老先衰，总比同年龄的人要显得成熟，所以在我很小的时候，就喜欢上了隔壁的一个大姐姐，她比我大七岁，我们一直做了二十年的邻居，但是从五岁我上幼儿园的时候就开始喜欢她。这个大姐姐非常漂亮，而且个人条件、家庭条件都比我要好，所以我从来没有对外人说过这件事，因为实在不好意思说，而你是第一个知道这件事的人。”

或许是秦老鬼的坦诚打动了王茜，她脸上微微有了一丝笑意，问道：“后来这位大姐姐呢？”

秦老鬼微微一笑道：“答案最后揭晓，按照游戏规则，现在轮到你说了。”

“好吧，让我想想。”王茜瘦弱的胳膊按在自己胸口，仔细想了很久，才说道：“应该算是了，这也是我五六岁时经历的事情。其实小时候我特别淘气，一点儿都不像现在这样，我特别喜欢和小男孩一起玩，不愿意梳辫子，甚至连上厕所都模仿别的小男孩，我甚至觉得自己就是一个男孩，无论衣帽鞋袜都要求妈妈按照男孩的款式买。直到小学三年级，我才明白男孩和女孩的区别，这算不算难堪的事情？”

秦老鬼听罢呵呵笑道：“算，当然算了，这说明你是个很单纯的孩子。有的小孩在意男女有别，表面上看，似乎是懂得礼节，其实从根本而言，是因为孩子的思想过于复杂，这种人其实最容易在生活作风上出问题。”

“您说得太对了，越是道貌岸然者，其实心里越龌龊。”王茜道。

“你这小丫头，年纪不大，其实心里门清啊。”秦老鬼笑道，过了一会儿又道，“再说第二件，这是我十五岁时发生的事情，还是和那个大姐姐有关。十年以后我对她的爱意越来越深，甚至到了无法自拔的程度，于是有一天傍晚，我趁她不注意，偷了她的鞋子，这双鞋子我一直保留到今天。”

听了这个秘密，王茜没有笑他，叹了口气道：“看来你是真的爱这个女人。”

“当然爱了，否则能从五岁就开始惦记人家到今天？”秦老鬼的笑容有些勉强。

“你这个游戏简直就是真爱宣言会，应该让那位大姐姐听到这些话。”

“你得叫阿姨了，你的第二个秘密呢？”

“嗯……我的第二个秘密其实和你差不多。上高中那一年，我喜欢上了一个男孩子……”

“能被你青眼的男孩条件肯定很好？”

“还好吧，他是我的学长，大我两届，也是诗社的社长，属于又帅又有才的那一类人。”说到这儿，女孩脸上不自觉出现了一抹红晕，继续道，“但是没人知道这件事，包括我最好的朋友，我也没有告诉她。”

“因为自尊吗？像你这样的女孩，当然不能屈尊去追求一个男孩。”

“是，我做梦也没想过，自己会主动先对男孩表白。其实回头想想，为了可笑的面子，放弃一段真爱，确实不值得。”

“咱俩也算是同病相怜吧，不过我是自卑不敢表达，而你是因为自尊不愿表达，不过反正结果都一样。这下到最后一件事了，我真犹豫是不是应该把这事说出来。”说到这儿，秦老鬼面露难色。

“都到最后一件事了，你就别吊人胃口了，赶紧说吧。”王茜一副小女儿神态央求道，很短时间内，她和秦老鬼的相处已经不存在隔阂了。

秦老鬼装模作样叹了口气道：“好吧，也就是你有天大的面子。我在二十岁之后得了一种奇怪的心理疾病，叫异装癖，我必须穿着女人的内衣，走在人多的地方，才能满足自己的内心需求。”

“啊，还有这么奇怪的病症？”女孩咧着嘴直抽凉气。

“是很变态，对吗？但是我确实有过这样一段时期，其实我的内心也非常苦恼，但最终还是克服了困难，走回了正常的道路。这段人生经历是我最难以对人启齿的，今天之所以能当着你面说出来，说明我真正可以面对它了。只有面对了才能改正，否则我现在还会不定期地穿上女人的内衣，跑到商场去转圈。其实当你小心翼翼地保护一个秘密，不想让别人知道，这种行为并不会真的让你感到安全，相反的，你会永远生活在惴惴不安中，一旦想到，你就不会快乐。而鼓足勇气说出来，虽然暂时会让你感到难堪，甚至无地自容，但是你会发现，自己其实拥有战胜心魔的勇气。所以，王茜，如何选择，对于你的将来真的非常重要，我希望你做个有勇气的姑娘，无论什么事情，最终都会找到解决的办法。”

“我明白您的意思，可是如果我选择不说呢？”

“没人强迫你，如果你希望做错事的人永远不受惩罚，在自己心里永远保留一段不堪回首的记忆，那你就守口如瓶吧。只是我不明白，为什么要对伤害我们的人，如此宽宏大量？为什么？”

听了这句话，王茜的眼圈又一次红了，她忍不住抽噎了几声，不过这次没哭出来。过了一会儿，她叹口气道：“这件事直到今天，我都感觉像是一场梦，我都不知道自己究竟是真实经历过，还是一场幻觉。”

秦老鬼道：“就当是幻觉吧，咱们现在说的就是幻觉。”

“但愿这只是一场幻觉吧。”王茜将自己的遭遇一股脑地说了出来，没有丝毫迟滞。秦老鬼对她的开导是成功的，但是让他没想到的是，这个女孩居然遇到了一个变态。这段经历确实是太可怕了，因为有时，侮辱比杀戮对人的伤害更深。

说罢王茜幽幽叹了口气道：“我几乎可以肯定，这个人就是学校里的人。因为在他侮辱过我后，又将那条内裤通过快递的方式寄给了我，并且写了一张纸条，说这是我的内裤，是送给我的礼物。”

“也就是再一次经历不堪的侮辱，导致你自杀？”

“没错，在那一刻，我实在无法承受这种侮辱，觉得还是死了干脆。”

“那么现在你能告诉我，肯定不会再做这样的傻事了？”

“嗯，其实在跳下楼的那一刻，我就后悔了。毕竟生命只有一次，能继续活着就是老天对我最大的恩赐了，我当然不会再做傻事了。”

“好，有你这句话，我就放心了。至于那名凶手，你放心，我一定会把他找出来。”

任何男人都会对美女产生保护的心理，秦老鬼也不例外。

就在他准备离开时，王茜问道：“那位大姐姐呢？她知道你爱她吗?"

秦老鬼已经转过身子，沉默片刻，他说道："她不知道，直到死去的那一刻，她都不知道我爱她。我只是她生命中一个可有可无的过客，爱或不爱对她而言没那么重要。"秦老鬼语气中充满了无奈与痛苦，他头也不回，径直出了病房。

第七节　听笑话的怪人

"凶手的心理有问题，对女性非常仇视。"秦老鬼在电话里对杨德才道。

"要是按照这两条线索，李哲的可能性非常大，他对女生看不惯，我和他谈话时，他多次表达了不满。"

"或许是吧，不过还有一个人需要了解，先听听他怎么说吧。"

此时秦老鬼已经站在凉京大学的办公大楼前，他联系了信息科的那个人，见面后，只见对方是个二十五六岁的青年，身材适中，五官英俊。这人叫陆天明，是凉京大学计算机系毕业的。

秦老鬼开门见山道："找你有两个情况需要了解，一是学生被杀，二是王茜自杀。这两件事情，你了解吗?"

犹豫了片刻，陆天明道："四名学生的死亡，我毫不知情，王茜自杀我也不知道为什么。如果非说我和她有联系，那就是一年前我追求过她，不过被拒绝了，我不是死缠烂打的人，她不同意也就算了。其实我们也就是出去吃了顿西餐，我向她表白，然后她婉拒了，就是这样，单独相处的时间不超过两个小时。和一位漂亮女孩约会，是单身男性的权利，我想这不违反法律吧?"

"你仔细想想，你和王茜的交集真的只有这短短两个小时，然后就再也没有下文了?”

“你别以为王茜只是凉京大学的学生，她在网络上也有相当的知名度，追求她的男人从未婚到已婚的不知有多少。我是和她一个学院的，那又如何，我的条件很一般，条件最好的追求者，据我所知是个亿万富豪，给王茜开了一个月二十万的条件，我算什么呢?”

“可王茜有男朋友了，是吗?”

“你说杨长海？我都不好说他。这小子是篮球队队长，王茜是啦啦队队长，其实两人什么关系都没有，王茜也从来没有承认过杨长海是她男朋友。不过这人比我脸皮厚，死缠烂打呗，他觉得征服王茜这样一个美女，才是人生中最光荣的事情。”

秦老鬼通过微表情观察，没发现陆天明有说谎话或掩饰真相的状况，可是系统给出陆天明的分析结果，仅仅是因为他追求过王茜？如此判断，也太随意了。刚想到这儿，他忽然发现陆天明的双眼不由自主地眯了一下，接着微微晃动脑袋。秦老鬼立刻问道：“你又想到了什么?”

陆天明吓了一跳，问道：“你怎么知道我心里在想事情?”

“眼睛微眯是思索问题的经典表情，而微微点头是想到答案后，自我确认的反应。所以你不仅想到了问题，连答案都有了。”

“好吧，我认输了，我确实忘了一个线索。早前追王茜被拒后，我匿名在学院论坛上发了个帖子，征集被王茜拒绝的男生的签名。前两天，我听一位同事说，有人在帖子里留言，说是有王茜的内裤售卖，问我有没有兴趣，当时我以为是恶作剧，就把那人的留言给删除了。”

“能追踪到对方的注册地址吗?”秦老鬼顿时来了精神。

“是在一个网吧，我追踪过发帖的 IP 地址。”

“对方的注册名是什么?”

“ID 叫‘听笑话的怪人’，这名字我觉得有点变态，或许是某位心理变态的追求者，美女是非多，惹上这样一位也真够麻烦的。”

秦老鬼下意识地点点头道：“没错，确实够麻烦。”他这才明白，系统之所以给出陆天明的资料，并不是因为他和王茜有关系，真正原因是在他帖子里留言的那位，只是系统无法进一步追踪对方的信息线索，所以就给出了陆天明的资料。

“听笑话的怪人”这个 ID 显然就是拘禁、侮辱王茜的那个人，而此人极有可能也是杀死四名同学的凶手。但是，想从网吧的监控录像查找嫌疑人的想法很快就落空了，因为那是一家黑网吧，开在民居里，甭说监控录像了，就连空调都没有。秦老鬼只能询问负责收钱的店主，是否记得有一位外形极其丑陋、缺了一只眼的人来这儿上过网。店主仔细想了一会儿，答道：“有天晚上来这儿上网的一人，还真有点印象，来我这儿的基本都是熟客，但那人是第一次见，大半夜的来上网，居然还戴个墨镜口罩，乍一看我还以为是抢劫的劫匪，吓了一大跳。后来他挑了一台最靠里边的机子，玩了一会儿就走了，给的十块钱押金也没要回，我还以为他精神不正常呢。”

虽然看似无功而返，但李哲的嫌疑越来越重。想到这儿，秦老鬼立刻将找到的线索通知了杨德才。

“您说得太对了，其实经过这两天的暗中布控，李哲确实表现出了心理异常的状况。您有空就来一趟，我这里有一段视频和一些图片资料。”

很快，秦老鬼就坐在了市局信息科的办公室里，只见视频中的李哲在夜晚的女生宿舍前转来转去，鬼鬼祟祟的。到了半夜，宿舍区管理员睡着时，他用身上的钥匙打开铁门，进去后开始逐一翻拣女孩们洗干净、晾在过道上的内衣。

“你看他是很有选择性的，越是好看、造型性感的内衣，他越是感兴趣。”

随着杨德才的讲解，只见李哲伸手将一条黑色内裤从衣架上取下来，将镜头推近后，可以看到他手上拿着的是一条蕾丝边的丁字裤，只见李哲丑陋的脸上表情几乎兴奋到扭曲。在夜色中，他脸上的肌肉不自觉抖动着，仔细摩挲片刻，他将丁字裤塞进口袋，接着如法炮制，将过道上所有款式新颖、性感的胸罩、内裤一一摘下带走了。

“在您来的这段时间，我们已经对李哲实施了抓捕，并在他的房间里发现了许多女士内衣。”接着，杨德才展示了几张李哲房间的取证照片，只见不大的两室一厅里，除了电视、空调，最多的就是柜子。每个房间都有衣柜或立柜，而无论是柜子的推门或是抽屉里，都塞满了颜色各异、琳琅满目的女士内衣，简直比内衣店里品种还要丰富。

秦老鬼看得眉头直皱道：“这些都是警方暗中布控侦查到的结果？有点不符合常理。李哲明知道你们有便衣在校园里，他这么做不是自投罗网吗？”

“或许是他内心需求过于急迫，所以不管不顾了。”

“心理有特殊需求的人，从行为上而言是不正常的，但思想认知上肯定没有问题，所以他们懂得隐藏自己的行为，不管不顾的那种，应该是精神出了问题。这样吧，杨局长，是否可以安排我和李哲聊聊。”

“没问题，目前就是处在审讯阶段。”

两人面对面坐着，秦老鬼问道：“你是否需要为自己辩护？”

“我没有犯罪，何需辩护？”李哲恶狠狠地说道，那副模样恨不能把人吃了。

“我说的是你异常的行为，你为什么要偷那些女孩的内衣裤？”听了这句话，李哲顿时没了声音，他一声不吭地仰头望着天花板，表情漠然。

秦老鬼仔细观察了他的表情动作后，试探着问道："你似乎很不屑于解释这个问题，如果我愿意相信，你愿意说出来，让我知道吗？"

"不能。"李哲的回复异常干脆。

"你想过没有，这两件案子你都有嫌疑，非法拘禁伤害他人和恶意杀人是会被判死刑的。"

"如果有证据证明这两件案子都是我做的，随你们怎么判。"李哲回答的还是异常干脆。

"好，果然是经历过大风大浪的军人，我佩服你的胆气。"

"我曾经执行敌后任务，被对方抓住后受到的酷刑，是你们这些动嘴皮子的人无法想象的，我这人做事不喜欢解释，无愧于心就行了。"

"你为什么要把自己包裹得跟刺猬一样，有事说出来，大家商量着解决，才是聪明的做法。"

"我从来就不是聪明人，敌人审讯我，对于我知道的事，从没有撒谎说'不知道'，但我就是什么也不说，有种就把我打死。"说罢李哲一把将衣服扯开，只见他的胸膛上布满了条条疤痕，简直像一块满是补丁的破布。他冷笑道："这是被鞭子抽的，我身上还有烫伤、刀伤，我什么都经历过了，所以你别想吓唬我。"

"你的左眼也是在执行敌后任务时负伤的？"

李哲似乎想说什么，可光张嘴却没说话，他闭上了嘴巴，只是深深吸了口气。秦老鬼起身道："希望你如自己所言是清白的。"说罢他走出了审讯室。

"审讯的结果如何？"杨德才问道。

"基本可以断定，李哲不是罪犯。"

"你的判断有误吧？"杨德才下意识道，随即才反应过来，连忙纠正道，"我的意思是，这么快判断他有罪或无罪，是不是太早了？"

"他百分之百不是凶手。"

“可是他的行为……”

“他的行为确实难以理解，或许这与他患有强迫症有关，他抗拒吐露内心真实的想法，而真正的凶手不可能是这种反应。凶手只会做一件事，想尽一切办法和案件撇清关系，所以李哲绝不是凶手。”

“好吧，既然您都用了‘绝不’这样的字眼，我也不能死抬杠，但我个人觉得，李哲就是凶手，而且这也符合系统给出的分析结果。”

“希望您的判断是正确的。”秦老鬼感受到了杨德才的不快，便告辞离开了。其实他来凉京的任务早已完成，只是因为马三平伤情耽误，所以做了一回“义务侦查员”，但是秦老鬼知道，自己的任务应该结束了。除了不能耽误新任务，凉京大学这宗案子已经进入了死角，他不可能左右办案人员的思路，更不可能让他们完全根据系统的分析来侦破案件，所以该退出时就退出。可李哲就像是一个无法抹去的图像，始终在他脑海中萦绕。

秦老鬼坐在系统前，再次输入了李哲的姓名和所有他掌握了的信息，很快，系统便搜索出了有关联的几个“李哲”，凉京大学的是最明显的一个，随后秦老鬼开始检索分析他。之后系统给出了和上次差不多的分析结果，但不同的是，这次又弹出了一个女人的照片和个人资料。系统找到她的依据，是这人昨天晚上八点，在凉京大学的论坛上发了个声援李哲的帖子，而她是三年前从凉京大学毕业的学生。

没想到居然有女生声援李哲，可是点开帖子后，让秦老鬼没想到的是，支持李哲的并不只是她一个，有很多女生都留言支持李哲，甚至比反对者要多得多。这一出乎秦老鬼意料的结果让他陷入了沉思，犹豫了半晌，他还是根据这个女子资料上记录的电话号码打了过去。

电话接通后，秦老鬼介绍自己是凉京市刑侦支队的，希望找她了解一下李哲的情况，对方没有丝毫犹豫，立刻答应了，两人约好在大学对面的一家咖啡馆见面。这女子比秦老鬼到得还早，只见她穿着一身干练的职业装，举手投足间都透露出职业女性的知性与智慧。

“王蓉，在凉京最大的一家外企任人事经理助理，对吗？”

“是。”

“我真没想到，你会发帖子声援李哲。”

“为什么不能声援他？难道你们已经确实调查清楚他就是罪犯了？”

“没有，不过他的心理似乎有些问题。”

“偷女生内裤，是吗？”女子直截了当地说道。

“这些事你都知道？”秦老鬼愈发觉得不可思议。

“可是你想过没有，好好的女孩，尤其还是学生，为什么要穿那种款式的内衣裤，不但贵，而且没有普通的棉质内裤舒适。这一点，你们有没有想过？”

秦老鬼心里“咯噔”一下，微微摇头道：“这一点我真没想到。”

“不光是你，所有警察都没有想到。但是我可以告诉你，我不敢说穿性感内衣裤的女孩百分之百有问题，但至少百分之八十是在外做兼职的，好一点儿的陪人喝酒，不要脸的陪人睡觉。李哲是以他一人之力，在尽力挽救这些女孩，希望她们能浪子回头。”

“我无意冒犯你，但是偷内衣和他的挽救行为有必然联系吗？”

女孩似乎犹豫了片刻，忽然起身将自己上衣的扣子解开。秦老鬼吓了一跳，正要别过脸去，却见她指着自己胸部文着的蝴蝶道：“我曾经就是穿这种内衣的女孩。”

第八节　李哲的决心

“我其实算凉京大学最早做‘兼职’的学生，在我之前，因为周围的娱乐场所不多，所以女生还没有找到这条财路。刚开始，我在往学校东北方向走两站路的‘缤纷世界迪吧’领舞，后来和看场子的一个姓马的痞子混在了一起。那个王八蛋吸毒，后来我也被他带着染上了毒瘾，领舞那点儿收入买化妆品还凑合，吸毒就不成了。于是我在他的怂恿下开始出台，陪那些老男人睡觉，然后用卖淫所得去买毒品，结果钱还是不够，姓马的就让我贩卖毒品，以毒养毒。我当时还不知道，这其实都是他的圈套，因为用我们这些女孩做掩护贩毒，不容易被人发觉。后来因为意外，我弄丢了一批毒资，大概七万块吧，这钱对于学生来说是天文数字，我害怕得躲在宿舍里根本不敢出去。结果这帮毒贩子狗急跳墙，晚上翻墙进来，把我抓到操场上，当时就准备砍掉我两根手指，结果李哲就出现了。

“当晚来的都不是小角色，其中有一个在凉京黑道上名气很大的流氓，他当时就从怀里掏出一把锯短枪口的猎枪对准李哲，让他不要多管闲事。谁知道李哲根本不怕，他一把抓住枪口，对准自己的心脏，让那人开枪，一下就把在场所有人都震住了。对方仗着人多，想把李哲打服，结果他身手很好，很快就把一帮流氓都打倒在地。后来也不知道是枪走火，还是对方开了枪，李哲的左眼就被一枪给轰掉了，当时差点儿没吓死我。

“出了这事，痞子们立马就跑了。我慌里慌张地想替李哲包扎伤口，谁知道他把我推开了，然后他从衣服上撕了一条布将伤眼裹住，就坐在草坪上等着救护车。他出院再回来时，那只眼球已经被摘除了。我心里特别难过，但是几次去看他，都被他骂了出来。我知道他恨我，所以我很想补偿他，但李哲自始至终不肯见我，后来上班遇到我也装作没看见，一直到毕业，他都没有再和我说过话。”

“从此以后你就安安心心做个好学生，不再去干那些乱七八糟的事情了？”

“如果我还干，那还是人吗？后来我把所有的精力都用在了学习上，顺利毕业后，找到了这份人力资源助理的工作，很快又要升职了。如果没有李哲，你说我现在会成什么样子？那些坏男生背地里毁他，可对我而言，他就是英雄。”

“原来如此。”秦老鬼心里有几分佩服李哲了。

“在我的心里，他就是英雄，无论别人说他多丑陋、多凶狠，但我知道，他是这个世界上最善良的男人。”

看着她说这句话的表情，秦老鬼心里一动，问道：“你喜欢他，对吗？”

“我……”说话一直干脆利落的女子，此时流露出了一丝羞涩，不过她的表情很快又变得沮丧，说道，“我配不上他，我曾经堕落过。”

“浪子回头金不换，你能改变自己也不容易。不要默默喜欢一个人，如果真的爱他，就要当面说给他听，即便被拒绝，你也问心无愧，否则错过这段感情，会让你遗憾终身。”秦老鬼笑着劝道。

“是的，也许您……说的很有道理。”女子歪着头笑了笑。

“李哲这种行为，是在保护学校里的女孩，他不希望这些女孩出去做兼职赚钱。我也不知道这个看似粗糙的大汉，为什么会如此有责任心，但他的动机就是如此，不光是我，学院里很多和我有过相似经历的女孩都可以为他作证。”

“我们问了，但问的是男孩。”

“男孩必定讨厌他。李哲不允许男孩女孩在学校里谈恋爱，他也不允许男生喝酒闹事，甚至会采取粗暴的手段干涉他们做的错事，这样的管理员当然招人恨了。”

“所以，他不可能是杀害学生的凶手？”

“他能为素不相识的学生付出自己的一只眼珠，这样的人，会伤害学生吗？”

杨德才将李哲立为第一嫌疑人，进行调查的方向是完全错误的，如此一来，真正的凶手线索又断了。还有那个诡异的流血水箱，到底是怎么回事？

秦老鬼想到这儿，暗暗叹了口气，他知道自己还是无法放弃这个责任，无论是为了李哲，还是那个杀害学生的真凶。不过，在办这些事之前，秦老鬼又搜索出一个人的资料，打电话详细谈了很久之后，他脸上忽然出现了一丝笑意，掏出皮夹打开，里面是一张一个七岁男孩和十四岁女孩的合照。秦老鬼摩挲着女孩的面颊，轻声道："这么多年了，你还好吗？"

第九节　真凶现身

杨德才终于无法忍受秦老鬼对于李哲的"袒护"，以极为严厉的语气将秦老鬼批评了一通，秦老鬼还是毫不退让道："凉京大学的论坛有人发帖声援李哲，我觉得您应该看看。"

"是吗，还有人声援他这种人，真是可笑。"杨德才气得满脸通红。

秦老鬼打开电脑，登录进入凉京大学论坛，进去后第一眼便看到了一个标题——"有各款式内裤、丝袜兜售，同城者可以当面现脱交易。"

这帖子被顶在第一位，而声援李哲的帖子则在第二位。杨德才皱着眉头道："这帮学生到底想干什么？到底是来学习的还是来赚钱的？"

秦老鬼点开售卖内衣的帖子，只见发帖者上传了大量不露脸的身着内衣的照片，还有许多内衣和丝袜的展示。

然而就是这样一条"交易帖"，其下有很多留言，有问价的，有询问真假的，还有问这其中有没有王茜穿过的。杨德才看了气得浑身发抖，点香烟差点儿没把嘴唇给烧了，他一把将打火机远远丢开，吼道：“我看现在应该接受调查的不光是李哲，还有这个校长。”

秦老鬼平静地说道：“校长的确有责任。”

“发帖子的人，真应该抓起来，让他吃几天牢饭。”

“您先别生气，孩子应该以教育为主，抓的意义不大。”

“哎。”杨德才沉闷地叹了口气，没有再说什么。

秦老鬼也是心情抑郁地回到了医院，刚刚走到马三平的病房门口，便听见里面传出阵阵愉快的笑声，这与秦老鬼的心情形成了巨大的反差。走进去后，只见岳峰坐在病房中间的位置，病房里所有人的目光都集中在岳峰身上。

文艳丽见了秦老鬼，起身道：“鬼哥，你应该换我休息一天，这几天都是我照顾他，快累死了。”

“我不同意，鬼哥比我还邋遢，要是他伺候我，非把尿盆卡在我床上不可。”

“你当我想。”秦老鬼白了马三平一眼，问道，“什么事笑成这样?”

文艳丽道：“岳峰大哥真会说笑话，都是特别好笑的笑话，您应该在这儿放松一下心情。”

听到“笑话”二字，秦老鬼心里“咯噔”一下，下意识朝岳峰望去，只见他笑容可掬地起身道：“我这人闲着没事干，就喜欢给人说笑话，当年在部队里，我们就靠相互说笑话打发时间，时间长了，自然积累了一肚子的笑话。”

“你在部队里服役的是什么兵种?”

“侦察兵。”

“那可真是巧了，这些日子在你们学校调查案情，有一名叫李哲的工作人员，当年参军时也是侦察兵。”

“李哲我知道，他进部队比我早多了，他那个年代的侦察兵，是有机会执行敌后任务的，到我参军时，只能模拟执行敌后任务，所以我其实是个棒槌。”

“也不能这么说，备战也是极其严谨的任务，没有备战，真到了战时，哪来的战斗力？”

“话是这么说，可与李哲当年真刀真枪地和敌人干相比，我们差得太远了。我这条腿负伤，属于意外事故，他那一身伤才是真的军人的勋章。”

“你崇拜李哲吗？”

“当然了，他是我的偶像，在部队服役那会儿，我就听说过这人，他也算是我们部队的传奇人物了。没想到分配工作居然有机会在一个单位，所以我对他是极其钦佩的。”

“是吗，能有这样的缘分真是不简单。不过李哲也许并没有你想的那样好，他可能是个杀人犯。”

“他肯定杀过敌人，但我不信他会杀学生。”

“问题是他现在的嫌疑很大，而且李哲拒不配合公安机关的调查。如果就这么发展下去，情况对他极为不利。”

“他是一个非常执着的人，认定了一件事就不会轻易改变。我知道他希望以一己之力改变这些学生的价值观，这样的人绝不会杀死学生的，你们不要冤枉他。”

“这话不是我说了算，也不是你说了算，得看他自己的选择了，或许他真是被冤枉的，只是他想保护真正的罪犯免于受到惩罚，这样一条铁骨铮铮的汉子，我替他感到不值。”

秦老鬼说完这句话，双眼一动不动地盯在岳峰脸上。只见他双眉紧锁，木木呆呆地从椅子上站起来，往病房外走去，一直走到门口才反应过来，转身露出勉强的笑容道：“今天先说这么多，明天继续聊。”

这时，秦老鬼接到了杨德才的电话，卖内衣的女生已经被他们控制了，经过调查才知道，这女孩也曾经有过与王茜相似的遭遇。

见面后秦老鬼才知道，这位叫周丽娟的女孩也是五官姣好，虽然没有王茜那般清丽脱俗，但也算是美女了。

“我真想不明白，你们这些孩子到底是怎么想的，居然连这种东西都卖，谁会要这东西？还有没有廉耻之心了？”杨德才气得胡子都竖了起来。

“您也太老土了，买这东西的人多了去了。我用过的东西，根本不够卖的，其实那里面只有极少一部分是我贴身穿过的，其他的都是我寝室同学的。”说完这句话，女生放肆地笑出了声，和王茜相比，她少了一份羞耻心。

“既然你被人非法拘禁了，为什么没有报案？”

“为什么要报案？他也没有杀我，再说，这么丢人的事情，被人知道了，我还不被人笑死。”话虽如此，两人实在无法从她表情中看到一丝羞惭之意，相反的，她还有一点儿扬扬自得的表情。

见秦老鬼死死盯着自己，眼珠都不转一下，女孩撇着嘴“切”了一声。

秦老鬼随即坐直了身体，问道：“你有受虐倾向，是吗？”

“受虐？我有病啊，想被人虐待？”

“这么说吧，当被人拘禁羞辱时，你在紧张的同时，是不是感到很刺激？”

“你还挺懂行的？你们公安局的人，都会一点儿心理学吧？这种需求难道就是所谓的受虐？”

“从心理学角度来说，这就是受虐倾向，尤其是处在青春发育期的女孩，因为她们希望尝试一种更为刺激的生活方式，严格来说，这不属于心理疾病。”

“没错，我就是你说的那种人。”周丽娟笑着大声道。

“那么你能仔细描述一下对方侮辱你的方式吗？”秦老鬼道。

相比王茜需要心理疏导，周丽娟痛快得多，她竹筒倒豆子一般将自己受到侮辱的细节详细说了一遍。

“而且我看到屋里有一样非常奇怪的东西，是一个大塑料桶，里面装满了红色的液体，我觉得可能是血液。那个大桶至少能装二十斤的水，里面却装满了血液。看到这东西，我觉得他肯定杀了人，否则上哪儿弄这么多血呢。您说，是吧？”

“可是杀了人，为什么要把血留下来？”秦老鬼问道。

“那谁知道，这人本来就是个变态，我可是正常人。”女孩道。

秦老鬼不想和她在这件事上扯闲篇，转移话题道：“周丽娟同学，如果我们让你回去并且为你保守秘密，你能保证将来不再做这种生意吗？赚钱的方式有很多种，难道要靠出卖尊严才能赚钱？”

“我觉得您说的根本不对，因为不要脸的不是我，而是那些买我内裤的色男。他们那种丑态没让你看见，真是要多下贱就有多下贱。再说，卖内衣不犯法吧？”

两名也算是见多识广的中年男人没再继续劝导周丽娟。

过了两天，秦老鬼接到了一个电话。他依照约定，走到医院的门口，只见一个英俊的年轻人穿着得体的西装衬衫，右手捧着一大束火红的玫瑰。秦老鬼走过去问道：“你就是赵阔海？”

“没错，您是杨警官吧？”

“我其实不姓杨，姓名不重要。王茜在神经科四床，你去看看她吧，这对她非常重要。”

“真是太感谢您了。”男青年随即往病房走去。看着他的背影，秦老鬼脸上浮现出一丝笑容，但愿天下有情人最终都能有个好结果。

马三平明天就要办理出院手续了，这意味着秦老鬼三人将离开凉京，一切案情都将与他没有任何关系，他来这里本来也不是因为这宗案子。

可让秦老鬼没想到的是，这一天接连发生的事情简直让他措手不及，可以说是惊天逆转。而这一切，是从中午他踏进厕所开始的。

秦老鬼进了厕所后，蹲在隔间里，满脑子想着凉京学院“流血厕所”的谜团，这时他听到厕所大门“啪嗒”一声锁上了，他立刻警觉起来。片刻之后，只听有人点烟，再接着是有人敲门，然而锁上厕所门的人就是不开。秦老鬼知道，这人是冲着自己来的，他也知道对方是谁，便起身从隔间里走出去，果然见到岳峰阴沉着脸站在厕所门口。

“你就是杀害四名学生的凶手，对吗？”

然而岳峰的话让他非常失望：“我绝没有杀人，但王茜确实是我拘禁的。这件事与李哲无关，你们应该放了他。”

“你是在避重就轻，逃避案情？”

“我没有逃避案情，我只是希望通过这种手段，打击那些表面高傲、内心龌龊的女孩，让她们能够正视自己的错误，不要一错再错。”

“王茜呢？她除了长得漂亮，何错之有？”

“她被人包养了，你知道吗？你当然不知道，但是凉京大学从老师到学生，几乎无人不知，这种女孩，难道不应该受到惩罚？”

秦老鬼愣了，他实在没想到，那个看起来如此冰清玉洁的女孩，居然有这样一段不堪的秘密。

“乱世需用重典，矫枉难免过正，老祖宗的古训你应该没忘吧？对付这样一群毫无礼义廉耻、眼中只有钞票的女人，就必须从根上破掉她们的幻想。李哲和你一样，觉得我的方式方法过于激进，但确实收到了很好的效果，那些女孩中至少有一大部分幡然醒悟了，包括王茜在内。”

“既然你如此鄙视她，在她跳楼的一瞬间，你又为什么要舍命相救?”

“我是在挽救这些人，不是要杀死她们。王茜自杀，说明她还有羞耻之心，还有救。我不是杀人犯，我只希望她们能改正自己错误的行为。”

“你真的没有杀死那四名学生?”

“你既然去学校调查过，就应该知道，六楼厕所里，多年前被打死了一名学生，死者叫于建国，与李哲从小便是邻居，关系非常好……他被打死之后，李哲很长时间没有从失去朋友的阴影中走出来，直到后来参军，并从部队复员选择回到学校，就是希望类似惨剧永远不要发生。否则，他作为一个普通的管理员，有必要如此尽心尽责？有必要为了维护学生的安危，连命都不要？你觉得如此具有使命感的军人，会去杀学生吗？至于我，还是那句话，我是为了救人，而不是杀人，如果学生做了过分的事，我就杀人，那么到今天为止，死的人肯定不止这四个吧?”

岳峰一番话说得秦老鬼哑口无言，难道杀人者另有其人?

“你们把李哲放了，他不应该被处理，更应该被表扬。一名铁血军人的使命感，是你们这种人无法理解的。”岳峰说这话时，面带鄙夷的神色，秦老鬼却没有丝毫不快，因为他曾经也是一名军人。

秦老鬼带着岳峰去公安局投案时，一眼看见了走在他们前面的王茜和那个年轻人的背影。秦老鬼目瞪口呆地站在门口，喃喃自语道：“我知道杀人者是谁了。”

“是谁?”岳峰问道。

“你马上就会看到。对了，再问你一个问题，那个厕所为什么会流血?”

“因为李哲会定期往里面加入动物的血液。”

“他为什么要这么做?”

“他用这种方式提醒校方，永远不要忘记曾经有学生在厕所里被活活殴打致死。他做到了，现在所有老师学生都还知道这件事，可惜的是，管理却越来越混乱。”

秦老鬼恍然大悟。

随着李哲非法拘禁的嫌疑解脱，杀人的嫌疑也被洗清，因为真正的杀人犯是王茜，她在高中学长的陪伴下，去公安局投案自首了。因为她怀疑拘禁自己的人是杨长海，而且她怀疑在论坛上发帖兜售自己内衣的人也是杨长海，于是她给杨长海送去一罐注入毒药的排骨汤后便跳楼自杀了，她觉得应该和自己极度鄙视的男人同赴地狱。没想到杨长海既没有伤害她，也没有兜售她的内衣，而最终喝了那罐汤的人也不是他，人算不如天算，王茜无意中杀死了四名无辜的校友。

事实的真相虽然让人扼腕叹息，但是，秦老鬼在离开时还是看到了让他感动的一幕。王茜和她暗恋多年的心上人相拥告别，两人脸上都满是泪水，虽然这感情来得太晚，但最终还是来了。

至于李哲，虽因偷窃受到了一定的惩罚，但最终也迎来了与王蓉的春天。

第二天，三人坐在返程的车上，秦老鬼开车。

马三平道：“我要吃苹果。”

“要吃就吃呗，都洗干净了。”文艳丽从塑料袋里掏出一个苹果。

“我的手还不能用力气，你得喂我。”马三平满脸委屈道。

“鬼哥，你看他蹬鼻子上脸。”文艳丽边说话边下意识地开始找水果刀。

秦老鬼看在眼里，呵呵笑着开车回程。

第三章

双头怪

楔　子

“我的眼里有两个世界，右眼看到的是人，是光明的世界，左眼看到的是鬼，是地狱的世界。医生，我是不是得了精神病?”患者愁眉苦脸地问道。

“很少有精神病会觉得自己精神不正常的。”大夫经过仔细的检查后，表情严肃地说道。

“可是为什么我能同时看到两个世界的景象?这种情况让我生不如死，我晚上根本不敢睁开左眼，因为一睁开左眼，我就能看到恐怖的鬼魂在我周围飘荡，甚至有时我能看到它们一左一右地睡在我的两边，而我睡在中间。”

“你在正常情况下，会不会有焦躁的情绪?或者说，你的情绪是否容易激动?”

“不，我是一名数学教师，当然可以控制自己的情绪，否则怎能为人师表？”

“你是从什么时候发现自己有这种症状的？”

病人想了半天道：“应该是在三年前。有一天深夜回家的路上，我看到了一个长着两个脑袋的人正在杀人，他的刀每一次穿透对方身体时，两张脸上会有不同的表情，五官丑陋的会露出残忍的笑容，五官英俊的会露出痛苦的表情。那场面真是太可怕了，自从看见他之后，我的眼中便出现了不同的世界。”

医生合上笔记本道：“看来你的精神确实有问题。”

患者支着脑袋，昂着头，若有所思地说：“我应该没有看错，我的精神应该是正常的。”他目光呆滞地望向高处，就像是一个透明的灵魂，缓缓穿透天花板、水泥层、屋顶，一直飘浮到屋外广阔的天际。

顺着他那呆滞飘动的眼神往回看，就能见到岳宁市某家精神病医院的一间病房里，两个精神病人坐在其中，只见面色苍白穿着白色病服的“患者”满脸委屈地喃喃自语道：“我没有看错，我没有病……”而“大夫”则有条不紊地收拾着一条雪白的毛巾，在他眼里，这上面记满了“患者”的病情记录。

第一节　煮脚

“警察同志，你们赶紧去看看吧，这家人鬼哭狼嚎了很长时间，都快把我们吓死了。”报警的阿婆神态紧张地对警察说道。

“这对夫妻平时有摩擦吗？他们的关系怎么样？”警察问道。

“关系肯定还好，男人是个傻子，家里都是女人说了算，从来没见他们吵过嘴。”

“您别急，等我们把门劝开再说。”

门口一名女警正苦口婆心地做着房里人的思想工作，希望他们能自己把门打开，可房里的人没有丝毫反应，忽然听到一声犹如狼嚎般的哭声从屋里传出。

民警知道大事不好，手持撞锤的人几下就将门撞开，破门而入，入眼的一幕让所有人都目瞪口呆。只见一个女人的脖子上套着绳索，躺在一块木板上，没有动静，似乎是断气了。而一个男人则坐在一张破旧的桌子上，他的双腿插在一个又高又深的油漆桶里，油漆桶下是用砖头垒搭起来的灶台。

油漆桶里的水早已沸腾，男人的双脚在沸腾的开水中肤色通红、皮开肉绽，他的表情十分痛苦，一张脸憋成了猪肝色。

因为疼痛剧烈，他甚至出现了抽搐的症状，可他就是不把脚从沸腾的开水中移出来。

第二节　僵尸

这天早上，刚过八点半，龙太新路一条狭小的马路上发出了一声响亮的撞击声，两辆轿车追尾。这场小小的交通事故，将一条狭窄的单行道堵了个严严实实，发生事故的车主并没有争吵，排着队赶着上班的人也没有按喇叭催促。

因为此时所有人的目光，都被位于龙太新路的一处小区里正缓缓走出来的一个男人所吸引。

大家的目光之所以都集中在他的身上，是因为这个男人没有穿衣服。他不光裸体，在他脖子左侧的肩头还有一处创面较大的伤口，只见鲜血不停流淌而出，染红了他大半边的身体。

除了伤口和鲜血触目惊心外，这个男人走路的姿势也很古怪。他侧着身体，用左腿向前挪动，拖着右腿，他的右腿只能起到左腿迈出时平衡的作用。而且除了右腿僵硬，他的整个上半身包括双手和头部都显得异常僵硬，再配上一张表情僵硬的脸。难道，这就是一具只存在于小说中的僵尸？

就是这样一个“僵尸”让所有目击者目瞪口呆、心跳加速，忽略了身边发生的事故。

“僵尸”依旧速度缓慢，却“步履坚定”地向前走着，甚至不时发出低沉的嘶吼声，这更加增添了周围人的恐慌。

之后他居然掉转了行走的方向，朝小区大门一侧的传达室走去，里面的两名保安吓得丢下警棍就跑了。而“僵尸”似乎对着他们的背影发出了一阵长长的叹息声，嘴角滴下了口水。

这下围观者内心累积的恐惧瞬间爆发了，胆小的尖叫着跑开，胆大的还算镇定地跑开。不过无论面对多可怕的状况，总有一些特别镇定的人，这些人纷纷掏出手机，报了警。

来的不仅仅是公安，还有武警，大批警力瞬间将小区周围所有道路全部封锁了，紧接着，两名穿着犹如航空服一般外套、头盔的医生将“僵尸”制伏了。其实“僵尸”并没有激烈的反抗，他甚至很配合。

在场的人的情绪这才稳定下来，医生立刻抽取“僵尸”的血液，送去分析检验。而小区里的很多居民开始窃窃私语，老头老太太们觉得，这里可能是受到了核辐射，因为这栋楼里二十世纪七十年代曾经住过设计锅炉的工程师，而锅炉是需要用到放射性材料的。

此言论一出，再度引起了老百姓的恐慌。为此市局特地弄来一台专业检测核辐射指数的仪器，当着小区住户的面检测了这附近的核辐射指数，结果得出的数据完全在正常标准之下。

仔细搜查了一遍之后，武警离开了现场，只留下少数公安在现场继续调查，而“僵尸”也被救护人员用担架推上救护车，很快离开了。

不过，“龙太新路某小区因为核辐射泄漏而出现僵尸”的消息，还是成了街头巷尾热议的话题，居住在那个小区周围的人，无不人人自危。市公安局局长接到了上级命令，责令他必须在最短的时间内，调查清楚整件事的来龙去脉。

事实上，局长已经得到了这件事的部分调查结果。首先，“僵尸”绝不是真的僵尸，此人叫王友龙，是市供热公司的一名管道维护员，在一次常规的夜班检查时发生意外，被人劫持了，其肩头的伤口是被人用专业的手术器械切割的，而他僵硬的肢体动作则是因为被人注射了麻痹肌肉的毒素。

只要不是灵异事件，或是因为核辐射导致人体变异，这案子就有破解的希望，对此局长信心满满，不过他很快就发现，这件案子并非自己想的那么乐观。因为王友龙被抢救清醒后，说出了一个令人匪夷所思的情况。

在王友龙出事的前两天，他正在检查一处新建热力管道时，突然被人袭击，遭到电击。因为管道工的工服较厚，所以他并没有马上昏厥，在失去意识前的一瞬间，他隐隐约约地看见了一个双头怪人，而且那个怪人的两条脖子上各拴着一根粗大的铁链，当时他以为自己是受电击后意识不清导致出现了幻觉。当王友龙恢复意识后，发现自己躺在一个只有一张铁床的房间里，屋内的光线是来自外屋的灯光。

虽然王友龙还不能动，却能透过门口看见外屋的镜子里倒映着一个双头怪人。这个恐怖诡异的双头怪人正坐在镜子前，自己给自己剃头，从镜子里，王友龙清晰地看见那两个脑袋一个是光头，长相粗野、满脸横肉，另一个是长发，五官清秀，还戴着一副金丝边眼镜。王友龙从未见过如此诡异的人，顿时就被吓晕了过去。

经过警方仔细盘问，王友龙坚称自己并没有看花眼，他确实看到了一个双头怪人，他甚至看清了那个怪人的后背上有一条清晰的刀疤，刀疤从光头的脖子处一直延伸至腰部。

来此调查案件的刑警队队长马玉鼎，正准备将这一可怕、意外的情况向局里汇报时，站在他身边一直沉默不语的外科大夫忽然低声对他说道："这位病人有过精神病史，是一名精神分裂症患者，症状是病理性幻视，甭说两个脑袋的人，就是两个脑袋的孙悟空被他看见了也不奇怪。"

"你是怎么知道的?"

"他曾经在我们医院脑科接受过治疗，当时他还不知道自己得了幻视，总是说他觉得脑袋疼。后来经过病理分析，才知道是精神出了问题，不过病人拒不配合治疗，坚称自己没病，估计是担心公职不保。因为幻视不属于强制治疗的精神疾病，而且他也只是间歇性发作，所以我们无权将他转送到精神病院。"

两个人交谈的声音很低，病房里也挺嘈杂，但是王友龙忽然坐了起来，激动地说道："你别听他瞎说，我根本就没有幻视，我确实看到了双头怪人。"

医生叹了口气道："这是专家组会诊得出的结论。"

说罢医生略带同情地看了王友龙一眼，转身离开。护士走进病房准备给王友龙打针，王友龙忽然变得异常紧张，他举起不停颤抖的双手，冲马玉鼎招手道："队长，你过来，我有个情况，只能对你一个人说。"

看他这个样子，如果没有精神病，那才真是见鬼了，马玉鼎暗暗叹了口气，凑过去想听听他要说什么话。只听王友龙声音发颤，喘气也变得十分急促，他坚持要贴着马玉鼎的耳朵说话，马玉鼎只能凑过头去。

王友龙的声音虽低，却充满了神经质般兴奋的语调："在这里，有病的不是我，有病的是治病的大夫，他虐待尸体，他才是疯子，是真正的疯子。"

马玉鼎拍了拍王友龙的肩膀道："你好好睡一觉，明天一切情况就都正常了。”

王友龙立刻连连摇头道：“你应该相信我说的话，你应该相信我说的话……”他喃喃自语的声音，不断从马玉鼎身后传来。

虽然王友龙精神不正常，可是他肩膀上的伤口却不是假的，而且如果是精神紊乱时自己对自己下手，以伤口所处的位置，他绝不可能切割得如此平整，所以的确是有人伤害了他。问题在于，对方这么做的目的究竟是什么？

如果是为了报复，这样的伤有些不痛不痒，暗中拍两下板砖都比这更有力度，而且为什么要给王友龙注射麻痹神经的毒素？这种麻痹神经的药剂医院是没有的，而且过于冷门，即便是黑市都拿不到货，只有科研机构可以申请购买，至少在本市没有别的渠道可以获得。难道犯罪人是在科研机构供职的？种种疑点让马玉鼎感到案情扑朔迷离，根本没有下手之处。

第三节　血腥油画

马玉鼎刚出医院，就接到了电话，在王友龙出事小区调查的干警得到了一条非常有用的线索：作案现场已经找到，是 5 号楼 507 室，现场有王友龙躺着的铁床，切割用的手术刀，还有注射麻痹神经毒素的注射器。

马玉鼎心里一阵激动，赶紧去了现场。只见房间里凌乱不堪，摆着许多稀奇古怪的油画。让马玉鼎意外的是，外屋的镜子和里屋的铁床正好成斜对角的角度，这一点和王友龙说看见双头怪人的镜子和床的角度完全一致。难道王友龙说的不是疯话？马玉鼎内心隐隐有些疑惑。

一个满身非主流打扮的年轻人正垂头丧气地坐在屋里。马玉鼎以为这个人就是嫌疑犯，正在仔细观察他。一名干警走到马玉鼎身边，低声道："这人就是房子的租户，是他报警说昨晚屋子被人侵入了，否则我们不会那么快找到犯罪现场。"

"有没有可能是他贼喊捉贼？"马玉鼎皱眉道。居然有这么轻信的警察，他心里感到不快。

干警答道："我们已经调查过了，这人叫周小帅，是在岳宁一家油画工作室工作的青年画家。昨天晚上他整夜都在'真爱酒吧'喝酒，有朋友、调酒师和酒吧监控录像为证，可以肯定，他没有作案时间。"

马玉鼎没有立刻发表意见，他走到客厅中央的画架旁。只见正方形的画布上画着四颗肾脏，中间以一个蝴蝶的身体连接，形成了一幅视觉冲击效果极强的"人肾蝴蝶"，那四颗肾脏上挂着黏稠的血液，颜色鲜艳欲滴，呼之欲出，看得马玉鼎心里一阵不舒服。

房间里的每一幅画都是极度血腥变态的作品，马玉鼎心情极为恶劣地走到周小帅面前，隐隐闻到了一股酒气。他问道："你为什么要画这种类型的作品？它们能表达你哪方面的思想？"他觉得，周小帅可能存在一定的心理问题。

周小帅回答的却很实在："这年头想要出名，就得别出心裁。这种风格的作品源于野兽派，很多刚入道的画手都以这种类型的油画引起别人的注意。不信的话，你可以去我所在的画室了解调查，那里全是这种风格的作品。"

马玉鼎不想和他在这个问题上浪费时间，又问道："你是回来后就发现有人侵入了？"

"没错，这屋子是我租的，画画时会过来，平时人不住在这里。今天早上我喝过酒头疼，就过来睡了一会儿，当时酒喝多了，并没有发现异常，醒过来才发现不对。本来铁床上是有床单的，但都被人掀了，而且屋子里还有一些沾血的器械，差点儿把我吓死，立刻就打电话报警了。”

很快，刀具上的血迹化验报告也出来了，和王友龙的血型吻合。

“真邪了门，这到底是怎么回事？”马队长皱着眉头自语道。

这时，局长给他打来了电话：“你先回来一趟，上面派调查组下来了，他们要查的案子是你经手的，具体情况我不是很了解，所以你自己过来和他们说吧。”

马玉鼎顿时紧张起来，问道：“哪个案子？”

“祁独眼的案子。”局长没有多说一个字，却让马玉鼎本来就已经紧张的情绪变得更加紧张了。

这个案子直到今天，马玉鼎都没有绝对的把握说“这人绝对没有抓错”，虽然一切证据看似都对祁独眼不利。

当初祁独眼被抓获时，正坐在家里用开水“洗脚”，他在铁质的油漆桶下特意搭了个灶台，不断加热烧水。警察发现他时，油漆桶的水已经烧开，他的一双脚被烫得皮开肉绽，而他的媳妇已经被勒死。奇怪的是，祁独眼虽然被烫得龇牙咧嘴，但死都不愿意把双脚从桶里缩回来。

这件案子的审讯过程并不复杂，因为现场死者的尸体和勒死死者的绳索上满是祁独眼留下的皮肤组织痕迹，所以除非祁独眼能提供自己不是凶手的确凿证据，否则以现场搜集的证据来看，他就是凶手。

当然，最终这个案子也是以祁独眼为杀妻凶手结案。不过祁独眼属于适应性中度缺陷，也就是俗称的“弱智”，他连话都说不清楚，当然无法提供自己的无罪证明，可法律的规定就是如此，谁也没办法逾越。案子虽然结了，但让马玉鼎不安的是，他心里觉得祁独眼并不是凶手。

如果祁独眼是个正常人，他肯定会被判死刑，但是考虑到他的情况特殊，人民法院最终核准的是死缓，并且犯人被特别看护。所以这宗案子虽然看似尘埃落定，可如果有了变数，马玉鼎也早有心理准备。不过，在去市局的路上，他还是感到惴惴不安。

见到“钦差大人”时，马玉鼎心里多少有些疙瘩。对方一共三人，其中两个年轻人且不说，领队的衣着简直堪比叫花子，这样的人，居然是调查组？何以服众？

“叫花子”似乎知道马玉鼎心里所想，他低头看了看自己身上的衣服，略带自嘲地笑道：“马队，我是来执行一项特殊任务的，希望马队能够予以配合。”

当马玉鼎看到他工作证上的姓名，又吃了一惊，这人居然名叫老鬼。马玉鼎觉得有些啼笑皆非，本来紧张的心情荡然无存，因为他觉得，这次来的调查组更像是马戏团里的“小丑三人组”。

“大家都是一个系统的同事，我就开门见山了。”秦老鬼面带僵硬的笑容道，“我了解到，祁中红是因为杀害妻子被判的死刑，没错吧？”

“没错，不过不是死刑，是死缓。”马玉鼎更正道。

“对，是死缓，根据卷宗上的记录，他被抓时，双脚泡在沸水里？”

“对。”

“这一点岂不是很奇怪吗，有几个人能忍受开水烫脚的痛楚？这人当时的情况，您能详细说一下吗？”

“我想这或许与他身体的缺陷有关，祁中红的智商低于常人，正常人是无法理解他这种人的思维的。”

“明白了，这么说，犯人无法解释这种自虐行为？”秦老鬼的眉头开始纠结。

“没错，我们也盘问过他，但祁中红连话都说不清楚。”

“是这样的，我们经过对此案的综合分析后，得到一个人的资料，他和祁中红杀妻案应该有某种程度上的联系。不过此人所在的地方比较特殊，是在市精神病医院。”

“那没问题，我可以负责联系。他是在哪个部门任职的？”

“他是一位病人，前年因为狂躁症被收容治疗的。”

“病人？精神病患者的言论可信吗？”马玉鼎奇道。

“我还不知道他说过什么，我只能确定，此人与这件案子有联系。至于是何种意义上的联系，目前我也无法确定。”

“如果您要见他，当然没问题，我可以安排。”

马玉鼎带着调查组来到了市精神病医院。秦老鬼要见的这人也姓祁，叫祁中海，听姓名就知道他与祁中红有血缘关系。

精神病医院没有审讯室，只有会客室，屋子里的桌子非常宽大，至少有两米以上的距离。进去前，院方特意叮嘱他们，绝不要使用尖利的物品，比如笔，因为病人的狂躁症虽然目前比较稳定，但毕竟还没有痊愈。

“您放心，我和不少精神病人打过交道，知道如何与他们沟通。”秦老鬼对医生保证道。

走进会客室，灯光略显刺眼。祁中海身着白色的病号服坐在桌子的一头，此刻正聚精会神地盯着桌面，似乎在看着一幕有趣的图像，表情一会儿喜一会儿忧。

“怎么，你看到了什么？”秦老鬼和颜悦色地问道。

祁中海抬起头，用奇怪的目光望着秦老鬼，说道：“这只是铁皮桌面，能看见什么？”他这一句话说得秦老鬼略显尴尬，文艳丽忍不住“扑哧”轻笑了一声。

“你们终于来找我了？知道吗，我在这里等你们一年了。”祁中海又说了一句出乎众人意料的话。

“你知道我们是谁吗？”秦老鬼试探着问道。

“当然是警察。除了警察，谁还会跑到精神病医院来看一个神经病？”

“你的思维逻辑异常清晰，甚至比一般正常人都清楚。你既然已经恢复了，为什么不申请鉴定，离开这里回家呢？”秦老鬼问道。

“我不能离开这里，只要出了医院，就是死路一条。”

“你为什么会有这样的想法?”秦老鬼掏出随身携带的笔记本，马玉鼎的注意力也开始集中起来。

“是一个双头怪人，他长着两个脑袋。三年前，我和弟弟、弟媳妇在六安路的一条弄堂里看见他杀死了一个人，他也看到了我们，如果我出去，他肯定会杀我灭口。我的弟弟和弟媳妇还活着吗?”

“你弟弟和弟媳妇叫什么名字?”马玉鼎只觉得背后一阵阵发冷。

“我弟弟叫祁中红，弟媳妇叫李小菊。”

马玉鼎深深吸了口气，下意识地朝秦老鬼望去，发现秦老鬼也正双目炯炯地望着自己。

第四节 疯狂医生

对于王友龙提供的信息，马玉鼎从心里就不认可，即便王友龙没有幻视症，他也不相信这世界上会有人长着两个脑袋。可是目前有第二个人说了相同的线索，即便这两个人都有精神病，可犯病的症状居然相同?这么低概率的情况是几乎不可能存在的，所以只有一种可能——那就是两人说的都是真话。想到这里，马玉鼎立刻出了一脑门子汗，自己管辖的片区里，居然有长着两个脑袋的杀人犯，这实在太可怕了。

“你的家人都好好活着呢，不过你这种保护自我的手段并不高明。既然你看到了，为什么不报警呢?”秦老鬼为了避免病人犯病，说了谎话。

“我报警了，可我是个精神病，弟弟是个白痴，弟妹又是轻度弱智，我们说的话，警察不相信，所以必须等你们来找我才行。”

“我是服了，就你这脑子，你的忍耐力，一般人根本比不了。”秦老鬼由衷地说道。

祁中海脸上闪过一丝得意的神情道："这都是被逼的，人为了活命，什么点子想不出来？"

"如果我需要你指证双头怪人，你有把握认出他吗？"秦老鬼问道。

"当然有把握，那两张脸，我这辈子都不会忘记。不过话说回来，长着两个脑袋的人还需指认吗？这世界上有几人能长两个脑袋的？"

"我真是觉得奇怪，您是如何找到这条线索的？"出了医院，马玉鼎问秦老鬼道。

"我们有一套可以分析案件和涉案人员的系统……"秦老鬼详细介绍了系统的工作原理，又说道，"系统经过分析后判断，祁中红杀妻的可能性几乎没有，因为他的诊断结果就是完全丧失行为能力人，他连照顾自己的能力都没有，哪来的力气勒死自己的妻子？他连袜子都穿不好，如何将绳子打结，又准确套在妻子的脖子上？所以系统认为，杀害李小菊的并不是祁中红。"

"这也是我们最早的判断，但是经过现场勘察，绳子上只有祁中红的皮肤组织，根据现场定案的原则，我们只能断定他为犯罪嫌疑人。"

"关于证据定罪，我也知道，如果现场存在实际证据，而嫌疑人无法举证自己无罪，那这些线索就判定有效。"秦老鬼道。

"最后的定案过程也是根据法律来的，现场只有死者和祁中红的指纹，所以只能是他了。"

"但是这个案子很有可能存在不为人知的隐情，我希望能查清楚，毕竟牵扯了人命。"

"当然没问题，我会全力配合你们的调查工作。不过现在我遇到了一个比较棘手的案子，这都是抽空来的，马上就得回去。"

"没问题，您忙您的。对了，如果方便的话，能透露一下案情吗？"

"还是和双头怪人有关，他非法拘禁了一个维修热力管道的工人，给受害人注射了神经毒素，还在受害人的肩膀上划了一个口子。受害者也有一定的精神问题，是名幻视症患者，所以刚开始调查时，我对他提供的线索无法相信。不过既然祁中海也提到这个双头怪人，那王友龙说的话，可信度就很高了。”

这时，秦老鬼见他眉头微皱，便问道：“怎么，又想到新情况了？”

“是，王友龙在我离开医院时，特意在我耳边小声说，医院里脑科医生虐待尸体。当时听他的口气似乎很紧张，但我无法确定他提供的线索是否可靠。”

秦老鬼对这条线索非常感兴趣，说道：“我想邀请马队去我的车上坐坐，如何？”

马玉鼎顿时面露难色道：“要不等我回来再说？那边都打来好几个电话催我过去了。”

秦老鬼笑道：“马队放心，我可不是拉着您闲聊天的，我们可以立刻对王友龙的案子进行分析，说不定会有意想不到的发现。”

见秦老鬼一副神神秘秘的样子，马玉鼎的好奇心顿时被勾起，他犹豫片刻道：“好吧，那就去看看再说。”

秦老鬼那辆其貌不扬的依维柯的后座打开了，只见里面嵌入了数台电脑，开机后，经过一系列极为复杂的身份确认后，系统终于进入了运行状态。马玉鼎对于电脑几乎是“文盲”，只有干看的份，只见一系列的操作之后，屏幕上很快出现了数名男青年的照片，秦老鬼道：“这些人全是本市叫王友龙的人，谁是你调查的人？”

“就是他。”马玉鼎指着其中一人。

秦老鬼点了这个人的照片，过了一会儿便搜索出一些相关资料，包括他的精神病史，系统经过运行分析后给出了一段文字和一个人的证件照。这段文字记录了王友龙对“双头怪人”的恐惧，而证件照经过比对后，给出的资料果然是一名大夫，就是给王友龙治疗幻视症的精神科大夫李自强。

马玉鼎一拍大腿道：“开眼了，这套程序确实管用。”

“这还不是最重要的，系统应该能分析出王友龙恐惧李自强的具体原因。”

说罢秦老鬼将两人的资料进行关联，系统果然给出了详细的分析结果，王友龙恐惧李自强的原因有几个方面。一是王友龙曾经以书面的形式投诉过李自强辱尸，但未被受理。二是王友龙不止一次在 QQ 上和人说过自己亲眼所见的情况，过程描述得非常详细，尸体在医院保存遗体捐献者的福尔马林液池里，是一名三十岁左右的女性死者，李自强以持续电击的方式辱尸，这一过程持续了大约二十分钟。

“从语言的完整度来看，王友龙说的应该是真话，何况他也没必要去栽赃陷害自己的主治医师。”秦老鬼道。

“那就得对李自强展开调查，侮辱死者是违法行为。”马玉鼎给出了处理意见。

秦老鬼没有立刻表态，又让系统分析李自强。片刻之后，电脑没有给出任何相关人资料，却忽然发出了报警声，接着屏幕开始不停闪烁红色的“危险”字样，黑暗狭小的空间里，顿时产生了一种令人感到压抑的气氛。

第五节 背尸人

秦老鬼的脸色立刻就变了，急切地说道：“如果出现这种状况，说明被分析者是一个极度危险的人物，必须立刻实施抓捕。在我这些年的工作中，系统只报过两次警，那两名犯罪嫌疑人定案后都是连环作案的凶手，最多的一个杀了 41 个人。”

马玉鼎的脸色也变了，他立刻掏出电话，拨通后道：“赶紧展开对精神科李自强的监视，别问原因。”挂了电话后，他又对秦老鬼说，“我得过去了。”

“当然，我陪你一起过去。”说罢两人上了警车，赶往医院。车子开出不到两公里远，那边电话就打来了。执行监视任务的警员赶到精神科时，发现李自强已经不在岗了，但可以确定的是十分钟以前，李自强还在科室里出现过。

因为李自强是主任医师，所以有一间独立的办公室。两人赶到办公室时，在医院调取监控资料的警员已经取得了拷贝。

只见医院多个视频探头记录了四十分钟前，李自强离开时的视频资料，由于走得匆忙，他甚至连衣服都没有来得及换，是穿着工作服逃离的。

看着他逃跑时慌张的样子，马玉鼎皱眉道：“监视他的消息没有泄露，是咱俩在车子里下的决定，怎么就被他察觉了?”

众人还在为李自强的突然失踪伤透脑筋时，马玉鼎辖区的“宏普”地铁站内，又发生了一起怪异的案件。一个深夜回家的女孩，在空旷的地铁站内，遭到了一名男性暴露狂的骚扰。

然而从女孩被刺激得神志不清的状态来看，事情似乎并不简单。调取了地铁站内的监控视频后，民警发现，一个身材高大、身穿大衣的男人低着头走到女孩附近后，忽然掀开自己的大衣，他的面部表情非常诡异，脸部十分呆板，除了眼珠能动，其余部位都是僵硬的。

而这个男人眼眶周围的皮肤似乎有些脱离眼眶，就像是皮肤粘在眼眶上，而非长在眼眶上，就像戴了一副人皮面具，模样看起来狰狞恐怖。把女孩吓晕之后，这个男人也没再做什么，转身逃跑了。

看着视频里这一幕，马玉鼎挥了挥手道：“都去忙自己的事情，现在最重要的是找到李自强。抓地铁暴露狂的任务，就交给分局的同志去办吧。”

回到医院，负责搜查李自强办公室的警员给出了消息泄露的原因。原来李自强的电脑可以侵入医院的监控程序，所以对专案组的一举一动他都了然于胸。至于他这么做的目的，还无法确定，初步判断，可能是方便自己“运输尸体”。

然而接下来播放的视频则让众人目瞪口呆。视频的摄录日期是三年前的五月中旬，医院的太平间里走进一个身材肥胖的中年男人，只见他挨个儿掀开死尸身上罩着的白布，似乎是在寻找目标，直到找到一个年轻女孩的尸体，看五官只有二十岁出头，一头乌黑的长发散落在肩膀两侧。接下来，胖子匍匐在女尸上，做出种种不堪行为。

看胖子所穿的衣服，应该是医院的工作人员。马玉鼎低声咒骂。

在李自强的电脑硬盘里，发现了许多类似的视频，胖子不过是其中之一，这些人都对死者做了许多不堪入目、极其下流的行为。其中还有马玉鼎的“熟人”王友龙，他在其中是一位“出场”比较频繁的人物，经常能够见到他出入太平间，而他的行为似乎比较“文雅”，就是搂着死者睡觉，没有过分的举动。

看来这里喜欢对死去之人做出格行为的绝不只有李自强一个，包括“检举人”王友龙在内的许多人，都将这里当成了满足自己内心变态需求的“游乐场”，这些人是不是都疯了？

马玉鼎找到了李自强的上级领导——医院的副院长询问此事，然而副院长的态度很不爽快，支支吾吾了半天，却说不出个所以然来。不过在秦老鬼的眼中，他就是一个根本不会说谎的人，也从侧面证明了这间医院肯定有问题。

秦老鬼道：“院长，有句话我必须要说给你听。如果对警方隐瞒不该隐瞒的消息，后果你应该知道吧？你是有身份的人，有些话我就不说了，不过有些责任明明不该你来承担，硬往身上扛，可不是聪明人的做法。”

只见副院长眉头紧锁，在屋里来回踱着步子，接着他从口袋里掏出一支烟，却找不到打火机。

马玉鼎掏出火机递给他，他点着烟，猛吸了几口，皱着眉头道：“这件事情与你们调查的事没有直接关系，你问，我也可以说。视频里看到的那些人，全部都是背尸人。”

“背尸人？”马玉鼎眼睛都瞪圆了。

“其实这个职业不算冷门，每个医院都有死者，背尸人是专门将死人送到指定地点的，比方说太平间、储尸间，包括从储尸间将尸体运到专门做医学研究的科室，这些活儿都由背尸人来做。因为医生、护士、护工，都没人愿意去搬死尸，只能找外人。我们医院有固定的背尸人，有业务就会联系他们，王友龙是其中一个。”

副院长将手中的烟掐在烟灰缸里，继续道：“其实对于背尸人这个行当，我早就提出意见，希望整顿，可愿意干这事的人确实不多，所以提议一直没得到院方的落实。”

“为什么要整顿，这行里存在什么问题？”马玉鼎表情严肃地问道。

“其实这行的问题特别多，因为在医院做背尸人的，很大一部分都是在精神科、脑科就诊的病人，院方觉得这些人比较容易被说动，所以就由李自强甄别病人，如果病情不是特别严重的，院方就会和他接洽，绝大部分背尸人都是从这些人里招聘的。不过院方发现弊端也不小，因为这些人的思想行为不能以常理度之。”

“正常人确实也没谁愿意干这种事。”秦老鬼道。

“没错，所以就会出现乱象，不过相对于这些，更为严重的情况是尸体没人运送。这个问题看似不大，其实很严重，我们做过统计，病房里如果死了一个病人，三分钟之后，如果还没有运出病房，就会让其他病人感到不安，如果这些病人里有心脑血管方面疾病的，就有可能造成比较严重的后果。所以为了保证背尸人的数量，对于这些人做的事情，院方只能睁一只眼闭一只眼。”

“我觉得保证死者的尊严，也是院方应该尽到的责任和义务，你们这么做，是极其不负责任的。”马玉鼎语气严厉地说道。

“你说的道理我当然明白，我也迫切地想解决问题。如果这个社会上所有人真的能对逝者有足够的尊重，背尸人就不会成为一份职业，那些在火葬场工作的人，也不会吃饭都上不了桌，您说呢？”

副院长问得马玉鼎一时语塞。秦老鬼叹了口气道：“伦理道德方面的事情，轮不到咱们管，还是先把李自强的事情搞清楚了再说。”

副院长皱眉道：“小李这个人，是我们医院的业务骨干，和同事相处得也非常融洽。说实话，我没想到他身上会存在这些问题，不过我可以提供两条线索。一是太平间里是没有监控的，所以我不明白小李电脑里那些视频是从何而来的，他应该是私自在里面安装了监视仪器。二是小李如果真有虐待尸体的行为，我也不会觉得奇怪。因为他除了在精神科任职，也做尸体标本，他的解剖学在全院是最好的，所以制作的尸体标本非常完美。我曾经现场看过一次他做的神经血管的尸体标本，从剥皮、处理水分、涂抹光亮剂以及保存尸体的专业用品，手法十分熟练，而且从他那种虔诚的表情，我觉得他就像个雕塑家，如果不是全身心投入，不可能有这样的状态。所以他心理有没有问题我不知道，但我很欣赏他的工作态度和业务水平。”

“谢谢您的配合，如果有需要，我还会再来找您的。”马玉鼎得到了自己想要的信息，便出了办公室。

“接下来怎么办？”秦老鬼道。

“调查王友龙，我得找到李自强。”马玉鼎道。

第六节　六峰山路 15 号

病房里的王友龙正在喝稀饭，看样子他的精神状态恢复了不少。马玉鼎坐到他面前，冷哼了一声道：“你究竟还有多少事情瞒着我？”

“我没有隐瞒任何情况。”王友龙态度似乎有些委屈，秦老鬼暂时没有从他脸上看出撒谎的表情。

“王友龙，我劝你还是老实交代情况，由你自己说出来，肯定比我们说出来的好。”

“我真不知道你在说什么，能给一点儿提示吗？”王友龙声音也不由自主地提高了，显得很不耐烦。

“好，就给你点提示。你详细说说，是怎么发现李自强虐尸的？而你在其中又做了什么？”

“我？我做了什么？我没有任何过分的行为。难道、难道爱上一个死人有错吗？”

王友龙忽然大声嚷了一句出乎所有人意料的话。马玉鼎张大了嘴巴，一时无言以对。看来这位刑警队长的脑子一时没绕过弯，而王友龙就像遭受了天大的委屈，眼里顿时充满泪水，接着以双手遮面，号啕大哭起来。

同病房的病人没人敢在这里逗留，能走的都离开了。马玉鼎也没有了开始的咄咄逼人，等王友龙哭痛快了，才语气平静地问道：“之前我的态度，你别介意，可是你身上发生的事情，和李自强到底有什么关系？”

发泄过后，王友龙的情绪也平稳了下来，他有些无奈地说道：“李自强糟蹋了我最喜欢的女人，小倩。”

“小倩就是那名死亡少女？”马玉鼎试探着问道。

“对，小倩就是那个无名的死者，没人知道她的身世，她家人何在。她被发现时是在东江岸边，身上没有伤口，是中毒身亡的，是一具无人认领的无名尸，送来医院就是为了制作教学标本的。从我第一眼见到她，就被她的美丽折服，我相信她不是被人害死的，因为被害死的人不可能有如此安详的表情，她比童话故事里的睡美人还要好看。”

说到这里，王友龙满脸都是幸福的表情，就像一个恋爱中的男人讲起自己情人时的表情一样，这让马玉鼎起了一身鸡皮疙瘩。可是，王友龙的表情随即变得愤怒，语气中也充满了不忿，“可李自强却把小倩带回他的房间，不停电击伤害她，当我看到这一幕，杀死李自强的心都有。”

“既然他伤害了你爱的女人，你为什么不阻止他？”秦老鬼问道。

“因为我的诊断结果要由他来写，如果他写得严重，我就会被单位停职。我父亲治病需要花钱，我不能为了爱情放弃自己的父亲，那样也太自私了。”

王友龙理直气壮地说出了这句话，让秦老鬼觉得，这人不仅仅是幻视症，脑子只怕也有毛病。

“李自强伤害小倩的房间在哪儿？能带我们去现场吗？”

三人乘坐电梯到了顶楼，与装修考究的大厅和病房区域相比，顶楼这个隐藏着许多可怕秘密的地方显得阴森恐怖。

靠近入口处有一扇锈迹斑斑的铁栅栏门，推动铁门发出一阵刺耳的铁器摩擦声，走廊里的声控灯全部亮起，橘黄色的灯光比烛火都昏暗，能看见灯罩里成堆的黑色小虫尸体。狭长的走廊里，每一间屋子的门都关闭着，也没有门牌标识。这里安静得简直像是墓地。

三人走到走廊里一个双开门的房间前，王友龙将门推开一条缝道：“这就是停尸间。”透过门缝，能感到冷气丝丝冒出，只见面积不算小的房间里亮着一盏刺眼的日光灯，里面摆放着六七张带轮子的铁床，每张床上都盖着白布，从白布的轮廓能大致看出死者的身材。

王友龙指着走廊尽头的一扇门道：“那就是李自强制作人体标本的房间，当时我躲在太平间里，李自强没有发现，后来我通过门的缝隙看到了他做的事。”

打开制作标本的房间，这是一个朝南的房间，这个采光充足的房间和阴冷的屋外走廊就像是两个世界。只见不大的房间里，摆放着两张脏兮兮的白色漆面办公桌，靠近门口的墙壁上打着一组宽阔的木柜，屋子里虽然通风情况良好，但有一股淡淡的怪味，秦老鬼不自觉地抽动了几下鼻子。

“这是福尔马林液的味道，所有运来的尸体都必须在福尔马林液中浸泡。”王友龙指着一张满是黄色印迹的办公桌道，“当时他把小倩放在这张桌子上……”

马玉鼎走到一个木柜前，透过木片之间的缝隙，双眼贴在上面只看了一眼，他就吓得大吼一声，猛然退了一大步。

“这柜子里放的全是标本，没什么可怕的。”王友龙倒是格外镇定，可是话音未落，只见宽大的推拉门空隙处，忽然伸出了两根手指。三人毫无心理准备，吓得失声大叫。惊叫声中，两根手指缓慢地在柜门缝隙处挪动着。

只见这两根手指的皮肤蜡黄，苍白狭长的指甲下的皮肉呈乌紫色，怎么看怎么不像是人的手指头。王友龙吓得指着柜子边跳边叫道：“你到底看到了什么，柜子里有什么东西？”

“我看到了一双会眨动的眼睛，这里面要不是有活人，就是闹鬼了。”马玉鼎浑身哆嗦着说道。

这三人虽然同时被惊吓了，但最先镇定下来的还是秦老鬼，他深深吸了口气道：“这世上不可能有鬼神存在，柜子里的肯定是人。”

话虽然这么说，但他并没有鲁莽地一把拉开柜子的推拉门，而是走近一步道：“柜子里的人，我们来这儿并没有恶意，请你不要误会，如果你希望我们打开门，就把手指头缩回去，否则我们开门肯定会伤到你的手指。”

没有丝毫犹豫，手指头立刻缩回了柜子里，秦老鬼立刻将柜门推开。果然，柜子里满是标本，不过最吓人的并不是这些标本，而是标本中有一个活人。

此人大约七八十岁，浑身上下没有一根毛，瘦得几乎和干尸差不多，全身的皮肤绝大部分都和手指上的差不多，呈乌紫色，只有腿部有部分皮肤呈蜡黄色。

那是因为这人两条小腿的皮肤已经被扒掉了，而连接在他小腿上的皮肤全是外接的，之所以没有用“移植”来形容，是因为皮肤接口处全是用手术线缝合的，能清楚看见接口处一股股的线团，甚至能隐约看到内部的血肉。所以与其说“移植了一块皮肤”，倒不如说用别人的皮肤在他的身上“打了个补丁”。

此人双腿的膝盖、双臂的肘部分别被砸进四根粗大的钢钉，而左臂上的钢钉似乎砸的位置有些偏离，所以他的左臂还能微微移动，身体的其余部位就无法移动分毫。

这人的舌头被割掉，满嘴牙被敲掉，而且凶手敲牙时手段之粗暴，从受害者一片血肉模糊的牙龈就能知道。马玉鼎和秦老鬼都是见惯了凶案现场的人，然而看到这个人的模样，还是不禁在心里暗叹自己的寡闻无知。这人到底和李自强有怎样的仇恨，居然被他以如此残酷的手段折磨?

而此时马玉鼎终于明白李自强为什么要逃跑了，因为他根本就是做贼心虚，知道自己的行迹肯定要暴露，所以赶紧逃离了。只不过他逃跑凑巧是在马玉鼎下监视命令之后，让人误以为他是预先得到了消息。

之后医院立刻对李自强囚禁虐待的人实施了救治，这人除了四肢骨折，身体严重贫血，他裸露的伤口因受细菌感染，已经得了败血症，如果不是李自强一直给他注射抗生素，早就一命呜呼了。可是将他推进病房的一刹那，秦老鬼似乎看到这人露出了笑容。

秦老鬼正要说出自己的疑问，马玉鼎用力拍了拍他的肩膀道：“您那个系统的分析实在太准确了，它是如何得到李自强这些信息的?”

“如果系统报警，说明情况很严重，之后搜集信息需要的时间肯定比较长，所以我无法立刻知道系统的依据，不过现在应该差不多了。”

“那咱们赶紧回去，反正待在医院也没用。”

之后两人风尘仆仆地回到秦老鬼停车的市公安局停车场，马三平和文艳丽都不在，系统已进入了休眠状态。秦老鬼唤醒系统后，系统的资料板上果然出现了一行字和一张图片。出乎二人意料的是，资料并没有想象的那么多。

那一行字是“六峰山路 15 号”，图片则是一栋红砖三层小楼，是那种二十世纪七八十年代的“老款”中式别墅。马玉鼎惊讶道：“怎么会是这个地方？”

“怎么了，六峰山路 15 号有什么说法？”秦老鬼问道。

“您别看这些别墅已经旧了，里面曾经住过的可都是本市级别最高的人物。不过六峰山路 15 号是有名的凶宅，后来就任的一把手入住后没多久，便出了凶案。那时是有武警二十四小时警戒护卫的，可即便安保如此严密，别墅里的人还是被杀死了。据说当时的凶案现场惨不忍睹，有人说如果不是闹鬼，人根本不可能做到在这种地方以这么残暴的手段杀人。”

“受害者是如何被杀的？凶手使用的手段究竟有多残忍？”

“当时这个案子是由公安部派来的专案组办理的，所有消息包括市局在内全然不知，没有文字记录备档，没有任何与其相关的资料留存。不过您的系统如果可以搜索到所有信息资料，应该能把六峰山路 15 号的案卷调出来？”

“这套系统可不是万能的，也有局限性，否则那些重大决策和绝密的科研项目，我岂不是全都知道了。”

“是啊，由此可见这个案子的严重性了，我也曾经怀疑是闹鬼了。之后这六峰山路 15 号就再也没有人入住过，荒废至今，是本市人尽皆知的凶宅。”马玉鼎压低嗓门道。

“闹鬼我是肯定不信的，但这栋宅子里一定发生了极其可怕的凶杀案。可是，这与李自强有什么关系？”秦老鬼皱着眉头想了半天，对马玉鼎道，“您能不能想想办法，咱们去那里一趟？”

第七节　凶宅之内

“您想调查那所宅子？那可是凶宅，说不定……”

“如果您担心，调查工作我可以独自进去完成，只要您能让我进去就行。”

见马玉鼎还是面有难色，秦老鬼道：“您应该去试一下，李自强这个案子可是大案，一旦侦破，好处可都在您这儿。”

“我可不是这个意思，我只是担心您的安危。”说话时，马玉鼎脸上露出了抑制不住的笑容。

秦老鬼看得清楚，不露声色地说道：“谢谢关心，但我们就是干这一行的，就算真闹了鬼，也得把这鬼揪出来。”

“好吧，我尽最大的努力去争取。”

说罢马玉鼎出了车厢打电话，片刻后回来道：“我得去市局一趟。就像您说的，虽然封锁已经解除，可是如果想要对那所宅子进行现场调查，必须得到三方面的同意。除了市局那边，还有武警和市委，所以协调工作需要时间。”

“那就拜托了。”

马玉鼎走后，秦老鬼又从车子里的保险箱中取出了可以照出血液残留物的荧光手电，想了想，又拿出一个类似对讲机的设备和一副带微型麦克风的耳机，以及一个和手电形状、大小相仿的物件。

等马三平和文艳丽回来后，秦老鬼详细地说明了这个案件，接着分配任务：“三平和我进屋搜集情报，艳丽在车里实时接收和处理我传回来的音频和视频资料。”

秦老鬼分别介绍了设备的功能，除了“血液手电”外，带麦的耳机可以与车载设备建立无线传输，而类似手电的物件则是一部视距宽阔的高清摄录仪，也能做到超远距离的无线传输，只是视频文件过大，所以传输速度较慢，无法达到音频实时传输的效果。

不过对于“对讲机”，秦老鬼没有明确说明，马三平问了之后也没得到答案。一切准备工作就绪后，就等对方协调后的消息了。马玉鼎也算不负众望，很快便拿到了市局高层“同意调查”的批示，带着秦老鬼三人来到了六峰山路。

六峰山路是这座繁华大都市的核心区域，虽然不是商业中心，却是所有政府机关和事业单位集中之地，当然重中之重肯定是市委了。“六峰山路15号”准确地说，应该是“某委家属区15号”，沿着入口，两边共有16栋外形完全一样的“家属楼”，15号位于右手边第六栋。

马玉鼎道：“不是我逃避责任，但我确实不能进去，因为您能走，我以后还得继续工作呢。”

“完全可以理解，就按咱们之前说好的办。”

下了车，秦老鬼带着马三平走到屋前，两名武警立刻拦住二人，等二人签署了一份保密协议后，这才让开道。

秦老鬼并没有急着进入房间，而是先在院子里绕了一圈，只见青石铺就的小路延伸到大门口，小路两旁各有一处小土田，甚至还保留有一些植物的残骸。

打开门后，武警战士立刻退出院子，守住入口。秦老鬼见屋子里没有丝毫光线，虽然是白天，却黑得伸手不见五指，这是因为窗户上全都悬挂着墨黑厚重的窗帘。秦老鬼戴上耳机，轻声道：“现在调试音轨，接收效果如何？”

文艳丽马上回复道：“效果很好，重复，效果很好。”

秦老鬼道：“在屋子里发现，所有窗帘都是黑布所制，疑点在于，很少有家庭在装修房屋时会选用这种颜色的窗帘。或许是这家人本身就有秘密，不希望被人看见。”

入门后是大厅，上二楼的旋梯正对大门，楼梯和扶手都是老式木质的，饭厅和厨房位于楼梯下的一角。他们站立之处便是客厅，右手处有一套海绵填充的三人沙发，左手处是一台早年曾风靡的中日合资的福日彩电。

所有的东西上都布满了灰尘蛛网，他们每走一步，便会震扬起地板上的灰尘。

秦老鬼拧亮了“人血手电”，紫色的灯光顿时让黑暗静谧的房间多了一份诡异的气息，而人在这种荧光的照耀下会显得肤色惨白、眼瞳黢黑，看来就如鬼魅一般。

秦老鬼低声道：“谁都别看谁，各走各的路。”

马三平同来的责任是扛“摄像机”，就是那台和手电差不多大的摄录仪，不但是高清摄像，也具备夜视功能，马三平需要将房间里的所有细节都清楚地摄录下来，这样即便人眼有疏漏，还可以继续深入分析视频资料。

两人将一楼仔细过了一遍，没有任何发现，接着上了二楼。刚打开靠近入口的卫生间大门，紫色的光线立刻变成了绿色，而在绿光的照射下显示，卫生间有好几处呈喷射状的血渍，虽然经过多年的氧化，但在专业设备下还是能清晰地看出当时现场的惨烈。

秦老鬼道：“二楼卫生间有大量血液呈喷射状，应该是被害者遇袭的现场。”

说罢他蹲下身，在地面上沿着有血迹的路线仔细搜索着，发现墙壁上、白瓷水盆上布满了血手印，似乎受伤者是扶着墙壁一直往厕所里走去。只见里面同样布满了各种不同形状的血迹，甚至还有一溜的血手印，一直延伸至窗口。

秦老鬼道：“看来有一个伤者从卫生间的窗户跳出去了。”

秦老鬼没有打开窗户，因为在阳光的直射下，荧光手电是不起作用的，但是这条线索已经足够。

走出卫生间后，走廊上并没有血迹存在，可是打开第一个房间的门，屋子里血液的痕迹比卫生间有过之而无不及。这应该是主人的卧室，床上的床垫还在，即便不用“人血手电”，也能看见染在床垫上大片的血迹。

而床的周围也满是血迹，屋子其余角落却没有找到血液的痕迹。秦老鬼道：“这间屋子里的受害者是在床上被杀死的。”随即秦老鬼打开房间里的抽屉，仔细搜查了一番，又道，“这里应该就是房主所在的房间，以出血量来看，他应该和妻子一同在此遇害。”

二层一共有四间屋子，三间朝南，一间朝北，朝北的是书房，检查过后没有发现血迹。秦老鬼又打开了紧邻卧室的房间，只见房中的摆设十分简单，只有一张铁床。不过秦老鬼很快发现，铁床床头的铁条被摘下了一根，床下还藏了一把锉子。

秦老鬼仔细观察了锉子，没有说话，接着进入了最后一间屋子。这间屋里的摆设丰富了许多，木质大床在那个年代算时髦的家具，靠近床头的位置摆放着一副哑铃、一个篮球，床边的墙上还贴着两张香港女明星的海报。

这里应该曾经是年轻男孩的房间，屋子里同样没有血迹存在。秦老鬼微微叹了口气道：“根据这间屋子里的情况，我大概知道凶手是谁了。”

马三平忍不住道：“是李自强，对吗？”

秦老鬼点头道：“没错，而且他杀害的是自己的父母，这也是为什么安保措施如此严密，却能发生凶杀案的原因。如果不是家人下手，外人想混进来，根本没有可能。”

见马三平将屋子里的边边角角都摄录一遍，秦老鬼退出来道：“我敢说，李自强住的房间窗户外肯定有铁栏杆，从他屋子里的摆设，能看出他父母知道他精神不正常。”

说罢秦老鬼又走进只有铁床的房间，走到窗户旁轻轻掀开窗帘，果然窗户是被铁条封死的。

秦老鬼道："六峰山路这件案子的情况，应该是这家人有两个男孩，其中李自强有精神或心理上的疾病，而他的父母可能碍于面子，隐瞒了其子的病情，靠拘禁限制了李自强的行动，结果导致了惨案发生。李自强趁父母睡着后，将他俩杀死在床上，并在卫生间里袭击了自己的兄弟。我推测李自强的兄弟没死，从厕所的窗户跳出去逃生了，而李自强所使用的凶器，应该是从床头取下的铁条，用锉子磨尖后杀的人。"

"鬼哥，这家人死得也太冤了，居然死在自己的亲人手上。"

秦老鬼皱紧眉头道："难怪系统对李自强的判断结果是极其危险，他连自己的父母兄弟都能杀死，还有什么事情做不出来？让这个人流窜在外是非常危险的，必须想尽一切办法尽快抓住他。"

有了这条重要线索，秦老鬼出了15号的院门就给马玉鼎打电话，可是马玉鼎却说道："不管您发现了多么重要的线索，我暂时都无法过去，'世纪超市'出了重大刑事案件。"

第八节　"血爷"门徒

秦老鬼不敢耽搁，立刻赶去了"世纪超市"。这是一家在全国来说规模都是数一数二的连锁超市，隶属于世界上最大的超市集团，是整个大中华区的旗舰店，也是当地地标性建筑之一，在这种地方发生恶性案件，其造成的巨大影响不难想象。看来马玉鼎也是够倒霉的，辖区里接二连三发生重大刑事案件。

案发现场在二楼的厕所旁，被抓获的犯罪人正是前几天在地铁站吓昏了女孩的暴露狂，不过这次他做的案子严重多了，是将商场的一名保安割喉。原因是那个保安怀疑他偷东西，想要将他带回去问话，没想到这人随身带着尖锐的匕首，趁其不备一刀划开保安喉咙就要逃跑，正巧当天有两名刚刚从部队退伍来做保安的军人当值。

两人毫不犹豫打倒了这名心狠手辣的罪犯，并将其制伏。等马玉鼎带着干警赶来没多久，医院便传来了消息，被割喉的保安因为伤及动脉，在送往医院的路上便不治身亡了。

这种地方出了人命，比起李自强在医院里背地干的那些龌龊事，后果严重多了。此刻马玉鼎什么心思都没有，正打算在第一现场突击审问凶手，然而他随即在凶手身上发现了一件令他毛骨悚然的东西。这名凶手居然在自己身上罩了一件“人皮内衣”，由此可见凶手扒人皮的手段有多高明。马玉鼎为自己之前做出的草率判断懊悔不已。

凶案现场还有大量鲜血留存，可见保安遇害时的惨状。秦老鬼得到特许，进入了临时审讯室，只见当场被抓住的凶犯二十岁出头，五官白净斯文，由于是坐着，看不出身高。此时凶犯低着头，一声不吭，瑟瑟发抖。

“你现在知道怕了？老实说，到底是怎么回事？”

嫌犯抬头看了马玉鼎一眼，表情就像是受到了惊吓的学生，看着那双充满惊恐的双眼，根本无法看出这是一个凶残的杀人犯。

他和马玉鼎眼光刚一接触便又低下头，这副“楚楚可怜”的模样却瞬间让马玉鼎的愤怒达到顶点，他说道：“你有种也把我脖子划了，还装熊！”

年轻的罪犯吓得双手紧紧抱头，左腿裤管处明显有一道透明的液体顺着鞋子流淌而下，他居然被吓尿了。

马玉鼎伸手抹了一把额头上的汗，想要点烟，由于手抖得厉害，几次都没打着火，气得他将打火机朝地下砸去。

秦老鬼仔细观察那件完整的“人皮内衣”，只见皮肤已经过硝制，不会腐烂，皮肤上的毛孔都看得清清楚楚。这张人脸上虽然没有眼睛，但依稀能看出死者生前应该是个年岁不大的女孩，而凶手为了方便穿戴，甚至在背后加了一条拉链。

这张人皮看得秦老鬼毛骨悚然，他问道："这人也是死在你手上的？"

年轻人摇了摇头。

"那凶手是谁？"秦老鬼隐隐觉得，这一次他可能要遇到自己办案生涯中手段最为残忍的凶手，或许比李自强有过之而无不及。

"我们叫他'血爷'。"

听了他的话，秦老鬼愣了一下，因为他没想到凶手能如此轻易就交代出案情线索，这会不会是谎言？秦老鬼无法确定，便继续问道，"'血爷'是什么人？长什么样？人在哪里？"

"我不知道，我是真的不知道。每次我们都在斯兰卡鸡尾酒吧聚会，我只知道那些人都管他叫'血爷'，可我从没见过他的模样，我们的交谈都是通过外置音响。"

"参加聚会的都是些什么人？你们为什么参加这个聚会？"

"我们、我们……"

态度越犹豫，说明问题越严重，但是秦老鬼没有说话，因为他知道，罪犯目前已经处在崩溃的边缘，任何增加罪犯心理负担的行为，只会给审讯带来无法预料的变数。而马玉鼎也被这条新线索吸引，不自觉做出了身体前倾的认真聆听状。

秦老鬼点了支烟，递给嫌疑人。嫌疑人低声道："谢谢，我不抽烟。"或许是秦老鬼的这个举动让他有了回报的心理，年轻的嫌疑人叹了口气道，"'血爷'是谁我确实不知道，但是参加聚会的人，都自称是'血爷'的门徒，据说这个人曾经活扒了七个人的人皮，而我们……我们都对人皮感兴趣。"

"对人皮感兴趣？人皮有什么奇特的？"秦老鬼瞪大眼睛问道。

"比方说您见到的这张人皮，据说是个十八岁的少女的皮。其实剥人皮关键在于情绪不能紧张，手要稳，否则稍微一抖，皮就不能用了。而且人皮的处理和后期加工都是很难的手工活，一点儿功夫没到，人皮就会腐烂，或是因为皮质太松而容易损坏，能将一张人皮做到这种程度，简直就是艺术。”

年轻人说这番话时，畏惧的神色荡然无存，取而代之的是赞叹，甚至是崇拜。那张人皮在他眼中，仿佛是世界上最完美的艺术品。

他的这个反应让秦老鬼觉得一阵恶心，勉强平复了心情又问道：“这么说不止你一个，是一群人对这种犯罪行为感兴趣？”

“是，‘血爷’是我们这行里的爷，因为只有他扒过人皮，而且据说还是活扒，他那高超的技艺和过人的胆量，是一般人根本无法比的。所以我们这些参加聚会的人都、都比较崇拜他。”

听了这句话，在场所有干警的心都揪起来了，马玉鼎问道：“你们如此崇拜‘血爷’，难道没有尝试过亲手去剥一次人皮？”

“一直都有这个打算，但是有的人没胆子，有的人自觉功夫不到家，还在练习，还有一些人……”嫌疑人迟疑了片刻才继续说道，“就是我们这样的，其实对剥皮并不感兴趣，我们……只是喜欢把皮肤贴身穿戴。”

“当你这么做时，心里想的是什么？”秦老鬼问道。

“嗯……我想的就是，这些人如果看到我身上的人皮，会有多恐惧？而刺激感来自于只隔一层纸就会暴露自己犯罪的行为，那种走在刀锋上的感觉真是太棒了。”嫌疑人说着，表情又有些陶醉。

嫌疑人的这种行为并不罕见，属于典型的异装癖，只不过表现形式有所不同。常见的异装癖患者喜欢穿着女性的内衣、丝袜出入公共场所，以此寻求心理上的快感，而这种人将内衣和丝袜换成了人皮。

想明白了嫌疑人的行为，秦老鬼问道：“如果我想进入斯兰卡鸡尾酒吧，能行吗？”

“恐怕不行。能进入酒吧的，全是守门人的亲戚朋友，都是了解‘血爷’所作所为后，因为崇拜他自愿加入的。”

“守门人是什么意思?”马玉鼎问道。

“就是专门守着‘血爷’包厢门的人，据说这人是‘血爷’活扒人皮的助手，也帮‘血爷’杀过人。”

“你是通过什么渠道了解到‘血爷’这个人的?他做过什么事情?”

“我们佩服他的胆量，敢剥皮的能是一般人吗?‘血爷’一共剥了七次皮，这些皮肤每次聚会时都会展示出来，不过最厉害的，是其中两张是他父母的皮。他父母曾经都是大人物，被他一夜之间给杀了，并且剥了皮。”

这真是踏破铁鞋无觅处，得来全不费工夫，秦老鬼和马玉鼎下意识地对望了一眼，两人双目中都是精光炯炯。

马玉鼎装模作样点了支烟，抽了一会儿才道：“你们这帮人是不是疯了?无非就是个丧心病狂的凶手而已，难道敢于杀死父母的就是英雄好汉?”

“我只是对人皮感兴趣而已，我从来没想过伤害父母、伤害别人，对那位保安大叔我真不是有心的，因为身上穿着这件人皮，所以慌乱之下做了错事，我都后悔死了。”

“你后悔已经来不及了，被你伤害的保安已经死了。小子，你就等着接受法律的制裁吧。”马玉鼎怒道。

“叔叔，你、你别吓我，我可不敢杀人，我从来没想过要杀死他，都是这身人皮害的，我再也不穿它了，再也不碰了。”

嫌疑人面色变得苍白，浑身开始不停颤抖，哭得鼻涕眼泪一齐流出来，看得出他是真的怕了，可是现在才怕又有什么用?

过了很长时间，嫌疑人的情绪才稳定下来，经过审讯得知，这些人都喜欢玩变态的游戏，就是将自己穿着人皮做的事情摄录下来，在聚会上进行播放。谁的行为最有“创意”、最“出格”，谁就会得到“尊重”。

换而言之，这张人皮如果不及时送回去，那些门徒们肯定会知道同伴出了事。一旦斯兰卡鸡尾酒吧的聚会取消了，会给抓捕工作造成极大困难。而且这也是抓捕李自强最好的机会，一旦让这个疯子继续流窜在社会上，可能造成的危害，想想就让马玉鼎不寒而栗。

第九节　恋足癖

马玉鼎问清楚了下次聚会的时间，是在两天之后。正是因为“时间紧迫”，所以导致嫌疑人在很短的时间内连续“出山”，拍摄“纪录片”。据此分析，只要风声没有走漏，抓捕他们问题就不大，所以嫌疑人这两天都被严密监控，一直到行动的当天。

行动当天调集了大批警力，马三平还化装成了嫌疑人的模样，以备后手。以他高超的化装技巧，虽然外人难以看出破绽，但秦老鬼还是担心他的安全。最后马玉鼎给出了个点子：“要不然你干脆穿着人皮进去，这样能把脸遮住。”

“我死都不会……”

“三平，我觉得马队这个主意很好，这种方式可以最大程度保证你的安全。”

“鬼哥，这可是人皮！”

“你放心，我绝对严格保密，不会让艳丽知道的。三平，你是保卫人民群众的斗士，要有牺牲自我为大家的精神。”

“唉，好吧。”马三平无奈道。

马三平和嫌疑人身高差不多，嫌疑人略矮一些，但更壮实，所以马三平还加了一层束腰带，勒得他无法坐下。

为了安全起见，马玉鼎给马三平配了把手枪，之后马三平开车前往酒吧。而许多便衣警察从几天前就开始在酒吧周围布控，早布下了天罗地网，对于出入酒吧的人都拍了照片，并调查身份背景。聚会当天，陆续有人进入斯兰卡鸡尾酒吧，全是男性。

在约定的时间，马三平穿着人皮衣进了会场，秦老鬼等人紧张地在远处注视着酒吧里的动静。过了一会儿，秦老鬼别在腰里类似于BB机的物件“嘀嘀”作响，这是马三平调查清楚内部情况后给出抓捕命令的信号。四下埋伏的警员立刻齐齐出动，迅速将斯兰卡鸡尾酒吧包围了。

马玉鼎健步如飞，持枪当先冲入酒吧内，秦老鬼随即而入。只见屋子里所有人都被控制住了，根本就没有预料中的激烈反抗，看来变态未必身手变态，狠毒未必打架狠毒。

马三平指着一个身材五短的矮胖子道：“这就是守门人。”

“门呢？”秦老鬼焦急地问道。

马三平指着屋内一扇紧紧关着的门，似乎屋内的人并没有发觉屋外的响动，甚至有音乐隐隐从屋内传出。

马玉鼎走到秦老鬼身边，低声道：“这间屋子外围是酒吧的承重墙，所以没有窗户，我们只能强行进入。”说话间已经有全副武装的警察手提撞击锤来到门前，四名特警站好了位置，都举枪对着门，撞门的警员在门口调整好位置角度，做了个手势之后，狠狠一下锤在门锁上。随着“咔啦”一声，房门大开，屋内让人目瞪口呆的一幕顿时出现在所有警察眼前。

只见一名赤身裸体、身材强壮的光头男人，背对着门口跪在沙发前，沙发上坐着一名双目微闭、颇为愉悦的女孩，光头如狗一般蜷伏在女孩脚旁，大口舔舐她的脚，而女孩坐着的沙发另一端则烧着一盆水，此刻水已经微微冒泡，将要开锅。

而当女孩睁眼看到警察，她顿时惊慌失措，发出一声惊呼，直到此时，地下趴着的光头才发现身后的警察。特警动作极快，上去就将犯罪人制伏，接着将这一对莫名其妙的男女带出屋子。

经过仔细盘问后，女孩是“血爷”的嫌疑被排除，她只是个“脚模”。因为有这样一群人，他们对于女人欣赏的不仅是脸蛋或身体，对他们而言，脚才是女性最美丽的部位，所以他们痴迷于女人的脚，脚丫子在他们的眼里，是世界上最美妙的事物。

而这个“血爷”显然就是恋足癖患者。“血爷”并不是李自强，这让马玉鼎无比失望。

很快“血爷”给出了答案：真正的“血爷”忽然不见了，他只是借着“血爷”的名头，在一众“门徒”中骗吃骗喝。此人既无本领，也无胆量，要说他有胆量杀人剥皮，马玉鼎首先就不相信。

不过秦老鬼还是在系统中过了一遍光头的信息，此人叫陈新伟。系统很快便给出了一个分析结论——陈新伟是杀死祁中红妻子的凶手。判断的依据来自于系统通过“人像甄别”搜索到的网上一段视频，只见视频中陈新伟用刀逼着祁中红和他老婆进了屋子，而他出来后没多久，警方便赶到了现场，系统是从时间点上作出的判断，陈新伟的嫌疑最大。

然而还没等秦老鬼将这条信息消化完毕，系统又针对陈新伟给出了一个判断结果，只是这次的分值并不高，也就是说，这两件案子只是可能与陈新伟有关。

这两件案子便是拘禁王友龙的双头怪人，和祁家兄弟目睹的双头怪人杀人案件。

提供这条线索的依据在于，祁中海以及王友龙对于双头怪人其中一个脑袋的描述与陈新伟的五官比对之后，系统判断，陈新伟有可能就是双头怪人。

“不对啊，双头怪人有两个脑袋，可是陈新伟只有一个脑袋啊。”马玉鼎满脸不解道。

迟疑片刻，秦老鬼似乎很有把握地说道：“我觉得要证明这一点很简单，让王友龙和祁中海来指认一下就成了。”

很快，两名“精神不稳定”的人被请来了公安局。两人都将混在一队人中的“双头怪人”给找了出来，可是因为“脑袋数量”不对，他们并不能确定。

而经过调查，那段视频是祁中红的邻居摄录并上传到网络的，没有引起多少人的关注。他是租住在那里的一个快递网点承包商，他没有报警是顾虑自己长期在此经营快递，害怕招惹麻烦。

审讯工作随即展开。

“我能称呼你变形金刚吗？”秦老鬼笑着问道。

“我不明白你在说什么？”陈新伟装模作样道。

“咱们先说说‘血爷’吧，这人到底去了哪里？为什么会突然离开你们？”

“这我真不知道，大约是七个月前，这个疯子忽然就消失不见了，我也奇怪他为什么要离开。”

“‘血爷’的姓名？还有，他是哪儿的人？”

“我要是知道这些，还不早被他扒了皮？这个人精神极度不正常，他把自己爸妈的皮都给扒了。我曾经亲眼见过一次他剥皮，那场面，差点儿没把我给吓死。”

“你也别谦虚了，你抓走王友龙，不就是为了剥他的皮，想练手吗？”

“我根本不知道你在说什么，我只是个骗子，可从来没杀过人。”

“陈新伟，我警告你，最好老实交代自己的问题，别想蒙混过关，你以为给自己弄个脑袋，我们就被你蒙蔽了？”秦老鬼道。

马三平起身出屋，不久就拿进来一个盒子，秦老鬼从中取出一张人皮，坐在他身边的文艳丽不由自主地抖了一下。秦老鬼将人皮铺在桌面上，从面部皮肤上看，这应该来自一个身材清瘦的年轻人。

秦老鬼不动声色地从口袋里取出一副眼镜，放在人皮的眼眶上，冷冷道：“‘血爷’的门徒有穿人皮出去炫耀的习惯，大家都在寻求最有创意的手段，或许他会在人脸皮中塞入一些填充物，再戴一副眼镜，这样自己就变成了一个双头怪人。之后，这个双头怪人刀捅‘血爷’行凶的目击者，勒死了无意中撞见自己杀人的祁中红妻子，因为他手上套着经过硝制的人皮，所以没有指纹留下。而他随即发现，自己要杀的另一个人，是根本没有行为能力的白痴，于是出于炫耀的心理，他干脆不杀那个白痴了。可是白痴的那双脚实在让他讨厌，所以必须给白痴消消毒，于是他就把洗脚水烧开，把白痴的双脚放进盆里，这样既能消灭一双丑陋的脚，也能试探对方是真傻还是装傻。随后他又麻翻了一个人，准备将其扒皮，结果没想到，对方由于长期服用镇静类药物，有了抵抗力，比一般人恢复知觉的时间要短，所以他没能完成扒皮，但这也足够让他在一众‘血爷’的崇拜者中脱颖而出，成为佼佼者。陈新伟，你能进入那个房间，并不是因为‘血爷’失踪了，而是你用自己的实力，证明了你是门徒中的最强者，所以你并非冒充‘血爷’，对吗?”

秦老鬼的这番推论说得陈新伟满头满脸都是汗水，顺着腮帮子往下淌。秦老鬼观察着他的表情，继续道，“现在还有两点疑问，你为什么要选择周小帅那间屋子作为剥人皮的现场?你麻痹王友龙的毒素是从哪里得到的?陈新伟，如果你是个聪明人，就老老实实地交代自己的罪行，都到这份上了，你根本就没有抵赖的可能。”

“唉，高人。没想到，你能把这一切情况掌握得如此清楚，佩服，实在佩服。”陈新伟若有所思，出神片刻后才继续道，“我本来以为，这个组织是铁板一块，连风都无法透入，是我小看警方的办案能力了。那间屋子我是二房东，我租给周小帅的，所以我很清楚什么时候屋子有人，什么时候没人。扒人皮毕竟是个大活，在租给人的屋子里办事，一是能栽赃陷害，二是隐蔽性强。

“至于药，那都是‘血爷’的存货，我也不知道他从哪儿弄来的。这次栽在你们手上，我也觉得轻松了。因为这些年来，我对于人皮的渴望越来越强烈，看到那些走在街上的女人，我满脑子想的就是砍下她们的脚或是扒了她们的皮，有时候我会不自觉地跟在她们身后走很远，回过神来都不知道走到哪儿了。

“其实我并不想这样，却根本无法控制自己。不过从今天起，我不用担心这些了，我终于安全了。对了，那个双头人也是我，是我假扮成两个脑袋的畸形人，目的就如你所言，是为了隐藏真实身份。”说罢，陈新伟居然露出了欣慰的笑容。

屋子里沉寂了一会儿，秦老鬼又说道：“你应该见过‘血爷’，仔细形容一下他的长相，说不定将来有缘，你还能在监狱里见到他。”

话说到这份上，陈新伟不再有丝毫隐瞒，详细描述了“血爷”的模样。文艳丽做了素描，只见画像里的人一头乱蓬蓬的头发，大饼脸、颧骨高耸、塌鼻子、大嘴巴，一对外凸的眼珠子在画里看来都是凶光毕露。

经过陈新伟的确认，画像的相似度很高。秦老鬼对马玉鼎道：“您放心，很快就能得到这个人的信息。”

合作到现在，马玉鼎对于系统已经非常信任了，便放心地将陈新伟押入监牢，着手为祁中红申冤昭雪了。

而秦老鬼回到车上，正准备将嫌疑人的素描生成3D头像，没想到系统立刻就给出了人物的图片资料。而之所以搜索信息的速度这么快，是因为电脑本地硬盘里就有“血爷”的图片资料。

而获取的途径是马三平摄录的别墅内部视频，虽然两人检查得很仔细，但他们并没有发现贴着明星海报的那间屋子床下有一张沾染着鲜血的全家福照片。

照片里除了位高权重的夫妻，站在中间的便是相貌丑陋、挂着一脸神经兮兮笑容的“血爷”，另一人则是逃得无影无踪的李自强。而系统随即将“血爷”目前所在位置都给了出来，他居然就是从李自强柜子里救出的那位人不像人鬼不像鬼的光头。

秦老鬼忽然想起将那个人推入手术室时，他脸上露出的诡异笑容，不由得起了一身鸡皮疙瘩。秦老鬼立刻打电话给马玉鼎道：“‘血爷’就是李自强柜子里的那名受害者！”

第十节 无痛之人

挂了电话，秦老鬼也不敢有片刻耽误，立刻赶往医院。当他进入院区，里面已经停着多辆警车，每一层楼梯都有警员把守。到了病房，秦老鬼才知道“血爷”还在重症监护室里，他贫血、营养不良，严重影响到身体机能，败血症、左腿组织坏死必须切除，还有狂躁症、抑郁症和性病。

主治医生叹了口气道：“这人能活着真是奇迹。”

“他居然会得性病?”秦老鬼实在无法理解。

“初步判断，感染源是缝制在他身上的那些皮肤，这人不具备性能力，他属于先天性荷尔蒙分泌失调。”主治医生解释道。

“看来这人真没把自己当回事。”马三平咧着嘴道。

透过重症监护室门上的玻璃窗，只见病房里的“血爷”身上插着导管，嘴上罩着氧气罩，那双犹如死鱼般的双眼，睁得大大的，死死盯着门外的秦老鬼和马玉鼎，说不好那种眼神到底是什么意思。

这时，病房内一名戴着帽子口罩的护工走到门口，秦老鬼以为他要出来，便朝旁边让了让，却听“啪嗒”一声轻响，护工将门反锁上了。主治医生用手拍了拍门喊道：“老秦，你把门关上干吗?”

却见“老秦”拖过病房里一张空着的病床，抵住了门，接着站在门上的玻璃小窗后面，摘下了帽子口罩。这个人赫然就是李自强！

马玉鼎立刻扭动门把手，门却纹丝不动。病房里还有两名护工，李自强从口袋里掏出一把手枪，对两人比划了一下道：“咱们同事相处几年，我也不想为难你们，请靠墙站好，我保证什么事情都不会发生。”

两名护工立刻老老实实按照他的话走到墙边。马玉鼎气得狠狠拍了房门一下，却毫无办法。因为里面住的全是重症病人，如果硬闯进去，且不说李自强手上有枪，万一吓到病房里那些本已十分脆弱的病人，会造成怎样的后果？所以马玉鼎根本无法强攻。

马玉鼎气自己把所有注意力都放在了“血爷”身上，却忽略了就隐匿在医院里的李自强。李自强其实根本没有离开医院，他凭着对医院的熟悉，在警察的眼皮底下溜进了病房。

李自强走到自己的亲哥哥身边，从容不迫地换上一身手术服，接着从口袋里掏出两把锋利的手术刀，解开病床上哥哥的病号服，在他的胸膛上划开了一道长长的口子。“血爷”身上已经不剩多少血液了，所以创口虽大，却只有少量鲜血流出来。

“血爷”的双手并未被束缚，可是他根本没有任何反抗，他闭上了眼睛，脸上的表情不但没有丝毫痛楚状，反而十分平静。李自强开始以极其熟练的手法剥离人皮，在很短时间内，就将哥哥胸膛整片的皮肤剥了下来。

主管重症监护病区的管理员已经找到了钥匙，他双手哆嗦了半天也没把门打开。马玉鼎一把夺过钥匙，打开锁后用力推开了顶着门的空病床，掏出手枪，对准活剥人皮的李自强道：“举起手来！”

李自强没有丝毫要反抗的意思，他平静地将手术刀放回口袋，拿起已经割下来的两片人皮，高高举起双手。此刻他身边躺着的亲哥哥除了脑袋，从胸口到大腿一片血肉模糊，监护仪上的心电图已经变成了直线。

医生立刻将伤者推出重症监护室，准备实施抢救，李自强平静地说道：“不用抢救了，我在手术刀上抹了氰化钾，他死定了。”

“你是在为家人复仇？”秦老鬼走到他面前问道。

“我在拯救他。”李自强很平静地说道。

秦老鬼知道李自强心里一定有很多秘密，他没有立刻询问，先退出了病房。

李自强被押解回公安局。一起没有任何媒体报道，却手段极度残忍、内情复杂的案件的审讯工作，在市局内部悄悄展开。

说是审讯，其实应该算是李自强的“口述回忆录”。这次秦老鬼只是旁听，其实他本应该走了，只是这起案子有诸多离奇之处，如果不把这一切弄清楚，他的强迫症可饶不了他，好在他是侦破这起案子的辅助者，否则根本不可能有机会旁听。

“我和哥哥从小感情就很好，他是一个与众不同的人，因为哥哥没有痛感，他是个无痛之人。学医后我才知道，目前世界上只发现了几十个无痛之人，所以概率在两亿分之一左右。正是因为无痛，所以哥哥常常会无意中做出伤害自己的事情，比方说烫伤，甚至是器械伤害，这些意外情况的发生会让哥哥焦虑。可是我们的父母并不理解，他们觉得哥哥不正常，于是对哥哥做了一些不可理喻的事情，他们并不知道这种人不是妖魔鬼怪。”

说到这里，他的眼神中流露出深切的悲伤，过了好一会儿，才让自己急促的喘息平静下来，继续道，“父母给哥哥服用各种治疗神经的药物，企图恢复哥哥的痛觉，然而这些药物非但没有丝毫效果，反而对身体和精神都有很大的副作用。甚至哥哥体内的睾丸酮都被这些药物抑制分泌，他的精神状态逐渐变差，后来得了精神分裂和狂躁症。

“当时父亲仕途上平步青云，但是我不明白，父亲为什么不愿意送哥哥去医院治病，是觉得丢脸还是别的什么原因，总之他把哥哥囚禁在家里，一关就关了十几年。那些日子里，哥哥除了能和我说话，与任何人都没有交流。有一天晚上，我在刷牙的时候，忽然看到哥哥浑身鲜血冲了进来，他举起自己割伤了的手腕，喊道：‘我已经无法控制自己，我要杀人，你快跑，从窗户跳出去，越快越好。’

“我知道这是哥哥的狂躁症发作了，起初我不相信哥哥会杀死父母，我从窗口跳出去，是为了喊人来救哥哥，因为他把自己动脉给割开了。结果我被警卫给抓了，那晚真是邪门，站岗的是分配来的新兵，他不认识我，所以等他的上级赶到，已经耽误了很长时间。

“再进入屋子时，我发现父母不但被哥哥杀死了，连皮都被割了下来，现场的惨状，直到今天我都会时常梦到。后来哥哥在住院治伤时逃跑了，在那之后不久，我考上了医学院，为了了解哥哥为何没有痛感，我选择了神经医学专业。

“毕业分配工作后不久，我听一名做法医工作的同学说，他遇到了一宗骇人听闻的案子，受害者全身的皮肤都被人剥了下来，只留下一具血肉模糊的身体。我当时就想到这案子或许与哥哥有关，于是打听清楚案发地后便时常去那儿转悠，想找到哥哥，结果我被哥哥找到了。

“那个人真的是哥哥杀死的，只是他与此人素不相识，所以警方根本无法理出头绪来。可是了解了哥哥的作案动机后，我才知道，不只我在查找他的无痛原因，他自己也在寻找，为此他不惜使用最痛苦的伤害方式，因为他想通过最残酷的手段，让自己获得疼痛的感觉。所以他尝试了各种手段，最后发现扒皮是让人感到最痛苦的手段。”

“你说的这些行为，都是用活人做实验的？”现场一位五十多岁、肤色黝黑、表情坚毅的公安部领导皱眉问道。

“没错，哥哥都是用活人做实验的，明确了这一点之后，他决定活剥自己的皮。可是他将自己两条小腿上的皮完全割下后，悲哀地发现，自己居然还是没有痛感。我想，这就是最后导致他疯狂的原因，他偏执地认为不是自己有问题，而是剥皮的手法不正确，于是接二连三地剥了几个人的皮。后来这事不知道怎么被人知道了，居然还吸引来了一批崇拜哥哥的人，这些年轻人大概都是疯子，他们并不知道哥哥这么做的目的，是为了有朝一日能剥下自己的皮。

“后来身体愈发虚弱的哥哥只能投奔我，当时我看到他的样子，真不知道该如何是好。但哥哥还是偏执地让我亲自为他实施剥皮手术，并且让我用电击他的血肉，他相信这种方式能够让他恢复神经的机能。我实在拗不过他，所以为了保证他的安全，我先用尸体做实验，测试人体可承受的电量极限，但之后用在哥哥身上，却根本不起作用。

“哥哥一生很不幸，虽然他是个无痛人，却一辈子生活在痛苦与绝望之中。我知道他不该杀人，我知道不该为他做剥皮手术，可这是他一生中唯一的心愿，我实在无法拒绝他。”

“所以你在手术刀上抹了剧毒物?”

“没错，我希望他死，因为活着对他而言，就是煎熬。”一时间没人说话，屋子里静得出奇。

案子的审讯过程很顺利，结束后马玉鼎请秦老鬼三人吃了顿饭，他说道：“我这辈子没服过什么，但这次对您用的那套系统佩服得五体投地，实在是太神奇了。”

“谢谢你的认可。”秦老鬼真诚地说道。

“鬼哥，你相信李自强说的话？系统判断出的极端危险的人物，居然只是为了帮哥哥完成心愿?”回程的路上，马三平皱着眉头问道。

“系统毕竟不是人，它只能对行为作出判断，并给出结果，却不能进入罪犯内心，了解最真实的犯罪动机。就像一个不了解内情的人，听说李自强将自己亲哥哥剥了皮，这个弟弟自然是罪大恶极的犯罪分子。当然，我绝没有为李自强开脱的意思，只是这种事情无论摊到谁头上，都不容易做出选择，毕竟我们是人，亲情与法律之间的选择是极难的。”

“哎，真没想到，这世上居然会有不知痛楚的人，我小时候打针时最大的心愿就是，要是不知道疼该有多好，现在看来，这真不是好事。”文艳丽道。

“维纳斯为什么要断胳膊？因为只有缺憾才能让美显得更加突出。如果一个男人英俊潇洒，勇敢过人，没有畏惧之心，聪明到极点，这样的人在你眼里或许是完美了，但是对他自己而言，活着的意义是什么？”秦老鬼道。

“鬼哥的意思是，人不能过得太好，太安逸，因为穷时挥霍的是精力，富了挥霍的便是生命。鬼哥，我这句话总结得如何？”马三平道。

“我觉得你小子是天才。”车子里三人同时大笑。

高速公路上，一辆白色汽车往北飞驰而去。

第四章

白斩肉

楔 子

“陈月明、陈月明……陈月明。”一个身着正装的中年妇女推着一辆婴儿车，站在“水上明月”小区 7 栋 4 单元的入口处喊叫着，声音响亮，喊叫声不急不缓。喊了大约七八声，见自己喊的人没有回应，女人便推着婴儿车离开了。只见她眉头微蹙，自言自语道：“这孩子又不在家，不知道跑哪儿疯去了。”

7 栋 4 单元 507 卧室里，一个只穿着内衣躺在男子怀里的姑娘慵懒地伸了个懒腰，迷迷糊糊地抱怨道：“烦死了，星期六都不消停，天天早上在这儿喊。”她的男朋友却是个睡着了雷都劈不醒的角色，睡得正香。

三天后，房东来收房租，姑娘便抱怨道：“大姐，您这儿哪家人叫陈月明，天天早上一女人在楼底下喊他，雷打不动的，关键是也没人答应她，这人是不是神经病?”

“那女的是不是四十多岁，穿得整整齐齐的，推个婴儿车?”

“没错，就是她。”

“陈月明是她儿子，六年前在房间里被人杀死了，这个女的受不了这个打击，疯了，天天早上在这里喊她儿子呢。”房东说这话时，脸上没有丝毫怜悯的表情。

“这么惨?他是在自己家里被杀死的?”

“比你想象的还要惨，陈月明不但被人杀死在自己房间里，而且还被人分尸，有一部分尸体被放在大锅里煮汤。”

听房东这么说，姑娘发出一声惊呼，满脸都是恐惧的神色。

第一节　无牙老太

“1、2、1……”一个大腹便便的中年人拉着一条藏獒在小区里跑步，这条狗是他儿子从工作的地方带回来的。

再厉害的藏獒，只要下了青藏高原，几乎就是个只能打赢宠物犬的角色，所谓“九犬一獒”，那是卖狗商人编造出来的故事。事实上，藏獒因为生长于寒带，身体毛发特别厚密，一旦剧烈运动，体内产生的热量很难散发出去，这会导致它极易疲劳。

体能是藏獒的致命短板，所以真正斗狗的玩家，很少有用藏獒做斗犬的，因为虽然它的力量强大，却坚持不了多会儿。

中年人叫老曲，他的儿子起初带回这条大狗时，他还“心有戚戚”，相处时间一长，却发现这条狗的性格比宠物犬还要驯良，闲来无事便拉着大狗在小区里遛弯儿锻炼身体。

经过一楼的一户人家时，门口蹲坐着的一条中华田园犬突然站立起来，对着藏獒一阵狂吠。这一幕让老曲不禁觉得好笑，因为两条狗体形上的差距是力量和速度无法弥补的，哪怕这条小狗的力量再强、速度再快，一旦交手，藏獒对它都将是“秒杀”，就像是一个小学生和重量级拳击选手的较量。

可是小小的中华田园犬似乎毫不畏惧体形比自己大数倍的藏獒，狂吠之后居然开始试探着进攻，这下可把藏獒惹毛了，它半身立起，瞬间就将小狗压倒在地，接着张嘴就是一阵撕咬。

小狗毕竟是小狗，虽然“勇气可嘉”，但能力毕竟有限，在藏獒的攻击下毫无招架之功，只能发出阵阵惨叫，老曲赶紧拼命往后拽藏獒，可是发了脾气的藏獒不可能轻易松口。

眼看着这条“英勇无畏”的小狗就要惨死在它挑衅的对手的嘴下，忽然院子里关闭着的铁门打开了，一名身着黑衣、满脸褶皱、瘪嘴无牙的老太太从屋里走了出来。

正在疯狂撕咬的藏獒，见到她就像看到鬼一样，立刻松了口，夹着尾巴就朝相反方向跑，紧紧攥着绳子的老曲猝不及防被它拉倒在地，被拖着跑。无奈之下，老曲只能松手，对于他的叫喊，平日温驯听话的大狗连头都不回，瞬间跑了个踪影皆无。

老曲又狼狈、又焦急，回头看了老太太一眼，也顾不上奇怪了，见老太太也没有索赔的意思，赶紧去找狗，如此一条大狗脱离了人的管辖那还得了。老太太望着老曲的背影，干瘪无牙的嘴巴蠕动了几下，接着转身进了屋子，那条被藏獒咬得遍体鳞伤的小狗也夹着尾巴跟了进去，躲在墙角瑟瑟发抖。

此时正是傍晚，天色并不算黑，老太太关上门后，屋子里顿时黑得伸手不见五指，只能听见几道急促的呼吸声和低低的悲鸣声，随着“啪哒”一声响，屋子里亮起了一盏昏黄的灯。

只见凌乱的房间里摆着一个高、宽都为两米左右的方形铁架，铁架上明晃晃的铁钩勾着一条尚未断气的狼狗，而低低的呜咽声正是这条狼狗发出的。

老太太缓慢走到堂屋中的木柜前，平静地拿起一副眼镜，接着将碗里放着的一副假牙塞进嘴巴里，原本瘪瘪的嘴巴顿时饱满起来。接着她转身走到挂在吊钩上的狼狗前，拎起一只前爪看了看，忽然张开装了假牙的嘴，一口咬在上肢处，鲜血淋漓地扯下一大块肉。

剧痛难忍的狼狗此刻只有加速喘息的份，根本无法反抗，老太太将狼狗的肉吐在手上，又扔到小狗面前。正忙着舔舐伤口的小狗，立刻咬住狗肉撕扯起来。

接着老太太从身后摸出一把尖利的扒皮刀，小心翼翼地在狼狗肚皮处划开一个口子，就像脱衣服那样，开始扒扯它胸口的皮毛，狼狗开始痉挛。老太太戴着老花镜的脸上露出一丝满意的笑容，又张口从狼狗的胸口咬下一块生肉，用力嚼了嚼，咽了下去。

第二节　分尸疑案

王阿婆是一个拾荒的老太太，七十多岁了，老态龙钟，不孝的儿孙让这位老人在本该安享晚年的时候，还得每天出门靠拾荒补贴生活。拾荒必须出门早，因为越来越多的人加入了拾荒大军，如果出门迟了，就没有可以卖钱的废品了。

这个星期六早上，王阿婆的运气特别好，她不但拾到了许多饮料瓶，还捡到了一个沉甸甸的包裹，打开后发现是一堆鲜血淋漓的“大排骨”。王阿婆叹了口气摇头道：“真是造孽啊，这么大一包肉就扔了。”

她甚至都没有去分辨肉有没有变质发臭，对于她这样的老人而言，即便是变质的肉，只要没腐烂，用水煮煮，烧成红烧肉，就是一顿可口的美味。

王阿婆已经不记得上次吃肉是几年前了。很多人想不到，城市里居然还有吃不上肉的人，像王阿婆这样含辛茹苦拉扯大所有孩子，却又遭到所有孩子抛弃的可怜老人，在被自己孩子榨干所有价值后就被抛弃了。

王阿婆补充蛋白质的渠道有两种，一是邻居的接济，二是吃豆腐或黄豆。而今天她得到了一大袋子“排骨”，除了可以烧一顿“红烧大排”，剩下的肉还可以腌制成咸肉，留待将来慢慢享用，想到这儿，她十分开心。

人的兴奋点是和生活水平息息相关的，比方说亿万富翁即便中了五百万，对他而言也不过是一时的意外之喜，而一个月赚两千的打工仔中了五百万，他可能会兴奋得晕过去。

老太太一个月的收入远没有两千元，她比那些最普通的工人收入都要低得多，也只有这样的人，才会为捡到别人丢弃的食物而感到高兴。

这包肉的分量不轻，王阿婆用小推车拖回家后，累得气喘吁吁的。她将包里的“排骨”倒出来仔细清洗，放了一锅清水烧开后，将“排骨”过了水，然后取出其中的一部分开始烹炒，倒入酱油和水做“红烧大排”。过了一会儿，锅中飘出了奇异的香味。王阿婆的鼻子还挺灵的，她仔细闻了闻，喃喃自语道：“难道这不是猪肉?”

王阿婆将还没烧的“排骨”翻出来仔细看了看，没有发现任何异常，便开始往“排骨”上抹盐，准备晒咸肉。不一会儿，就有人敲门，王阿婆开门后，见到一名中年人和一名年轻人站在门外，中年人掏出工作证，递给王阿婆道：“老人家，我是市局刑警队的，有些事情想找您了解一下，可以进屋谈吗?”

“进来吧，屋子里可脏啊。”老太太先进了屋子，便衣进屋后，见屋子里不算大的空间堆满了拾来的破烂，一股刺鼻的霉味和肉香味混合在一起，成为一股极其难闻的味道。中年人走到冒着热气的锅前揭开盖子，赫然看到锅中已经烧成了暗红色的“红烧大排”，惊惧之下他手一抖，只听一声脆响，锅盖掉落在黑乎乎的地板上。

老人颤巍巍地走过来道：“你们警察跑进人家家里掀锅盖，这算怎么回事？”她表达了自己强烈的不满。

“老太太，您以为这是……”

不等年轻人的话说完，中年人立刻打断道：“老人家，这些肉我们有用，从您手上买，成吗？”

“这肉是我从垃圾箱捡来的，你们要它干吗？”

中年人从皮夹里掏出两百块钱，递给老人道：“您看这钱够吗？”

“你要的话，拿去就是了，这也不是我买来的。”王阿婆把钱推还给警察。

“不用了，您把钱收好，去超市买些鲜肉回来，这肉不新鲜。”中年人边说话边使眼色，年轻人立刻将锅里的“红烧大排”倒进水池，用水将表面的酱油冲干净，和那些正在腌制的“咸肉”一同装进塑料袋，和老人打过招呼便离开了。

出门后，中年人道：“你在这里监视老太太，我先回去汇报情况。”

王阿婆哪里知道，她煮的其实是一锅人肉，是一名被分尸的二十多岁女子身体的一部分。凶手将尸体斩成了碎块，分别抛尸在城市的六个地方，只是人算不如天算，因为抛尸的过程过于复杂，还没等凶手将自己设定好的路线全部走完，便被两名因为参加朋友生日宴会而深夜回家的警察抓了个正着。

凶手交代了案情后，辖区民警立刻调动警力搜寻受害人尸体，然而到了王阿婆所在的辖区，警员并没有找到受害者的尸体。而在抛尸地点不远处，便有一个大超市的监控探头，警方调取了视频资料后发现，带走尸体的是一位上了年纪的拾荒老人，看她的样子不可能走得很远，应该是居住在附近的老人。

经过一番摸排调查后，警员很快得知了王阿婆家的住址，赶到后发现她已经把受害者的尸体给煮熟了。

面对着那些抹着盐粒白花花的肉块和隐隐带有酱油痕迹的人体组织，有的警员忍不住吐了。而王阿婆是否要为此事负责，也成了目前市局内部争论的焦点。

“破坏现场也是要承担法律责任的，这一条咱们都学过吧？”负责证物搜集的武文清大声嚷嚷道。

“你说的那条有个前提，得是恶意破坏者才需承担法律责任。老人家也不是有意为之，话说回来，哪个生活过得下去的人会去捡垃圾桶里的食物？咱们何必去为难一位老人？”负责刑侦的赵守子反驳道，主要争论的也就是他们两人。

“这怎么叫为难？这叫公事公办，她都把尸体烧成菜了，难道就这么算了？再说，还没有对她进行审讯，你怎么知道她与此案无关？”

“你难道看不出来她目前的生存状态？她有什么犯罪动机？我觉得咱们应该把更多的精力放在破案上，而不是想着如何惩罚一位拾荒的老人。”

赵守子的话代表了绝大多数人的意见，可这毕竟是两个部门的负责人起争执，其他人也不好表态，以至于两人吵得没完没了。武文清正要继续反驳，只听另一人道：“你们不组织人力第一时间审讯犯人，反而在这里吵嘴，有意思吗？”副局长镇大海夹着公文包，虎着脸走进了大厅。

镇大海属于那种特别严肃的领导，所以属下对他很是敬畏，吵嘴的两人也立刻住了嘴。镇大海又说道：“尸体找到了，就立刻送法医尸检。至于拾荒老人那边，我看暂且放一放，那么大年纪的人了，听了情况，万一出了意外，咱们谁都担不起责任。”说罢他走进自己的办公室。

案件进展得很顺利，因为罪证确凿，嫌疑人也没狡辩，便承认了自己的罪行。

王建立今年三十五岁，已婚，是国际建材公司的总监，因为受到被害人——也就是吴莉莉的胁迫，一时冲动杀死了女方，胁迫的原因是女方要求他和自己老婆离婚，娶她为妻。王建立的老丈人是国际建材的大中国区总裁，也是他的顶头上司，所以为了自己的前途，王建立决定铤而走险，杀死跟了自己五年的情妇，只是没想到，刚“出师”就被抓了个正着。

而王阿婆烧的肉，就是吴莉莉的两根肋骨。

然而让警方没想到的是，第一时间来到市局探望王建立的，居然是他的妻子刘若曦。这个衣饰华贵的富二代千金，在办案警员面前哭天抹泪地说自己有多爱老公，她相信老公只是一时鬼迷心窍，做了错事，希望能给王建立一个改过自新的机会。

而王建立认罪态度也很好，但是没有谁敢说出“宽大处理”这四个字，因为受害人死后被分尸，这是非常严重的犯罪行为，不存在定性为“激情杀人”的可能。

然而没过多久，死者吴莉莉的家人居然也来为王建立求情，其实这点也在警察的预料之中，毕竟刘若曦家族在当地虽然不是权贵，却绝对是首富。除了其父是世界最大的建材公司的区域总裁，其母亲的家族更牛，刘若曦的外公外婆早年出国，目前是美国很成功的华人投资家，持有世界多家跨国企业的股权，每年光是分红的收益便令人瞠目。近年来，由于经济快速发展，两位眼光独到的老人又开始投资实体，分别在北上广深这些城市圈地建造集高档酒店、写字楼、大型购物中心为一体的都市综合体。而两位老人唯一的儿子，也就是刘若曦的大舅，无论在身体还是智商上都有重大缺陷，所以她母亲就是二老这笔巨额财富的唯一继承人。

在本地的企业家中，刘家是当之无愧的首富，他们花钱买通关系，让死者家属出面求情是完全有可能的，毕竟人死不能复生，就是杀了王建立又能如何？

受害者家属的态度，对于犯人最后的处理结果有决定性的影响，到了审判日的前一天，警方对于此案的看法都是王建立最多被判无期。

也就是在这一天，市局来了三位不速之客，并且带来了省厅的介绍信，他们要提审王建立。

市局局长李茂栋并没有第一时间接待对方，他先让镇大海出面探探虚实，因为这件案子的犯人情况有些特殊，李茂栋也不想让刘家过于难堪，所以他想先知道调查组进驻的原因。

秦老鬼很清楚李茂栋其实就在市局内，因为他事先了解了李茂栋秘书做的当日工作安排。在这个时间点，李茂栋应该刚刚给分局的负责人开完会，肯定没有离开，他为什么不直接与自己见面，而要先安排副局长接待自己？

秦老鬼转念一想便知道了原因，当下不动声色地问道："李局是真够忙的啊。"

镇大海正吩咐人倒茶，听了这话眉头不由自主皱了一下，这是典型的否认的表情，所以不需要他说话，秦老鬼就知道了镇大海是个直性子。茶水端上来后，镇大海道："几位为了王建立远道而来，不过这件案子从性质上，还没到督办的地步吧？公安部直接派要员过来审查案情，我有点不明白。"

秦老鬼笑着摆手道："您千万别误会，其实我们来这儿的目的，绝不是因为这件案子，准确地说，是为了王建立本人。"

"那不是一样吗？王建立就是这件案子的凶手。"

“对，问题就在这儿。王建立是因为杀人罪而定的案，不过经过我们的分析，王建立似乎并不是杀人凶手。”

“王建立不是凶手？这人可是被抓了现行的。”镇大海眼珠子都快蹦出眼眶了。

“您别急，这事怨不得您，毕竟都已经到终审阶段了，可是法律应该判决那些有罪的人，而不是针对清白的人。王建立为什么要把这件案子主动揽在自己身上，动机我并不清楚，但目前可以肯定的一点，他绝对没有杀死吴莉莉，杀死这个女孩的人叫宋有道。”

“您有证据吗？”

“我来这里，就是为了证明这一点。”

镇大海盯着他看了很久，虽然满脸都是狐疑，最终还是起身道：“几位既然是公安部派来的调查员，应该不是信口开河，您说的情况有些严重，我得和李局汇报一声。”说罢他拿着手机出了门，过了一会儿回来后道，“李局说他立刻往回赶，很快就到。”

秦老鬼见他说完这句话后下意识地叹了口气，脸上浮现出歉疚的表情，这是一个撒谎都说服不了自己的实在人，公安局里就需要这种性格的人。

等了一会儿，李局出现在门口，他笑道：“外面有事耽误了，几位千万别见怪，请去我那儿谈事吧。”

秦老鬼装作什么都不知道，跟着李局去了办公室。落座后，李局紧皱眉头道：“刚才听老镇说，这件案子又出了新情况。我对于这案子是了如指掌的，从犯罪人的抓获、审讯、定案我都全程参与了，首先他是在抛尸现场被抓住的，其次审讯的过程我们全程摄录，犯人除了签字画押，还有面对摄像机亲口承认罪行的视频审讯资料。如果吴莉莉不是他杀的，他为什么要承认这一罪行？这可是杀人罪，要掉脑袋的。”

“目前我也无法得知王建立替人顶罪的真实意图，但可以确定的是，杀死吴莉莉的人叫宋有道，是女孩的男朋友，我这里有他写的承认自己杀死女友的文字材料。”

“这人你们已经抓住了？”

“暂时还没有，不过我们已经在全网络搜寻他，只要他露出一点儿马脚，就会立刻被我掌握。”

“刚才你不是说，文字资料都整理出来了？没抓到人，哪来的资料？”李茂栋越来越觉得奇怪。

“这就是我们工作的特点，我们得到王建立的个人资料后，便会在网络上搜集所有关于他的资料进行综合分析。虽然没有任何直接证据表明王建立没有杀人，但是系统却查到，宋有道发出过一条短信，他对自己的大哥说出了杀死吴莉莉的前因后果，是因为女方红杏出墙，被他发现后，盛怒之下失手杀死了女方。”

李茂栋耐着性子听秦老鬼说完后道：“这一线索逻辑上有问题啊？吴莉莉和王建立有不正当的关系，宋有道发现了两人的奸情之后，盛怒之下失手杀死吴莉莉。那王建立为什么会给宋有道顶罪？”

“我觉得吴莉莉和王建立应该没有不正当男女关系，因为这二人在网络上没有留下任何文字联系的记录，甚至彼此的手机里都没有记过对方的手机号码。而且根据我们对王建立的QQ帐号、电子邮箱、短信等多种联络工具的信息搜集，他对刘若曦感情是很深的，所以这个案子疑点太多，我建议重新审理此案。”

第三节　陌生的情人

“你究竟是从哪儿得来这些线索的？”

“全部来自于网络，只要犯罪人在网络上有活动，那么他的一切信息都将为我所用。”

“你们……这种行为难道不违法？”

秦老鬼和多位市局局长打过交道，李茂栋是第一个提出这个问题的。秦老鬼愣了一会儿才答道：“我们只有搜集资料的权限，没有操作的权限，所以不存在违法的问题。”

“都到这份上了，当然要深入调查，这是毋庸置疑的，我立刻安排重新审讯犯人。”还好李茂栋在最后关头表示了支持。

下午，王建立就坐在了秦老鬼的对面，只见他精神状态挺好的，丝毫没有即将接受死刑宣判的犯人那种惴惴不安的神情。

秦老鬼开门见山道：“你能详细描述一下杀死吴莉莉及分尸的过程吗？”

王建立立刻就坐直了身体，双手下意识地想抱在胸前，之后才想起来已被手铐铐住，他就双手交叉握成拳头状，抵在自己的下巴上。秦老鬼将这一切细节看得清清楚楚，记在了小本子上。

王建立道：“我觉得和这人保持不正当的情人关系，对不起妻子，所以想结束这段关系，没想到这人不同意，于是我们发生了激烈的争吵，我也是被愤怒冲昏了头脑，随手将她推倒，她一下撞在床头柜上。她的后脑勺受到撞击，立刻抽搐起来，我知道麻烦大了，等了一会儿，确认她已经死亡，便将尸体抬进浴室进行分割。”

“对于吴莉莉的死亡，你有愧疚感吗？”

“有，当然有了，我每天都活在愧疚里。”

秦老鬼本来紧紧盯着他的眼神忽然有了一丝笑意，放下手中的笔问道：“可是，我怎么没看出来呢？”

王建立有些愕然道：“你没看出什么？”

“一个人如果满怀愧疚叙述一件事时，他的语调一定非常低沉。虽然这里没有分析声音的专业设备，但我用耳朵就能很容易分辨得出来，刚才你说那段话时非常平静，平静到像是在背诵台词。另外还有两点细节，你一听我问起杀害吴莉莉的过程，自然而然地将双手抱在胸前，这是人在重压下保护自我的典型动作，你早就经历过审讯，已经到了宣判的前夕，复述自己说过的话，为何还会有沉重的心理负担？这一点，我需要你解释清楚。其次，我还注意到，你形容吴莉莉时用了'这人'的称呼，任何人在形容自己熟悉的人时，通常都会使用'她'或直呼其名，而'这人''那人'的称谓，只会出现在对陌生人的描述里。吴莉莉是你的情妇，难道你还不熟悉自己的情妇？"

听完了秦老鬼的分析，王建立顿时面色变得苍白，额头上出了一层细密的汗珠。

"王建立，最后的两个问题，你准备什么时候回答？沉默不代表可以蒙混过关。"

"我没什么好回答的，是我杀了她，就是我杀了她。"王建立的态度变得有些失控。

这一次，秦老鬼没有再分析他的表情动作暴露出的破绽，而是微微一笑道："好，你说吴莉莉和你是不正当的情人关系，就请你再回答我一个问题，只要你能答上来，我立马走人。你能说出吴莉莉身上的一些细节特征吗？比方说，胎记位于身体何处？或是黑痣所在的位置。不要多，说两处就可以。"

等了一会儿，没有声音。秦老鬼道："你们总不会是柏拉图式的精神恋爱吧？你找情人的目的何在？干看着吗？"

到了这份上，王建立就像是一只斗败的公鸡，垂头丧气地瘫坐在椅子上，一声不吭。这种情况秦老鬼见得多了，罪犯心中的秘密如果能够轻易吐露，那是绝对不足以相信的。

一番审讯能有如此效果，已经是很大的突破了，秦老鬼没有继续下去，因为他手上的线索也只有这么多。他只需要确定系统给出的判断没有问题，接下来就是最重要的一步：抓捕宋有道。

对于秦老鬼而言，抓捕这样一个年轻人，即便没有任何人的帮助，只依靠系统，他也可以全天候掌握对方的行踪。只要宋有道上了网，那么他就将立刻被秦老鬼发现。

然而让秦老鬼担心的事情还是发生了，当他将这些情况汇报给李茂栋时，这位局长大人根本不热心，他皱着眉头看完了秦老鬼摄录的审讯资料，慢慢说道："秦同志，咱们都是熟悉法律的专业人员，你想依靠这种推断，便作为重审王建立的理由，或是证明他无罪的证据，这能通过吗？"

"目前是无法通过，可是只要咱们能够继续深挖其中的隐情，那么真相必然有大白的一天。"

"你想得太简单了，要为王建立翻案，别说你了，我都不可能轻易做到。所以我只能遗憾地告诉你，明天就是王建立最终定案的日子，除非你有确凿的新证据。"

"李局，希望您能配合我们的工作，不要放过任何一个坏人，也不要轻易冤枉一个好人。"

"原来你代表的是正义？不配合你的工作，我们就是冤枉人？"

李茂栋这种反应还是出乎秦老鬼意料，他沉默片刻，叹口气道："既然如此，我也没什么可说的了。"

"鬼哥，接下来咋办？"出了市局，马三平问道。

秦老鬼沉吟片刻道："眼下我们只有从两方面入手。第一是在网上追踪宋有道的行踪，第二是要对案件展开调查。在这之前，我们一直将目光盯在王建立身上，忽略了案件本身。他是一个头脑清晰的人，心甘情愿为一个素不相识的人顶杀人罪，这么做肯定有其目的。我想即便他不是杀人凶手，但也肯定与这个案件有某种程度的联系，所以我们必须深入了解这件案子。"

秦老鬼将案件资料调出来，将案情详细输入系统，经过分析后，系统给出了一个人的照片。只见照片中的女人已过中年，但看起来很有气质，非富即贵。

马三平皱着眉头道：“这人是谁？刘若曦的妈妈？”

秦老鬼没有说话，找出女人的详细资料，记下了她目前的地址，三人立刻赶了过去。

这个女人住的小区是本地很高档次的酒店式公寓，在大堂做了登记后，经过预约，得知她并没有休息，保安便放了行。不知道为什么，秦老鬼进入电梯时，看到两名保安对着自己窃窃私语，表情有些怪异。

女人住在二十八楼。秦老鬼三人出了电梯，只见屋门已经打开，刚走到门口，就听女人道：“月明，你赶紧把水烧开，客人来了，要泡茶。”

秦老鬼敲了敲门，只见一个身着真丝睡袍、抱着一条泰迪狗的女人，从另一个房间绕出客厅，笑着对三人道：“请进，不用换鞋了。”

“您好，我是……”

不等秦老鬼把话说完，女人又对厨房叫道：“月明，水烧开了吗？泡三杯茶。”

“不用麻烦了，我们说说话就走。”

“那不成，来家里哪能一杯水都不喝就走，我家里的茶叶是好茶叶。”她笑眯眯道，态度十分诚恳。

请三人坐下后，女人在三人面前各摆了一个碟子，接着在每个碟子里放了一块长方形的苏打饼干，和颜悦色地笑道：“都别客气，尝尝我的手艺。”

盯着苏打饼干，秦老鬼的汗立刻就淌了下来。因为他的强迫症对于方形、圆形、长方、椭圆这些形状的物体，如果稍有不平整或不光滑，就会觉得浑身发痒、难受、汗毛直竖。苏打饼干经过高温烤制，脆皮肯定会鼓起得不均匀，看着饼干不工整的四边，秦老鬼恨不能用锉子将边角锉平整了。

幸亏马三平很清楚秦老鬼的习惯，毫不犹豫地将三人面前的苏打饼干以最快的速度吃了个干净，这才让秦老鬼内心变得平静下来。只见女人笑容不变地问道："我做的蛋糕，味道还好吗？"

这句话说得三人面面相觑，马三平勉强笑了笑道："不错，真不错。"

"做这份蛋糕时，我特意加了蓝莓果酱，你觉得蓝莓味正宗吗？"

"嗯……正宗，味道浓郁。"三人觉得面前这个女人，说话和行为有些古怪。

"是正宗的法国货，我老公从法国带回来的。"说罢女人又对厨房喊道，"月明，茶水怎么到现在还没泡好，你这孩子，也太磨蹭了。"她有些抱歉地对三人笑道，"不好意思，这孩子不懂规矩，都是他爸爸惯的。"接着她将泰迪狗放在桌面上。三人这时才看清楚，只是一个逼真的玩具泰迪犬的脑袋，并没有身体。

女人去了厨房后，很快端来五杯自来水，一一递给三人道："喝茶，都别客气。"最后一杯水，她放在距离自己最近的椅子处，对着空气说道，"你这孩子，一点儿都不听话，泡好了茶也不送上来。"

说这话时，她的表情极其自然。三人看在眼里，却觉得头皮一阵阵发麻。

女人古怪的行为，令这间装饰奢华考究的大房间里透露出诡异的气氛。文艳丽不由自主地朝马三平坐的地方挪了挪。马三平也老实不客气地悄悄伸手搂住文艳丽的腰，他知道，每当她害怕时，就是自己乘机吃豆腐的最佳时机，果然文艳丽并没有反抗。

"能请教大姐怎么称呼吗？"秦老鬼觉得有必要测试一下这个女人

的精神是否正常。

“我叫陈月明。”女人顿时收起了笑容，表情严肃地说道。说“陈月明”三字时，她简直比说起自己的信仰都要严肃。

“陈月明？您的儿子不是叫陈月明吗？”秦老鬼试探着问道。

“没错，我儿子是叫陈月明，怎么了？”女人的表情有些奇怪。

“可是您的名字？”

“我的名字叫陈月明，刚刚不是说了吗？你记性太差了。”

“明白了，能请问一下您丈夫的名字吗？”

“我丈夫姓陈，名叫月明。”女人依旧是满脸严肃。

秦老鬼沉吟片刻道：“那成，感谢您对于我们工作的支持，如果有需要，我会再来的。”

“没问题，随时欢迎你们来做客。就是我不在家，月明肯定也在家，我知道的情况，我儿子肯定也知道。”

走到公寓大堂时，秦老鬼又去找保安问道：“请问一下，二十八楼的住户是一个人独居吗？”秦老鬼终于知道，他们进电梯时，保安为何会有如此奇怪的表情了。

“没错，她名叫李秋珍，你别看她脑子不好，她的哥哥可是个大人物，就是市公安局局长李茂栋。你们应该知道他吧？”保安一看就是个话痨。

秦老鬼每次出外勤，介绍自己的工作都是安全调查员，这是个模棱两可、涵盖范围非常广泛的称谓，听着容易让人联想到当地公安部门。不过李秋珍居然是李茂栋的妹妹，这一点很出乎秦老鬼的意料，而李秋珍既然与这个案子扯上了关系，李茂栋自然更加脱不了干系。这让秦老鬼坚定了将案子深挖下去的决心，他确信，这里面定然有不可告人的秘密。

回去后，秦老鬼立刻在系统里搜索李秋珍的资料。果不其然，系统给出了李茂栋的信息，还有一些兄妹二人的合照。看来这兄妹俩的关系很好，因为每张合影里，李茂栋都是左手叉腰、右手搂着妹妹的肩膀，从小到大，这个姿势就没有变过。秦老鬼指着两人幼年时一张合影道："这种姿势就叫天生卫士，多见于兄妹间，或是尚未确立关系的男女朋友间，因为男方从心底里就有保护女方的潜意识。李茂栋肯定是个好哥哥。"

不过给出了李茂栋的资料后，系统再也没有给出别的线索，看来李秋珍的社会关系并不广泛。秦老鬼略一沉吟道："王建立那件案子与李秋珍有关联，李秋珍又是李茂栋的亲妹妹，你们觉得，这之间会不会有什么特殊关联？否则很难解释，李秋珍为什么会跟王建立的案子有关系，况且她住的地方很高档，这不像一个丧失了工作能力的精神病人能负担的。"

"还有那个陈月明，难道你们不觉得奇怪？"文艳丽有些恐惧地说道。

"嗯，要查一查。"秦老鬼立刻将这个名字输入系统。经过搜索，系统很快便给出了一份让他们目瞪口呆的案件记录。

第四节　白斩人肉

秦老鬼的车子从来没有开得如此之快，但是他依然觉得太慢了，车灯在夜色中一闪而过，就像天边陨落的流星。车子里的三个人都没有说话，心情都非常沉重。他们的工作性质，接到手的案件注定不会是普通案件，但是这次系统搜索出的案子，却还是超出他们的想象。到底是什么人，能以如此方式杀人？就连秦老鬼都有些怀疑，做这件案子的或许真是魔鬼。

开到一个小区里，秦老鬼下了车，找到了一栋楼，上了三楼，敲了门。李茂栋出来开了门，他手里还拿着筷子，见到三人，顿时怒道：“你们还有完没完……”

不等他的话说完，秦老鬼低声道：“陈月明是您的外甥，对吗？”

李茂栋怒不可遏的表情顿时变成了诧异，之后渐渐平静下来，他问道：“这也是系统查出来的？”

“没错，而且根据系统分析的结果，我们还知道接下来你打算怎么做。”

“系统还能分析出我内心的想法？难不成电脑里住着一位先知？”李茂栋又开始流露出不愉快的表情。

秦老鬼掏出身上的笔记本，写了一句话，递给李茂栋看。李茂栋见了之后，顿时什么脾气都没有了，点头道：“好吧，你等我一会儿。”

李茂栋再出来时，身上穿了件坎肩，他跟着秦老鬼下楼上了车。秦老鬼没让马、文二人上去，便关上了车门。

马三平道：“什么事情弄得这么神神秘秘的。艳丽，你说鬼哥在本子上写了什么，一下就把这个老公安给制服帖了？”

“鬼哥满脑子都是鬼点子，能被我猜着吗？你这么聪明的人，还能不知道？”

“我可没本事和他斗心眼。”马三平忽然不怀好意地笑了笑，文艳丽顿时明白他要干什么，立刻往后退了几步。马三平道：“艳丽，如今夜黑风高，人声寂静，正是你我交流感情的好机会。”

文艳丽吃吃笑着，赶紧往花园里跑去道：“你这人真讨厌。”

两人玩笑打闹得正欢快，忽然车门一开，李茂栋两眼通红地从车子里走了出来，随即转身握着秦老鬼的手道：“谢谢，非常感谢你，一切拜托了。”他临走时见到马、文二人，还客气地点头示意，与之前的态度判若两人。

秦老鬼在车厢里露出脑袋，对马、文二人招招手道：“上来，我有事说。”

上车关上门后，马三平笑道：“鬼哥给他灌迷魂汤了？这位局长大人前后的变化也太大了。”

秦老鬼表情严肃道：“咱们可能对他有些误解，虽然刚才聊天的时间不长，但李局长还是非常坦诚的。”

“一定是你在本子上写的话打动了他。你写的什么？”马三平问道。

“其实就是我根据系统提供的资料作出的推断，不过我将这份功劳安在系统上面了。”

“你推断出了什么？”文艳丽也问道。

“李局对于王建立案子的真实态度。他之所以不动声色，是不想打草惊蛇。原来李局一直在暗中调查刘家，他怀疑自己外甥陈月明的死，就是刘家人干的。”

“什么？这又是什么情况呢？”马三平瞪大眼睛问道。

秦老鬼从身上掏出一张照片，放在桌上道：“这是刘若曦的大舅。”只见照片中的人三十多岁，瘦得简直弱不禁风，皮肤苍白如纸，头发又黄又稀，眼睛眯成一条缝，脸上的笑容十分呆板。马三平仔细看了看道：“这人得了白化病？”

“没错，刘若曦的大舅刘鹤鸣是一位重度白化病患者，几乎不能在阳光直射下站立，有严重的自卑心理，重度抑郁。”

“可是，这样一个人，与李局的外甥被杀有什么关系？”

“我们看的案卷资料并不完整，事实上，这个案子就是李茂栋办的。凶手作案的时间非常短，就是趁李秋珍外出买菜时，潜入她家里，杀害了其子陈月明，现场呈溅射状的鲜血，是凶手用电锯切割尸体时喷射出的。凶手杀死陈月明，将尸体的一部分过水后放入大锅里用水煮。你们能想到这种作案手段，为什么会和刘鹤鸣联系在一起吗？”

两人面面相觑，马三平摇了摇头。秦老鬼道：“那是因为刘鹤鸣是白化病人，他曾经因为身体上的缺陷，受过外人的嘲笑和讥讽，而他脆弱敏感的内心，有可能导致他出现极端的行为，报复讥讽嘲笑过他的人，甚至这个社会。”

“鬼哥，你的推论有道理吗？不能因为他有白化病，就认定他一定会杀人吧？”

“依据当然不可能如此简单，不过刘鹤鸣确实曾与陈月明发生过争执。两人是同住一个小区的，在案发前，有人见到刘鹤鸣买了电锯。而从犯罪心理的角度，杀人手段异常的罪犯，大多患有身体、精神类的疾病，比方说美国的绿河杀手、沉默羔羊原型的食人医生，都是有严重心理疾病的人。而将尸体过水后煮熟，其表皮和肉质会变成什么颜色？”

文艳丽惊呼一声，不禁捂住了自己的嘴，眼里满是恐怖之色。马三平低声道：“他不会因为自己是白化病人，就想让所有人都变成白色的吧？”

“每个罪犯，包括那些患有精神疾病的人犯罪，肯定有明确的动机，如果刘鹤鸣真是想把所有人都变成白色的，而采取这种方式处理尸体，我觉得是符合白化病人犯罪心理的。所以这二人现实中结了怨，刘鹤鸣购买了可以快速分解尸体的工具，而处理尸体的手段也符合精神病人作案的行为特征。你还觉得刘鹤鸣没问题吗？对了，还要再补充一点，当时现场还有一条狼狗在啃噬死者的内脏器官，当警方赶到时，那条狗已经将死者的心脏、肺叶全部吞食了，而那条狗就是刘鹤鸣养的。”

没人说话了。过了一会儿，马三平才问道：“既然刘鹤鸣有重大作案嫌疑，为什么至今没有对他实施抓捕?”

“现场只有一条狗是他的，除此之外的一切都是推论。如果没有这条狗，连推论都不会存在。而且凶手没有留下任何有价值的线索，就像美国橄榄球运动员辛普森的杀妻案，全世界人都知道他是杀死妻子的凶手，可就是因为缺乏一锤定音的证据，所以他被当庭无罪释放了。”

“所以李茂栋这些年来，一直在暗中调查刘家?”

“可以这么说，王建立的案子看似一桩普通的杀人案，但是据李茂栋说，凶手碎尸的手段与陈月明案十分相似，所以他才会对系统判断凶手为宋有道的结果不相信。因为他觉得，即便凶手不是王建立，也必然是刘家的一员。”

“您别说，我觉得李茂栋的分析还是有一定道理的。或许宋有道给人发的短信本身就有问题，杀人的根本不是他。”马三平道。

“也许吧，所以我们明天要去陈月明被害的小区走访一趟。我答应了李茂栋，一定要查清楚这件案子到底有何玄机。”

第五节　人食狗

第二天就是王建立的审判日，秦老鬼并没有去法庭旁听，因为他已经知道结果了。凶手至多被判无期，所以王建立肯定不会死。

他带着马、文二人去了陈月明当时住的“逍遥苑”，这个小区是二十世纪九十年代中期建成的，在当时是绝对的高档小区。不过这么多年过去，小区居民有八成都是外地来租房的人，当初熟悉案情的住户大多已经搬离，这也给调查工作带来了一定难度。不过秦老鬼还是在花园里打牌聊天的“老年人活动区”里找到了不少小区的老住户，对于六年前发生的轰动本市的“分尸煮汤”案，这些人知之甚详，听说是市局来调查线索的，一群老头老太太便将三人围在当中，七嘴八舌地说了起来。

经过一番调查了解，秦老鬼知道了一些细节。刘鹤鸣住一楼，陈月明住三楼，同在一个单元，是楼上楼下的邻居。陈月明从小无父，所以李秋珍对他十分宠溺，导致这孩子从小脾气不大好，长大后也不去工作，整日与一些痞里痞气的年轻人厮混，还影响了周围邻居的正常生活。

陈月明与一楼的刘鹤鸣关系尤其糟糕，因为陈月明总往楼下乱丢垃圾。发生矛盾后，他带人翻墙进入刘鹤鸣的家，将他一顿暴打，后来也只是赔了点医药费了事。

自从发生这件事情以后，陈月明不止一次当着小区住户的面羞辱刘鹤鸣，说他是个白化的怪胎，所以陈月明被杀时，很多人都觉得刘鹤鸣就是凶手。

大家正在那儿众说纷纭，忽然一个身材肥胖的人冲进人群，对秦老鬼道：“警察同志，我有个情况要反映，你们一定要彻查清楚。”

有个老头笑道：“老曲，你那事还要说，说了有用吗？”

“要是没用，只能说明警察靠不住。”老曲像是受到了天大的委屈，气得满脸通红，浑身微微发抖。

“您先别着急，有事咱们慢慢说，到底是怎么回事？”马三平上前问道。

老曲道：“前一段时间，我的狗把秦姨的狗咬了，这事我也认错了，要说赔偿也是应该的，无非是多少钱的事。可、可是，老太太居然把我的狗给开膛破肚了，把狗肚子肉割了一大半，丢在我们家楼下的单元入口处，差点儿把我家老人吓得犯心脏病。这条狗是我儿子去西藏时买的藏獒种犬，好几万呢，就这么被人害死，总该给个说法吧？"

"您说，是一个老太太杀死了藏獒？"秦老鬼觉得难以置信。

"是，您别看她是个老太太，整个人邪气得紧，甭管多大的狗，看到她就像看到鬼一样，有多远跑多远，哼都不敢哼出声。"

"老曲说的这人，就是陈月明的外婆，自从她外孙被狼狗吃了内脏，咱们小区里的狗就接二连三地失踪，到后来，都没人养狗了。老曲这条狗带回来，我们就劝他别养在这里，老曲非不听，别说你家的狗咬了老太太的狗，就是不咬，迟早也得失踪。"有人补充道。

秦老鬼来这儿，当然不是为了打狗官司，但他也知道，一句话说不清楚，就会给李茂栋带来大麻烦，便对老曲道："这件事情您放心，我一定会将情况汇报给负责这一片的同事。"

"我报案了，可是根本就没人搭理我。是不是因为李茂栋是老太太的儿子，所以你们官官相护。"

针对一件事去解释，只会让事情变得更加复杂，所以最好的回答就是实事求是，因为别人不是傻子，虚伪还是真诚，对方完全能感受得到。

秦老鬼道："请您放心，我们不会忽视任何一桩案件，您的问题，我们一定会给出答案。"

愤怒的老曲不再为难秦老鬼，叹了口气，缓缓退到了人群外。

之后又经过一番谈话，基本了解了陈月明遇害前后的详细情况，秦老鬼便带着二人离开了。

"那小子就是恶贯满盈。"马三平愤愤道。

"话不能这么说，年轻人。像他这样家庭条件优越、从小在溺爱中长大的人，难免嚣张跋扈，但罪不至死，更何况，杀害他的手段居然如此残忍。"

"你觉得刘鹤鸣是凶手吗？从目前掌握的线索来看，似乎除了他，就没有旁人了。”

“如果确定是他，早就抓人了，在确定罪犯的过程中不存在‘似乎’二字。不过刘鹤鸣确实有重大作案嫌疑，得仔细分析。”

然而出乎秦老鬼意料的是，他在系统里输入刘鹤鸣的资料后，居然没有任何与之相关联的线索，这个人就像是生活在孤岛上的鲁滨孙，既没有外人与之往来，他也不与任何外人接触。

刘鹤鸣居然没有 QQ 号，没有手机号，网络上没有留下任何信息，甚至连银行卡、存折都没有。秦老鬼皱眉道：“难道这是个生活在现代社会的原始人？”

忽然有人在外敲响了车门，将聚精会神的三人吓了一跳。打开车门后，只见一个戴着棒球帽、墨镜和口罩，将自己捂得严严实实的人，对他们说道：“我就是刘鹤鸣，能和你们聊聊吗？”

说曹操曹操到，秦老鬼把他让进来道：“你怎么知道我们的所在？”

“因为有人告诉我，你们在调查我，我通过关系打听到你们是谁，具体位置在哪儿，就过来了。”

昏暗的车厢中，刘鹤鸣摘下墨镜和口罩，表情显得异常自信，没有丝毫自卑心理或是重度抑郁的迹象，除了皮肤白得不像正常人，其余与常人无异。

秦老鬼想了想，问道：“那么这次来，你的目的是什么？”

“我的目的很简单，就是想告诉你一声，陈月明肯定不是我杀的，所以你不用在我身上浪费时间了。”刘鹤鸣的语气干脆而利索，没有丝毫迟滞，而且明显带着一股命令的口吻，就像是上级对下级发号施令。

秦老鬼忍不住笑道：“有哪个罪犯会主动承认自己的罪行？我们的调查工作都是根据案情线索展开的，不会依据嫌疑犯的供述改变方向，所以……”

不等他把话说完，刘鹤鸣插嘴道："你应该用这套系统调查过我了，没有发现任何信息，对吗？"这句话说得秦老鬼猛然警觉道："你怎么知道的？"

"你可以继续对我展开分析调查，但是我明白地告诉你，无论你怎么下功夫，到头来就是一场空。所以如果不想浪费时间，最好改变调查方向。"

看他自信满满的态度，秦老鬼内心不禁开始动摇，是怎样的背景让刘鹤鸣有恃无恐？而且关键在于，自己确实没有找到关于他的任何资料，如今社会，即便是一个根本不懂网络的百岁老人，也难免会有一些个人信息被留存在网络中，所有生活在现实社会里的人，无法从根本上脱离网络。刘鹤鸣是如何做到不留一点儿信息在网络上的？

刘鹤鸣见他冥思苦想的表情，微微笑道："你这么聪明的人，难道连这一点都想不明白吗？"

秦老鬼脑海里犹如划过一道闪电，顿时将一个隐秘的区域照得雪亮，他若有所思地点头道："我知道你是什么人了。可我奇怪的是，以你的家世，有必要做这样的人吗？"

刘鹤鸣淡淡地说道："有很多事情，不是我们能左右的，而你看到的那些情况，也未必是真实存在的，或许就是一个海市蜃楼，说不定某一天就会消失。"

秦老鬼深深吸了口气道："没想到，查来查去居然查到你的头上。不过除了我，还有人在调查你。"

"这个世界上真正调查我的人你是不会知道的，你所知道的那些人，对我的调查不会有任何结果。今天我能对你说这句话，就是看在部长的面子上，因为我担心如果被你查出什么来，那后果可想而知。你和李茂栋不一样，他即便再怎么查，这辈子都不会查到我一根头发。"

“是，我明白了，谢谢你。”

“这件案子你不用再查了，有一句老话叫‘自作孽不可活’，如果我猜得没错，要不了多长时间，狐狸尾巴就会露出来，到时候一切真相都会大白于天下。倒是秦老太那边，我建议你最好去看看她，我估计她身上潜伏的狂犬病毒快要发作了。”说完，刘鹤鸣就离开了。

“鬼哥，这到底是什么人？怎么转眼就从一个没人搭理的角色，反转成大人物了？”

沉默片刻，秦老鬼才道：“你只要记住，他是一个在网络上查不到个人信息的人，就足够了。别的不要问，有些事情，还是不知道的好。”

随即秦老鬼又立刻赶去逍遥苑小区，当他们找到秦老太家里，发现她在屋子里不停打砸物品，整个人处在癫狂的状态。

不算大的客厅中，挂着两条被啃噬得血肉模糊的狼狗。最可怕的是其中一条狼狗还没断气，狼狗身下的木桶里有半桶血水，靠近铁架的墙壁上溅满血水，布满无数抓痕，有的地方墙皮已经被抠掉，露出内部的砖块。而另一个房间里，堆满了如小山一般狗的骸骨和悬挂在屋顶的狗皮。

乍看这里，没有半点人居之状，倒像是一个专门杀狗的屠宰场。屋子里充满了恶臭无比的腐肉气息，桌脚旁还有一条头部被砸得血肉模糊的小狗尸体，这应该是老太太病情发作时无意识的行为。

秦老鬼赶紧打电话给医院，等救护车开来，老太太已经倒在地板上，浑身不停抽搐。

医务人员问道：“这老太太是卖狗肉的？”

“不，她是吃狗肉的，吃生狗肉。”秦老鬼道。

第六节　电锯黑手

秦老太因为自己孙子的惨死，迁怒于狼狗，此后她就没有吃过饭，饿了就生吃狗肉，所以从表面上看，她的体质好过一般人。可是夜路走多了难免遇到鬼，她吃了疯狗肉，就染上了狂犬病。秦老太这种行为，也属于偏执型人格的一种。

到了医院没多一会儿，医务人员就下了病危通知书。李茂栋赶来时，他的母亲处于深度昏迷状态，而且从此之后再也没有醒过来。

在工作事业上，李茂栋无疑是成功的，但是在家庭和亲情这一方面，他是个彻头彻尾的失败者，外甥案件的真凶至今未知，亲妹妹精神失常，母亲又因为常年食用狗肉染上了狂犬病。坐在医院里，李茂栋觉得自己已在崩溃的边缘。

秦老鬼坐在他身边安慰道："这案子还没完，您可得挺住了。"

李茂栋抬起头看了秦老鬼一眼，有些心灰意冷道："我连自己的家人都保护不了，如何保护市民安全？这件案子，我真觉得力不从心了。"

"公安工作有其特殊性，执行的过程中确实会遇到很多难题，案子办得好，所有人都觉得是应该的，办不好就会被骂。这其中的辛酸苦辣，也只有身在其中的人才能体会。这么多年都过来了，我相信，你不会倒在某一个案子上。"

"你无法理解我现在的心情，我从来没想过，自己有一天会被犯罪分子打倒，但在这个案子上，我真的觉得遇到了无法逾越的屏障，那种绝望的感觉，你无法想象。"

"这种感觉，我当然也有过。"

“你也会有？你们的工作性质是配合地方市局工作，破不了案子的压力，也是在我们身上，你有什么可绝望的？”

“其实每个人都有可能遇到让自己心生绝望的事情。这套近乎无所不能的软件，是我的父亲编写的，他曾经是一位非常出色的黑客。他把自己关在房间里编写这套系统的程序，一写就写了十五年，直到我参加工作。后来这套软件经过测试，进入试用阶段，父亲将这一项工作交给了我。但是在那之后，他就不让我进入他摆放电脑设备的房间了，连锁都换成了更坚固的锁。

“后来有一天，我亲眼看着父亲走进房间里，锁上门之后就再也没有出来。七天后我才确定是出事了，上报了负责他的工作的部门。可是经过调查后，他们居然强制我搬离了一直生活的家。

“在那之后，我不断用系统调查父亲失踪的原因，还有那间屋子里隐藏的秘密，可奇怪的是，父亲的所有信息都从系统里消失了，就好像这个世界上从来没有这个人存在过一样。我也几次三番去和有关部门沟通，想知道我父亲到底遭遇了什么，但至今没有得到明确答复。曾经有一段时间，我每天都生活在绝望中，但生活总要继续，即便再困难，也必须走出来。”

“难不成你的父亲就这样莫名其妙地消失了，到今天也没有消息？”

“是的，我父亲的莫名消失，肯定是有原因的，但究竟是什么原因，至今我也不知道。你失去亲人的感受，我感同身受，因为我们有同样的经历。”

“谢谢你及时发现了我母亲的异常情况。”李茂栋重重叹了口气，疲态尽显。

“不用感谢我，向我提供消息的人是刘鹤鸣。我劝你不要再查此人了，不会有任何结果的。”

听秦老鬼这么说，李茂栋愣了，过了好一会儿才问道：“你查出了什么？”

“我什么都没查出来，他的情况就和我的父亲一样，在网络上没有丝毫信息留存，这种人在行内被称为隐形人。根据我的经验，隐形人还是不调查的好，因为只会做无用功。”

“怎么可能？他就是一个整天窝在家里不出来活动的白化病人。”

“过于招摇的人，能从事秘密活动吗？”

“照你这么说，难道一直以来，我办案的方向都是错误的？”

“刘鹤鸣说了，真相迟早会大白于天下的。这种人是绝不可能信口胡说的，我们现在该做的事就是等待。”

“你的意思是，把这件案子暂时放到一边，等消息吗？”

“没错，这就是我的建议。有时候，等待比行动更有智慧，你觉得呢？”

两人此番谈话的两天之后，也就是秦老太被正式宣布死亡的当天，市局得到了消息，宋有道在东北某市落网。他是因为嫖娼被抓后，经过网上逃犯的信息比对，锁定了身份信息，很快就被当地公安机关以最快的速度押解过来了。

李茂栋立刻对宋有道进行了突审，起初他拼死抵赖，将杀死吴莉莉的责任完全推到王建立的头上，然而在秦老鬼拿出短信的证据后，宋有道的心理防线彻底崩溃，他终于承认是自己失手杀死了吴莉莉。

其中的原因出乎所有人的意料，吴莉莉虽然与王建立没有关系，但她确实和刘家人有苟且之事，那就是刘若曦的父亲——刘和平。

刘和平这些年一直和吴莉莉存在不正当的男女关系，但是因为“保密工作”做得到位，所以无论是他的妻子刘畅，还是吴莉莉的男友宋有道，都不知道这件事。

然而世上没有不透风的墙，这件事最终被宋有道察觉，于是他和吴莉莉发生了争执，他失手将吴莉莉推倒在地，导致吴莉莉后脑勺撞在茶几上，当场身亡。

慌了神的宋有道觉得自己走投无路了，便打电话给刘和平，说要与他同归于尽。没想到刘和平居然答应帮他解围，并让自己女婿送来了十万元现金作为他“跑路的先期费用”。更让他没想到的是，王建立居然替他顶了罪。这让他以为自己高枕无忧了，准备玩一圈就回来，却还是未能逃脱法律的制裁。

但这个案件并没有因为宋有道落网而结案，恰恰相反，案件中令人不解的疑团反而更多了。

王建立为何会心甘情愿地为与他没有丝毫关系的宋有道顶死罪？刘和平为什么会为了一个外人牺牲自己的女婿？

随着审讯工作的进一步深入，专案组又发现了一个令人毛骨悚然的新情况，那就是宋有道和王建立都不是分尸者，两人都以为分解尸体的人是对方。

事实上，在宋有道离开房间和王建立进入房间之间的那段空当里，有一个与吴莉莉死亡丝毫不相干的人进入了屋子，将死者分尸，这个人到底是谁？新线索的出现，让这宗杀人顶包案更阴森恐怖了。

“这两人说的都是实话，他们没有分尸，也没有分尸的动机。宋有道对于吴莉莉的死是心有愧疚的，所以不可能对她实施分尸，王建立就更不可能去分尸了，他何必多此一举，将尸体直接拉到山上埋了不是更省事？而且从死者被分割成的尸块来看，分尸者肯定有专业切割人体的工具，否则不可能分出如此细碎的尸块。”秦老鬼说完这话，很自然就想到了刘鹤鸣的电锯。

为此，在夜幕降临后，秦老鬼去了刘鹤鸣的住处。刘鹤鸣果然在家，屋子里趴着两条身体健硕的杜宾犬。它们一见到秦老鬼，立刻警惕地站了起来，不过良好的训练让它们不会由着性子贸然发动进攻。

“都给我坐下。”随着刘鹤鸣的手势，两条狗又重新趴在地下。

“因为工作的关系，我必须养大狗来看家。”刘鹤鸣淡淡地说道。

秦老鬼注意到，这个三室一厅的屋子，三间朝南的卧室的门全都关着。刘鹤鸣请他坐下，问道：“你来这里有什么事？”

“我猜你应该已经知道了？”秦老鬼没有立刻提问，而是反问了一句。

“是的，你的每一步行动我都了如指掌，这本身也是我的工作。不过我只知道你来找我了，却不知道所为何事。”

“是为了那两个分尸案，我觉得分尸者是同一个人。”

“你很聪明，能想到专业的切割工具和这两起分尸案是有联系的。至于我手上的电锯，这条线索是李茂栋告诉你的？”

“是的。”

“嗯，他对我的调查还挺细致的，连这点线索都掌握了。你觉得，是我肢解了尸体？”

“不，我觉得唆使你买电锯的人才是嫌疑人。”

听了秦老鬼这句话，表情严肃的刘鹤鸣放声大笑道：“你确实很聪明，能很快将已经掌握的线索联系起来，这可以充分利用线索，提高破案的效率。”

说到这里，刘鹤鸣打开了其中一间卧室的门道：“我房间的门从来不会在外人面前打开，你是唯一一个让我破例的外人，因为我看得起你。”

只见不大的房间里摆放着四台笔记本电脑，四个屏幕都在不断闪动着，而这间卧室是和院子相邻的。刘鹤鸣打开阳台的门，只见院子里摆满了盆景和花草。

刘鹤鸣道：“我的工作有些枯燥，所以养了些花草放松心情。你也看到了，这些花草的枝杈很多，一点点地修剪有些麻烦，所以就有人给我出了点子，让我买一个专业修剪树枝的电锯。”

“谁出的点子?”秦老鬼内心无法抑制地激动起来。

“我的妹夫刘和平，因为他能弄到各种型号的电锯，你知道他是做什么工作的吧。”

“知道，他是做建材的，公司里当然有型号齐全的电锯了。”秦老鬼激动得手心出汗，说话都有些哆嗦。

“你知道我为什么要告诉你这些吗?”

“难道是……为了公理正义?”秦老鬼试探着说道。

刘鹤鸣又一次露出了笑容道：“在我的世界里，只有永远做不完的任务。我的父母和我，其实一生都在为此而努力，总结一下，四个字就可以概括——‘不辱使命’。从这一点而言，你的父亲也做得很好。”

听到他居然提起自己的父亲，秦老鬼心里“咯噔”一下，但是他并没有追问，因为对于刘鹤鸣这种人，是不能乱问问题的。

“我们为了执行任务方便，需要用假的身份来掩护自己，为了迷惑对手，虚假的身份往往需要真实的环境来支撑，所以我们这个家族就拥有了现在这些产业。可悲的是，我的妹妹和妹夫绞尽脑汁想要独占这一切，他们甚至将我看成了最大的竞争对手，想要剥夺我其实根本不存在的继承权。但这其中的隐情，我又不能对他们言明，所以只能忍受他们在我眼皮底下玩弄拙劣伎俩。他们自认为很高明，一步步将我往沟里带，却不知我其实冷眼旁观，对他们的行为比他们自己还要清楚。电锯、被煮熟的毫无血色的人肉，他们试图将一切线索指到我的身上，而李茂栋果然上了当，这些年一直在暗中对我实施监控。所以说，人要面对的最危险的情况，其实是自己的愚蠢。”

真没想到，为了争夺财产，至亲的亲人居然能如此不择手段，秦老鬼起了一身鸡皮疙瘩。

“我建议你将审讯重点放在刘和平身上，你肯定会得到这件案子的所有真相。”

“谢谢你。”秦老鬼起身准备告辞。

刘鹤鸣又问了他最后一个问题：“你知道人一生中最痛苦的事情是什么?”

“是死亡吗?”

“不，是亲人的背叛。”刘鹤鸣的脸上第一次露出悲哀的神情。

有些人是不需要宽慰的，因为他们天生就有钢铁般的意志。

秦老鬼回去后，立刻将得到的线索告诉了李茂栋，之后对于刘和平、刘畅夫妇二人的抓捕行动便暗中展开。两人被秘密带回市局审讯后，不可思议的内幕果然浮出了水面。

这宗案子是由两场情杀组成的，第一个案子是因陈月明而起，刘若曦与王建立结婚后不久，有一次醉酒和陈月明开了房，偷情的刺激让她接二连三地背着王建立与陈月明幽会。

而刘鹤鸣之所以被打，并不是因为陈月明往楼下丢脏东西产生了矛盾，真实原因是他知道这两人有不正当关系后，曾经劝阻过两人，因此陈月明怀恨在心。从小在溺爱中长大的孩子，想将自己喜欢的东西占为己有是天性，所以陈月明才去殴打了刘鹤鸣。而知道了事情原委的王建立，因为无法忍受妻子出轨，便杀死了陈月明，但是他没想到，这一切都被躲在暗处监视自己的刘和平知道了。在王建立离开后，刘和平便进入房间，将陈月明的尸体肢解，并放入锅中煮熟，其目的就是要栽赃陷害刘鹤鸣，这也是王建立被胁迫给宋有道顶包的原因。

因为王建立有天大的把柄在岳父手里攥着，而这家人之所以要花巨大的代价阻止吴莉莉被杀的真实原因暴露，是因为当年刘畅父母为了敷衍家人而假作的遗嘱，他们宣布如果夫妻中任意一人不忠于对方，就无法得到遗产。两位老人之所以会做出这个决定，也是因为他们早就知道自己的女儿、女婿都背叛了对方，各自在外都有情人。只是让二老没想到的是，钱的魔力能让这两位本已势同水火的夫妇结成“统一战线”，在“霸占遗产”的道路上越陷越深。然而因为工作性质太特殊，二老无法将其中的隐情说出，只能看着一对鬼迷心窍的夫妇大步走在“自作孽不可活”的报应之路上。

吴莉莉与刘和平的奸情不能泄露，所以只能由王建立出来顶包，因为宋有道肯定会将真相公之于众。而他们也尽了最大的努力保住了王建立的性命，如果做不到这一点，王建立肯定也会将真相说出。为了进一步将线索往刘鹤鸣身上引，刘畅亲自去分尸，虽然她对自己的丈夫早已没有了感情，但是嫉妒心却让她容不得其他女人得到她的丈夫。

案情到此终于真相大白，心灵如此丑陋的一家人，让秦老鬼怀疑他们根本就不是人，而是一群魔鬼。

两位老人依然做着他们的“大生意”，只是这一次女儿和女婿精心策划的“遗产继承”计划完全落空了，二老根据之前的协议，剥夺了二人的继承权。

这对夫妻到死都不会知道这些真相。这两人是可恶之人，却又是可怜虫，他们为了虚幻的财富争得头破血流，而即使到了身陷囹圄的地步，两人还在遗憾着“只差一点点我就可以拥有世界了”。

“鬼哥，你说世界上真的有那种没有身份存在的人吗?”回程的路上，马三平旁敲侧击地问道。

“嗯。”秦老鬼点了点头，但他不能透露任何细节信息。

“那我们将来有没有可能成为那样的人?”

“也许吧，但最好别是，否则你会发现，拥有了权力和能力的同时，会失去更多东西。”

深夜的高速公路上，一辆宽敞的车内，秦老鬼不再理睬马三平的追问，用衣服盖住脸，很快“睡着”了。

第五章

红衣男孩

楔　子

“人潮人海中，又看到你，一样迷人一样美丽，慢慢地放松慢慢地抱紧，突然分手并不在意……”车子里三名浑身酒气的年轻人唱得声嘶力竭，车子飞驶在静谧的高速公路上。深夜的高速公路上罕有车辆，经过改装的赛车跑起来简直是风驰电掣，让人好不过瘾。

“看见没，前面有辆车，怎么好意思上高速。你们数到十，我肯定超了它。”只见前面一辆轿车以每小时八十公里的速度稳稳行驶着，赛车的驾驶员双手离开方向盘，点了支烟道：“兄弟们冲……”最后一个字没说出口，忽然前面的车子剧烈晃动起来。

三名醉酒的年轻人吓得屁滚尿流，死死抓住车扶手，他们以为是车子要翻了。直到前面的轿车一头撞在防护栏上，三人才明白是前方的车子失控了，而非他们闯的祸。

车速太快，赛车瞬间就冲过了事发现场。开车的年轻人一脚踩住刹车道："回去看看，是不是出事了？"

"你疯了吗，咱们都喝酒了，又没有驾照，想被抓吗？"

另一人也说道："是啊，这么小的车祸，能出什么事，驾驶员肯定自己报警了。"看样子车祸确实不算严重，开车的年轻人嘀咕了一声，加油门继续往前开。透过倒车镜，他看见那辆轿车的驾驶员打开车门，手里似乎抱着什么东西，绕过了车子，直接从护栏上跳了下去。

"那哥们跳桥了！"开车的年轻人倒抽一口冷气。

坐在车后的同伴对着他脑袋拍了一下道："让你别管闲事，那么多屁话。"

赛车急速飞驰着，空旷的高速公路上，只有出了车祸的轿车静静地停在护栏边，驾驶座上空无一人，车后座上则直挺挺地坐着一个人。

这个人没了脑袋，脖颈处的伤口不停流出大股暗红色的血液。而且这个人尚未气绝，双手双脚不停抽动着，过了好一会儿才停止。

第一节　闹鬼之月

"龙龙，你要是再不听话，就会出来一个老魔鬼把你抓走。到时候你就见不到爸爸妈妈了。"

夜色中，一个男人抱着三岁大的孩子，急匆匆地走在寂静的乡村小路上，只见家家户户灯火通明，准备晚饭的人家烟囱里冒着袅袅炊烟。

"到晚上了，老鬼就会出来吗？"小男孩趴在父亲的肩膀上，神色紧张地四下张望着，在他小小的心里，这世界上最可怕的就是"老魔鬼"了。

“你看着天上的月亮，如果表面上罩着一层朦朦胧胧像雾一样的东西，这就叫毛月亮，一旦有了毛月亮，肯定会有老魔鬼出来咬小孩的耳朵，就像这样。”父亲忽然张嘴咬了孩子的耳朵一下，孩子先是吓得大叫，接着“咯咯咯”笑起来。

忽然孩子说道：“爸爸，你看那家小哥哥在飞。”

男人顺着儿子手指的方向望去，透过玻璃窗，他赫然见到，同村村民赵有财家的堂屋中，赵有财的儿子身着一条红裙，悬挂在屋里的大梁上。

那孩子脸色苍白，双目圆睁，舌头微吐，显然已经被吊死了，模样极为恐怖。男人被触目惊心的一幕吓得手足冰冷，顿时僵在原地。这时，那间堂屋里的电灯忽然闪了闪，就熄灭了，那诡异的一幕一下消失在漆黑的夜色中。

男人吓得屁滚尿流，他抱紧了孩子，三步并作两步跑回了家。

他的妻子刚刚把饭菜烧好，见男人笔直冲进屋子里，立刻关上了门，她埋怨道：“这么着急忙慌的干啥呢？”她又扯着嗓门喊道，“赶紧洗手，准备吃饭。”

等了一会儿见没有动静，她火冒三丈地打开屋门，正要训斥丈夫，却见他坐在床边的地板上，手里夹着烟，浑身发抖，一副失魂落魄的样子，而孩子则瞪大眼睛望着自己的父亲，全然不知道发生了什么事情的样子。女人心里一惊，走到丈夫身边问道：“你这是怎么了？”

男人抽了一会儿闷烟，才抬头道：“我看到赵有财家大小子被吊死了。”

女人听罢面色大变道：“怎么可能，白天我还看到赵小山在打谷场和一帮小子踢足球，到晚上就死了？”

“肯定是吊死了，我看得清清楚楚的。”

“你报警了没有？”

“我刚才腿都吓软了，哪还能想到报警，而且……而且我感觉有些不对，这孩子身上穿着一件红色的连衣裙，屋里好像还有人，因为亮着的灯被人给关上了。”

妻子的脸色立刻就变了，连声音也变了：“穿着红颜色的连衣裙？赵小山穿着红色的连衣裙被吊死了？”

“没错，我看得清清楚楚，就是红色的连衣裙。”男人的脸上满是恐惧、紧张的神色。

“你报警啊，都出这事了，还不报警。”女人说着话就从男人身上掏手机。

没想到他紧紧捂住上衣口袋道：“你疯了，凶手可能还在。”

“你还是不是男人？一个村子的人，赵小山也是你看着长大的，要是他真被人害死了，你就不管不顾了？”

犹豫半晌，男人用颤抖的手掏出了手机，拨通了110后，他语无伦次地说了案情，也不知道对方是否听懂了。

挂了电话后，一家三口谁也没心情吃饭，就是呆呆地坐在房间里。也不知过了多长时间，忽然发现一个男人悄无声息地走进了屋子，夫妻俩都吓了一大跳。男人下意识地抓起台灯就要丢过去，对方赶紧做了个噤声的手势道：“我是县公安局刑警队的，刚刚是你报的警？”

警察拿出自己的工作证递给了男人。男人呆愣愣地看了看，有些茫然道：“你怎么进来不敲门？”

“我敲了，你们都没听见，我也不知道里面的情况，就进来看看。”

听警察这么说，男人一直绷紧的神经才算放松了一些，他挺直身子，只觉得腰酸背痛。他问道：“屋子里的情况，我没看错吧？”

“没，不过屋子这么黑，你是怎么看清男孩身上穿着一条红裙的？”

“我路过时，屋子里的灯是亮着的，所以看得很清楚。”

“可是我们到达现场时，灯是关着的。”

“没错，开始屋子里亮着灯，在我发现屋子里吊死的小孩后，灯就被人关上了。”

“噢，这么说屋子里其实有人在？你得确定，这是案件定性非常关键的一点。”

“我能肯定是有人在屋里关了灯，按理说我应该进去看看，可我实在怕得厉害，就回家了。”

“不能怪你，绝大部分人见到凶杀案的现场，第一反应都是害怕，有点智商的动物面临威胁，下意识的反应也肯定是保护自己，况且你还带着孩子，能及时报案就已经尽到了公民的义务。不过今晚我希望你们在家里待着，这个消息不能泄露出去。”

“你放心，我不会乱说的。”

一轮圆月高悬天空，薄薄的雾气让月亮看起来朦朦胧胧的，表面仿佛长了一层浅浅的金毛。当天空中有毛月亮出现，就是魔鬼出行的时候。难道真的撞鬼了？

男人坐在洒进月光的房间里，心里暗道，浑身直起鸡皮疙瘩。不远处，一群便衣警察已经静悄悄地在赵小山家的院子空地周围拉起了警戒线。

第二节 小偷金三毛

“这是我准备偷的第四家。”一个贼眉鼠眼的年轻人对身边的同伴道。

“你小子就是没出息，偷东西都挑这种地方，这里是城中村，里面住的都是穷人。”他的同伴满脸不屑道。

两个年轻人正站在人行道上，一边是车水马龙的主干道，另一边则是一片老旧的红砖瓦房，他们都没有穿上衣，光着膀子背靠一棵梧桐树抽着烟聊天。

东南省省会岳林市，虽然经济高速发展，但两极分化趋势愈发明显，除了大量涌现的私企业主，依然有不少普通百姓住在连水电都无法保证稳定供应的民房里。

当地政府也尝试着想要将这些民房拆迁，分配至成套型的商品房内居住，怎奈这里的房子虽破，但家家户户动辄上千平方米的面积，让来此考察商业投资的地产商人望而却步。

“这你就不懂了，穷人钱虽少，但随处乱放。有钱人钱藏得好，连他老婆都找不到，何况咱们呢。而且深楼高院进一趟风险太大不划算，住在民居里的人就算钱不多，但门锁好开，屋子小、东西少，方便翻找，咱们偷这些人比偷大户要容易得手。而且我已经踩好点了，有户人家是帮人要债的，要来的钱晚上就放在屋子里，第二天早上去银行汇款。”

“调查得这么仔细？小偷做到你这份上，也是够专业了。”同伴不禁佩服起来了。

“有钱大家赚，这次动手我可以带着你，不过你得答应我一个条件。”

“只要能赚到钱，甭说一个条件，十个都成。”

“你得帮我把写给曲老六的借条偷出来，我知道你有办法接近他。”

“这……”

“那这单买卖我就自己做了，多赚点钱，也能早点还账。”

“你别急啊，我没说不帮你办这事，我答应了还不成吗？”

“成，说到你可得做到，否则咱可就没下一次了。”

“你放心，既然答应你了，我一定做到。”两人各自达到了目的，叼着烟，悠闲自得地喝酒去了。

城市的夜晚闷热潮湿，但两人还是换了一身深色衣物，蹑手蹑脚走进城中村里。万籁俱静，城中村甚至连一盏路灯都没有，两人深一脚浅一脚地在如迷宫般的巷道里穿行，后面的人实在觉得没底，就问道："金三毛，这路你认得吗？"

"废话，要不然我为啥来这儿偷？"

又走了一段路，两人站在一栋红砖房前，只见楼顶用来遮雨水的塑料帆布已经烂成了布条，这栋楼像是随时都有可能倒塌。

只听房间内一阵阵鼾声传出，金三毛压低嗓门道："就是这里。"说罢他从身上掏出一个东西，从门锁的部位轻轻塞入。

随着"吱呀"一声轻响，门被捅开了。借着月光，只见堂屋床上睡着一个身材消瘦的男人，鼾声如雷，睡得正香。金三毛冲自己同伴做了个噤声的手势，接着悄悄穿过堂屋上了楼梯。

破烂的屋子真的很难藏住秘密，房主的藏钱之处、睡觉的地方，无一不被小偷摸排得清清楚楚。金三毛知道，房主的钱就放在二楼那张破床中间，找一个同伴帮手，是为了掀床板，虽然床板并不算太重，可要弄得一点儿响声没有，就必须得有人帮助。

金三毛上楼看到那张破旧的木床，却紧张得心脏咚咚直跳，他小声道："我抬床头，你抬床尾。"可是当他"就位"后，才发现同伴根本没上来。

这小子真是个屄包，金三毛心里咒骂道。肥肉就在眼前，他也顾不得许多，单枪匹马费力将床板掀了起来，用尽吃奶的劲儿把床板轻轻放在地板上。

果然，床体中藏着几沓百元大钞，目测至少得有两三万元。金三毛兴奋得赶紧将钱揣入口袋，却发现钞票之下还有一个鼓鼓囊囊的包裹，看来这次是要满载而归了。金三毛高兴得差点儿想唱歌，用颤抖的手解开包裹……

赫然，一颗被石灰粉呛的头颅，出现在金三毛的视线中。

石灰粉能让人体暂时不腐，所以头颅死亡时脸上的表情，金三毛看得清清楚楚。

死者大约三十多岁，面部消瘦，满脸惊讶的神情，似乎在头颅被割下的瞬间，见到了无比奇怪的事情。

幸亏金三毛“身经百战”，这突然而至的意外，没让他发出一丝异动。但是这间漆黑狭小的房间仿佛就是一口装盛死人的棺材，充满了诡异的气息。

金三毛什么也顾不得了，放下床板就要走，没想到他一转身，就看到房主铁青着脸，一声不响地站在自己身后，脸上是一副似笑非笑的诡异表情。

清冷月光射入漆黑的房间，将屋子里的一切照得清清楚楚。金三毛能清楚地看见房主脸部表情的每一处细节，当然最可怕的并非房主的表情，而是他左手上握着的那柄雪亮的杀猪刀。

这柄刀在月光的映照下隐隐发着青光，足见房主对这柄刀的“呵护”。金三毛顿时就腿软了，正准备跪下讨饶，却忽然见房主迅速一个回转，抬手对身后就劈了一刀，其动作之快、力量之大，瞬间发出了“呜”的一声响。

莫名其妙劈了一刀之后，房主又转过身对着金三毛，脸上依旧挂着阴恻恻的笑容，还传出了清晰的打鼾声。

这人居然是在梦游！金三毛悬着的心顿时放松下来，这才发现自己吓尿了裤子，裤裆里的尿液滴滴答答落在地板上，在静谧黑暗的房间里听得特别清晰。他鼓足勇气，悄悄绕过房主站立的地方，正要往楼下走，忽然觉得脖子一凉。金三毛脑子里犹如过电一般，立刻想到房主那诡异的“虚空斩”。

自己急着想要离开此地，却忘了房主梦游时的状态，自己正好走在“虚空斩”的范围内，难不成是“中招”了？

这是金三毛最后一个念头，他并没有想出答案，因为时间已经不允许他这么做了。那颗跌下楼梯的头颅，在意识消亡前一刻，清晰地看到了自己僵立不动的身体上狂喷而出的鲜血。

黑暗降临了。

第三节　梦游“杀手”

“半夜三更的，你在街上跑什么跑？老实交代，你在逃避什么？”警察表情严肃地询问对面坐着的年轻人。

接受质询的是个小偷，是和金三毛一起进入房间、企图盗窃的那位。当时他跟在金三毛身后，但还没等他上楼，就见房主一骨碌从床上坐了起来，手上还握着一把闪着寒光的杀猪刀。

这哥们的胆子不大，一见到这场面，顿时吓得魂飞魄散，他想也没想，转身就从黑暗的小屋里飞奔而出。因为害怕有“追兵”，他彻底发扬了小偷跑得快这一“职业素养”，在七拐八绕的棚户区中见路就跑，居然成功地跑了出去。

可他刚上马路不久，便被夜巡的联防队员抓了个正着。他仗着自己没有案底，想蒙混过关，面露无辜的表情道：“警官，我就是急着回家，没钱打车，所以只能跑了。”

“你当我们都是三岁小孩，这么容易糊弄？如果不是行为异常，能把你带到这儿来？要是碰到个跑步的就抓，联防队的人早就被人投诉了。”

“您要是不信，我也没办法，但我真是冤枉的。”小偷装作无辜道。

双方正在较劲，只见一个警察风风火火跑进来道：“麻烦事又来了，刚刚得到的消息，广泰湖里发现了一具无头尸，这次是咱们的辖区，各位做好加班的准备。”

办公室里一片叹息声，这个小偷听到这话，头皮一阵发麻，头发都竖了起来。难道自己同伴的脑袋已经被那个房主给砍了？没这个必要吧？只是偷钱，又不是杀妻夺子的仇恨。

虽然心里这么想着，但小偷仍然不放心地问了一句道：“警官，您说那具尸体，身上有没有什么特征？”

“你问这个干吗？与你有什么相干？”

“我就是好奇一问。”

“尸体没有头颅，所以暂时不知死者的实际年龄，不过他左胸到胳膊处有一条龙头形状的文身。”

他最后一句话是对同事说的，但小偷听在耳里，却犹如滚滚惊雷一般。那确是金三毛无疑了，自己同伴的脑袋，就这么活生生被人砍下来了？

想到这儿，小偷浑身抑制不住地抖成一团，问话的警察见他这副模样，警惕地问道：“你怎么回事？是不是身体哪里不舒服？”

“警官，那个被杀的人是我朋友，今晚我们是去偷东西的。”小偷一股脑儿将事情的来龙去脉细说了一遍。

“你亲眼看到房主拿着一把刀，从床上坐起来？”

“是的，当时我实在是太害怕了，也没多想，就跑出来了。”

案情重大，不容丝毫延误，警方立刻组织人员赶去城中村实施抓捕，可屋子里早已空空如也。房间里溅满了鲜血，尤其是屋顶上，大片殷红的血迹看来触目惊心。

现场负责收集证据的警员低声对同伴道：“从房顶上的鲜血喷射轨迹可以看出，死者在死亡后并没有第一时间倒下，还站立了一段时间。这非常可怕，足以说明凶手的刀速极快。”

“难道凶手学过武术？”

“目前不能排除这一点，而且从作案手段来看，凶手性格极其残忍。”

“是不是练过武术的人性格都残忍？”

“残忍是天性，与是否练武无关。”

确定了作案现场，接下来便要进一步确认凶手外形特征。因为当时过于慌乱，小偷并没有看清凶手的长相，不过很快警方就从房东处了解到了案犯的详细个人信息。

租房的凶手是男性，今年四十岁，名叫王洁师，是川西省屏西县自合村人。本来警方以为这条信息是虚假的，没想到经过调查后发现，案犯租房时登记的个人信息居然是真的。

可是当警方联系屏西县公安局，对案犯进行深入调查时才知道，王洁师早在十几年前便离开了自合村，之后就没有回去过。因为他的父母死得早，所以也没人和他有联系，不过可以肯定，他并没有练过武。

省会城市各个路口的监视探头密如蛛网，所以对嫌犯的抓捕工作已经有条不紊地展开，王洁师的落网只是时间问题。然而让局长刘长河感到奇怪的是，当天早上，他接到省厅发来的传真，说是有调查组要来调查一名犯人的情况，要求他尽全力配合。

这不禁让刘长河心里直犯嘀咕，上午他和所有部门负责人开了个碰头会，经过询问了解，所有部门的人口径高度统一，自己手上绝没有冤假错案的情况存在，每一件案子都是秉公执法的。刘长河也没有透露为什么要开碰头会，因为一件不确定的事情动摇军心，不是一个成熟领导该有的行为。

下午时分，调查组进驻了市局，坐在刘长河面前的一共三人。让刘局颇感不快的是，为首的人非常不修边幅，从社交礼节而言，穿着整齐是对别人的尊重，穿成这样来见自己，简直就是不把自己放在眼里。

刘局长刚刚有了这个念头，只见对方嘿嘿笑道："刘局见谅，我穿成这样并不是对您的不尊重，而是我有特殊任务要执行。"

自己心里所想的念头居然立刻被对方知道了，刘局暗中奇怪，也略显尴尬道："你太见外了……可你是怎么知道我心里的想法的？"

秦老鬼笑道："其实这一点儿都不神奇，解读微表情而已。我看到您的目光从我进门开始就一直上下打量我的衣服，之后紧皱眉头，当然最为关键的是，当我坐在您的对面，您下意识地用左手食指上下摩挲自己的人中，这是对对方极其不满的动作。我想第一面就让您不高兴，除了这身衣服，应该不会有别的原因了。”

刘局哈哈笑道：“其实公安系统的人都学过肢体动作与心理的联系，只是能熟练使用的人不多。是我小心眼了，你别见怪。”

秦老鬼连连摆手道：“您太客气了，这事怪我。”

“好了，咱们大老爷们，不用纠结小事。这次三位远道而来，是为了什么事？这话不说开，我心里很难安生。”

秦老鬼笑道：“您别误会，我们的调查是针对某个犯人的。这次来是为了一个名叫周厂汉的死刑犯，您对他有印象吗？”

“这得查查，不是我亲自督办的案件，印象不深。”刘局让秘书去调查周厂汉的卷宗，过了一会儿，秘书送来了资料。刘局仔细看了看道：“这件案子本身没什么特殊的，就是一宗数额较大的诈骗案，后来杀了人，案犯已经被判了死刑，还有什么问题？”

“这个情况和我掌握的资料差不多，不过我的工作是专门分析死囚的，经过对周厂汉的分析，这个人应该对公安机关隐瞒了一些案情，我们需要调查清楚。”

“真奇怪了，你们工作之地和咱们这儿隔这么远，与这个犯人也没有接触，是如何知道他隐瞒了案情的？”

“这是死囚分析工作的一项内容，我们可以通过网络搜集死囚所有的相关信息，他在网上留下的只言片语，我们的系统都能一点儿不差地搜查出来。系统汇集这些资料进行综合分析，一旦发现值得追查的线索，系统就会提供给我们，然后由我们汇总选择嫌疑最大的死囚犯，继续深入调查。”

“这个原理能说得通。那么周厂汉的疑点是什么呢？你们的系统发现了什么？”

“准确地说，系统发现了这个人。”

秦老鬼将一张照片递到刘局面前，刘局一眼就认出了照片中的人：“这不是王洁师吗？”

“您知道他？”

“我对这个人所犯的罪行印象很深。”

“什么？这个人居然犯罪了？”秦老鬼的表情极度惊讶。

“是的，前些天我们这里发现一具无头尸，根据调查，是一个小偷的尸体，而杀死他的人就是王洁师。”

秦老鬼沉吟片刻道：“您确定这个人确实是王洁师？”

“当然确定了，这是前两天刚发生的凶杀案，由于罪犯手段异常残忍，所以我对王洁师印象很深刻。”

“那就怪了，系统上给出的资料是这个人已经死亡了。”秦老鬼自语道。

第四节　复活的嫌犯

“系统毕竟不是人，发生偏差在所难免，我们目前正在对嫌犯网上通缉。”

秦老鬼微微一笑，并没有反驳刘局，问道：“您能安排我对周厂汉的调查吗？按理说，王洁师应该是死在他手上的。”

“是吗？分析的依据呢？”

“周厂汉曾经发过一封电子邮件，里面只有‘已杀’两个字和一张照片，而照片中人就是王洁师。当然这个名字我是听您说的，系统里的资料显示，这人叫程仲清。”

“那我完全不能理解，因为王洁师的个人信息我们已经做过详细调查，自合村确实有个叫王洁师的人。”

“所以我建议您搜索一下程仲清的个人信息。”

市局网络信息科很快便找到了程仲清的个人资料，此人和王洁师的居住地相隔千里，是在林东省咸林海市，从照片上来看，两个人确实长得一模一样。不过程仲清已经因为死亡做了销户，如果是正常渠道，根本无法查出他的信息。

刘局的食指在程仲清的资料上不停敲着，过了很长时间才道："难道程仲清的身份信息是假的？"

"这就是我们来此地的目的。"

"嗯，这二人之间的联系确实奇怪。"

随后刘局亲自做了批示，秦老鬼三人带着批条去了青山南监狱，找到负责人，办理一系列手续后，周厂汉便坐在了秦老鬼的对面。此人其貌不扬，五短身材，小眼塌鼻子，一对眼珠贼腻兮兮地在三人身上转来转去，像是一只警惕性很高的老鼠。

秦老鬼问道："听说你诈骗过三千万？那些钱呢？"

"都花了。"周厂汉满不在乎地说道。

秦老鬼微微一笑道："有一点我真的想不明白，你都到这一步了，为什么还要隐瞒一些陈年旧事，岂不是多此一举？"

周厂汉似乎吃了一惊，但很快就让自己显得平静，他深深吸了口气道："我听不懂你在说什么。"

"你当然知道我在说什么，只是不愿意承认而已。不过我觉得再探究过去的事情其实没有意义，我只是想知道，你为什么到死还要守护这个秘密？"说罢秦老鬼表情严肃地盯着对方。

或许是周厂汉心虚，或许是他为自己的秘密被人察觉而感到不安，总之他的眼神开始游离，不像刚进审讯室那么满不在乎了。

过了一会儿，周厂汉叹了口气道："我真的没有隐瞒，你信也好，不信也好，反正我没什么可说的。"

秦老鬼呵呵一乐，扭头对身边的马三平道："听清楚他刚刚说的话没有？"

“听清楚了，‘我真的没有隐瞒’和‘我只说一次、据我所知’一样，属于限制性陈述，这说明他已经开始扯谎了。”马三平道。

“没错，而且最关键的是他最后那句话——‘反正我没什么可说的’。这是一句最典型的谎言复述句，正所谓谎言说一千遍就成了真话，所以有的人在撒谎时，会因为心虚而不由自主地重复谎言，或是在倾听者发表意见之前，肯定自己所说的谎言。周厂汉就是为自己之前所说的‘没有隐瞒’这句话提供虚假的答案，他在努力让我们相信他所说的谎言。”

听着两人的一唱一和，周厂汉的表情由平静转为愤怒，他脸上的肌肉都在颤抖，忽然狠狠一拍桌面道：“别在这儿演戏，我什么人没见过，能被你们这两句话给唬住？别做梦了，你说得没错，我确实撒了谎，我确实隐瞒了一些案情，但我就是不告诉你们！反正无论如何都是死路一条，我死了也不会让你们这些混蛋过得舒服。”

刘局紧皱眉头，在办公室里看着周厂汉叫嚣的审讯视频，虽然过程不长，但是足可以说明两点：一、系统的判断确实准确；二、周厂汉杀的人极可能不止一人。

“既然你有邮件接收人的地址，应该能查出注册邮箱的人，既然周厂汉不肯说实话，就别在他身上浪费时间了。”刘局道。

“刘局看人很准，周厂汉有反社会人格，因为他觉得自己反正要死了，所以就尽可能多做一些危害别人的事情。人之将死，其言也善，是指那些良心尚存的人，这种类型的死囚，别指望他们幡然醒悟。”

然而让两人没想到的是，当天晚上负责抓捕王洁师的警员就传来了好消息，他们发现了嫌犯最新的落脚点，现在就等合适的时机动手了。

刘局得到消息后第一时间通知了秦老鬼，四人就在局长办公室里等消息。两个小时后，抓捕小队传来消息，王洁师被捕归案，而在他租住的房屋里，发现了一颗石灰包裹的人头，却并不是金三毛的头颅。

犯人被抓捕回来后，秦老鬼第一时间去见了他。只见王洁师长得高高瘦瘦，面色苍白，眼神有些古怪，很可能存在精神方面的缺陷。随后小偷被带来辨认嫌犯，却无法确认。

随着审讯工作的展开，进展顺利得出乎所有人的意料。王洁师并没有否认杀人罪行，他还说出了一个令人毛骨悚然的案情线索。

三年前，王洁师因为生计，混入了一个专门替人杀人的杀手集团。但是王洁师知道自己绝不是一个可以和人贴身肉搏的高手，使用枪的能力也不行，于是他冥思苦想，想到了一个比较稳妥的办法，就是找到“猎物”坐车的机会，由他冒充司机，在合适的时机、合适的地点，迅速反手一刀，将车后座上的人的脑袋割下来，为此他进行了“艰辛的修炼”。随着身手逐渐变强，他开始用这种方法杀人，由于这种手段能让人毫无防备，所以他至今鲜有失手。

然而王洁师渐渐发现，由于杀人造成的精神压力，导致他开始有梦游的行为。起初他没把这当回事，直到前些日子杀了人，他才知道大事不好，而重压之下，他出现了抑郁情绪，所以现在他没有躲避警方的追捕，甘愿被抓。

“你们立刻对我判刑吧，我杀了太多的人，我早就不想活了。”这是王洁师交代的话，而他屋里藏着的头颅线索也得以破获。

此人被王洁师杀死在高速公路上，这件案子一直在当地公安局高悬未破，就是因为没有找到头颅。当时的监控录像里虽然能看到驾驶室里坐着人，却无法辨清面目。之后警方又通过监控录像找到了三名飙车的富二代，但三人对当时车子里到底发生了什么事并不清楚，只知道发生了一起车祸。这件悬案，最终因为王洁师的落网而宣告破获。

“被杀死的人不可能死而复生，周厂汉拒不交代实情，肯定有深层次的原因，所以刘局，希望您能配合我。”

“将这两名囚犯关在同一监区，对吗?”

“您不愧是老公安，确实如此，让他们在同一监区，但是分开管理。这样两人见面后，对周厂汉肯定会有影响，让他自己开口，总比审讯要好。”

“这主意确实不错。”刘局赞成道。

然而人算不如天算，就在王洁师被关进重刑监狱三天后，传来一个让人目瞪口呆的消息。王洁师不知从什么渠道弄到了一把剃刀，在厕所里划开了周厂汉的脖子。万幸的是，大动脉割得不算深，而且抢救及时，周厂汉在死亡线上被硬生生拉了回来。

刘局和秦老鬼栽了。当然，任何一名警察在职业生涯中总不免出现一些失误，这本无可厚非，只是两个经验丰富的警察同时在一个人身上判断失误，这种情况并不多见。是王洁师的悔罪表情欺骗了他们，甚至连秦老鬼这样善于解读微表情的高手都上了当。

抢救过来后，周厂汉又度过了七十二小时危险期，整整六天后才醒转，没想到他开口的第一句话便惊呆了所有人。当秦老鬼问他，王洁师为什么要伤害他时，周厂汉居然摇了摇手，写了一段歪歪扭扭的话：是我自己弄的，与任何人无关。

之后无论警方如何做工作，周厂汉始终坚称是自杀。而这次对王洁师的审讯就没有那么顺利了，他拒不透露为什么要去杀周厂汉。这两人默契度之高，让外人根本无法找到突破口。而且两人明明是分开管理的，为什么能接触上呢?

经过调查，原来王洁师早就和青山南监狱里的“狱霸”有联系。王洁师得知“狱霸”最痛恨的人就是一个出卖自己的“叛徒”，于是王洁师将那个“叛徒”骗上了车，在那段高速公路杀了人之后，便来到当地，本打算将头颅交给接头人后，再投案自首混进青山南监狱。可他迟迟没能与接头人见面，以为出了岔子，刚好这时他又在梦游中稀里糊涂地杀了一个无辜的小偷，所以阴差阳错地被关进了青山南监狱。

“狱霸”早就知道王洁师“办成了事”，于是暗中安排人，协助王洁师混到了周厂汉身边。

刘局和秦老鬼合计的主意，虽然对破案没有起到作用，却无意中破获了一起买凶杀人的案件。

第五节　诡村挖坟人

“两名嫌犯拒不交代案情，这两人还真是高度默契。”刘局皱着眉头道。

“这案子还没到山穷水尽的地步，还有一条很重要的线索没有展开调查，就是接收周厂汉电子邮件的人，那人与周厂汉、王洁师都有关系。”

“你说得没错，这么重要的线索，应该早点调查才是。”

“因为这人的资料显示，人已经死亡，所以我之前没有跟进。现在这两人既然死都不愿开口，那只有从这条线索切入了。”

说罢秦老鬼上了车，调出那个人的资料。接收邮件的人叫柳小明，半年前死于败血症，身份是一个物流公司的老板。检索半天后，系统给出了一个莫名其妙的分析结果。

因为以柳小明社会关系之复杂，系统居然没有给出任何一人的资料，而是提供了与本案毫不相干的另一个案子的资料，只见卷宗的标题是《红衣男孩死亡事件》。

秦老鬼点开卷宗，看过现场图片和文字资料，得知是屏西县自合村一个叫赵小山的十二岁男孩，在晚上十点至十一点之间遇害身亡，死因是窒息。案件的疑点不仅仅是凶手没有留下丝毫线索，还有孩子死亡时额头插着一枚造型奇特的“回形针”，身上居然穿着大红色连衣裙，连衣裙左胸处别着一朵小白花。

死去的男孩双手双脚被绳子捆缚，绳结打得非常专业，腿部吊着一块秤砣，整个人被绳子悬吊在堂屋的木梁上，双脚离地十几厘米，死亡现场非常诡异。

马三平奇道：“系统怎么会给出另一个案件的资料？是因为这案子过于诡异，还是因为柳小明和这宗案子有关联？”

“我倾向于后者，系统不具备自主调查的能力，而且你看这宗案子的案发地，自合村是王洁师的老家。”

“这孩子会不会是王洁师杀死的？”

“不可能，作案时间对不上，而且男孩的死状实在过于诡异，我不明白凶手这么做的目的何在？如果仅仅是为了杀人，似乎没必要用如此复杂的手段。王洁师一向是一刀斩首，快速有效。”

“可是这宗案件和柳小明能有什么关系，难不成他也和程仲清一样死而复生了？”

“世上哪有什么死而复生，柳小明是有详细治疗记录的，他肯定已经死亡了。可是系统为什么会给出这个案件的资料？这个案件与王洁师、周厂汉又存在怎样的联系呢？”秦老鬼不禁皱着眉头苦苦思索起来。

忽然他的手机响了，三人正自聚精会神，被吓了一跳。电话是市局在医院监控周厂汉的干警打来的，他说道：“有个新情况，周厂汉刚刚接上喉管，他连说了两遍‘自合村’，并且让我把这个线索告诉你。”

“他说的是‘自合村’三个字，对吗？”

“没错，看他那意思，这是一条很重要的线索。”警察道。

“你这线索来得太及时了，谢谢哥们，回头我请你吃饭。”挂了电话，秦老鬼激动地一拍大腿道，“这事没错了，王洁师、周厂汉、柳小明都与自合村有联系。虽然目前无法断定红衣男孩这个案件与这几人是否相关，却是我们介入的一个机会。”

有了下一步办案的目标，秦老鬼决定立刻动身，不过临走前他为了确定这条线索是否可靠，又去青山南监狱见了王洁师。王洁师面无表情地说：“我已经说了，对于周厂汉这件事，一切以他说的为准，我没什么可说的。”

“我来这儿不是调查周厂汉被谁所伤，而是你老家发生了一件非常棘手的案子。一个名叫赵小山的十二岁男孩，被人吊死在家里，而且凶手的作案手法非常诡异，这孩子你认识吗?”

秦老鬼这一次来的目的，只是为了确认王洁师到底是否是自合村人，没想到他一听到这个消息，浑身便不受控制地哆嗦起来，面色也瞬间变得苍白如纸。

秦老鬼身体微微前倾，问道：“看来你应该知道这个案子了?”

虽然王洁师的反应出乎秦老鬼的预料，然而接下来他的反应更加激烈，居然张嘴吐了一口血，喷得自己的胸前全是，接着双眼一翻白，晕了过去。

秦老鬼呆呆地坐在王洁师对面，直到狱警将人抬出去，他才反应过来。

王洁师一听见自合村这个案子，为何会有如此强烈的反应？不过当秦老鬼想再见刘局一面商量时，发现这位一直非常配合工作的局长，借故不再见自己了。

秦老鬼也能理解，毕竟由他调查的两名重刑犯，先后发生了意外状况，如果造成了无法挽回的后果，刘局是需要承担责任的。所以自知不受人欢迎后，秦老鬼立刻带着马、文二人离开了，赶往川西省自合村。

“王洁师肯定知道红衣男孩案的隐情，可惜的是，我们无法继续调查了。”秦老鬼叹了口气。

“要我说，正常人绝不可能用这种方式杀人。”

“我们办的案子，有哪一件是正常人做的?”秦老鬼望着车窗外，语气有些无奈。

“鬼哥说得对，正常人犯的案件，还需要我们这样的精英小组出动吗?”文艳丽道。

“你就拍马屁吧。”

“艳丽可不是拍马屁的人，她说得非常有道理。红衣男孩这个案子确实诡异，所以你们俩得做好准备，我有预感，这次可能会用到你们的技能。”

“早就做好一切斗争准备了，鬼哥，要是再不给我锻炼的机会，我那点儿本事可就要忘干净了。”

在去自合村的路上，秦老鬼接到了市局打来的电话，王洁师经过身体检查，确定为肝癌晚期，这也是他杀人、承认杀人的原因，因为无论是否判他死刑，他都死定了。目前监狱方面已经为他办理了保外就医，重病患者是免于死刑判罚的，而目前他已经陷入昏迷状态，只能靠仪器维持生命。

“他的病情恶化得如此迅速?”秦老鬼觉得不可思议。

“是，我们也觉得奇怪，但院方给出的诊断结果就是病情自然恶化。”

挂了电话，三人披星戴月地赶到了自合村所在的东平乡派出所。经了解得知，赵小山死亡案件至今还悬而未决，而县公安局调查此案的专案组已经撤出了自合村，因为找不到任何有价值的线索，而且目击者也没有看到凶手的长相。所以现在县城里谣言四起，都说自合村闹鬼了。

秦老鬼正准备运行程序分析，却发现系统又给“红衣男孩案”的资料库里添加了一条新信息。打开后只见一个头像为剃着“胭脂鱼”发型男孩的博主，在微博上发了一条消息：好可怕啊，居然有人在挖坟墓，差点儿吓死宝宝了，这是在自合村拍摄的视频截图。

下方有几张模糊不清的照片，依稀能看见几名身着黑衣的人，跪在地下用手刨地，黑夜中刨坟地的人看来黑乎乎的一团，如果不是拍照的人说明是人在挖，直观地看起来就是几个没身体的脑袋。

马三平皱眉道："这些人挖坟干吗，难道是盗墓贼？"

秦老鬼道："这日期是在赵小山死亡当天，也就是说，这帮挖坟的人是在赵小山死亡后不久干的，这些人说不定就是凶手。必须立刻找到发微博的人。"

博主是实名认证的，只是因为粉丝数量太少，加上图片也不清晰，所以没人转发，自然就没有任何影响力。找到这个博主的联系方式，秦老鬼立刻打电话过去，经过一番交谈，得知此人就住在自合村所在的东门县，于是问清了路，又立刻赶过去。

发微博的人叫余文起，算是个富二代，他父亲是县城里最大的建材商，二十五岁的他也没个正经工作，最大的理想就是徒步走遍中国。

"国内大部分地区我都已经走过了，我是川西驴友协会的资深会员，之所以会在自合村拍摄到那些挖坟的人的照片，是因为我妈妈。我妈妈是自合村人，她说过村子里闹鬼，每隔十二年就会有恶鬼出来害死小孩，我从小便对这些鬼鬼神神的事情特别感兴趣，今年是所谓的厉鬼出没的年份，我就去了自合村几趟。我这人就是胆子大，对于一切未知事物都感到好奇，所以想亲眼见证一下，厉鬼到底是什么模样。结果鬼没见到，却见到了几个像鬼一样的人。"

"你说厉鬼出没的年份，是什么意思？"秦老鬼问道。

"自合村的老人十分迷信，他们相信每过十二年，天上看守凶神的十二生肖便会空值一年，那时凶神便会乘机下界为恶。"

"哦，你能详细说说那些挖坟人的模样吗？"秦老鬼说话时，文艳丽便打开了一个硬壳本，拿出了一支铅笔。

“我就是觉得这些人很奇怪，挖坟的一共有四个人，两个老太太，两个老头，看样子至少有七八十岁年纪，老得走路都费力，却趴在地下颤巍巍地用手刨荒坟上的浮土。直到刨开荒坟，露出死人的骸骨，四人便将骸骨用锥子钻个小洞，然后用绳子穿了，挂在脖子上，接着跪在地下念咒。我是无意中发现他们的，以当时的距离，如果这四个人听力稍好一点儿，早就发现我了。不过就算我知道这四个人肯定不是鬼，也被吓得不轻。”

说罢他掏出手机播放了这段视频，因为是晚上，而且天气不好，所以画面十分模糊，不过这些人的动作大致能看清楚。四位老人诡异的行为实在令人费解。

秦老鬼仔细看过视频后，喃喃自语道：“你们到底在做什么？”

第六节　黑暗工匠

视频播完后，秦老鬼道：“我需要拷贝这份视频。”

“没问题，希望你们能查清楚这件事的真相。我也报过警，但警察并没有来找我调查。”

“老人们只是挖开了荒坟，并没有任何违法行为，警方是不会处理的，来也没用。”

文艳丽问道：“余先生，你能描述出四位老人的五官特征吗？”

“我只看清楚了一个，其余三人看得不是很清楚。”

说罢余文起开始详细描述那个老太太的长相，让他惊讶的是，虽然他觉得自己说的不是太精准，但文艳丽还是将老太太大致的五官轮廓画了出来，相似度很高。

“你真是太厉害了，只凭口述就能画得这么像。我知道，国家有专门调查大案要案的特案组，你们应该就是特案组的精英吧？”余文起满脸的羡慕神色。

秦老鬼呵呵笑道："很多年轻人都受文学作品的影响，觉得这世界上有一些神秘机构，但是并没有特案组。每一宗案件无论性质多么恶劣，主要的侦破力量还是案件所在地的公安局，省厅、公安部只是监督办理，当然部里肯定有很多骨干力量，他们会在关键时刻给予地方公安局一定的支持，但绝不可能越过当地公安局直接办案。如果有人说自己是特案组的，十有八九是真骗子、假警察。"

听了秦老鬼的详细解释，余文起自嘲地笑道："我确实太爱幻想了。"

"咱们还有事情，得先走了，感谢你对我们工作的支持，但是有句话得说在前面，泄露信息可是很严重的违法行为。这一点，你是清楚的，对吗？"

"您放心，我绝不会出去乱说这事的。"

秦老鬼拿着文艳丽画的素描人像，扫描入系统，系统的五官模拟功能很快便得出了详尽的数据，开始逐点生成3D人脸，经过一段时间，一张人脸逐渐形成了。接着系统自动给人脸上色，高清晰的彩喷打印机便将这张不亚于相机拍摄的人脸照片打印了出来。

秦老鬼道："都记住老太太的模样，我们先把她找出来，然后暗中布控，看看这些人到底在做什么。"

三人来到了自合村。只见这是一个依山而建的小山村，这座山叫"部平旺山"，山势却毫无"龙虎之象"，只是一座长满了绿色植被、垂直高度大约六七十米的小山。自合村有近八十户人家，是一个很小的村落。

秦老鬼三人装作游客，在村子周围转了一圈，从村口一直走到部平旺山脚下，发现了一片地势低洼、背阴的山地，那里满是坟墓，有插墓碑的，也有光秃秃的孤坟。

这里就是余文起摄录视频的乱坟场，三人正要往前，文艳丽忽然发出一连串的惊叫声，慌乱地一下扑进了马三平的怀里。

只见距离三人不远处，有一块新立的石碑，此刻墓穴里黑漆的棺材板似乎被“棺材里的人”缓缓推开。文艳丽就是被这灵异状况给吓的。

随着“啪嗒”一声，棺材盖子被彻底推开了，一个枯瘦干瘪、身着白衣，模样三分像人七分似鬼的老人从棺材里坐了起来。这下文艳丽更是吓得六神无主，闭着眼往马三平怀里拱。

“鬼”也看见了他们，他不动声色地从棺材里站起身来，乌黑的指甲又厚、又尖、又长。马三平也吓得倒抽冷气，但在文艳丽面前，他得强装好汉，声音颤抖地问道：“你是人是鬼？”

“鬼？”似乎发出了一声轻微的叹气声，那个老人从棺材里爬了出来，只见他下半身穿着黑色布裤和一双元宝鞋。老人佝偻着腰往前走了几步道：“你说我是人还是鬼？”

马三平稍微镇定了下来，这时才看清了，他那又尖又长的“黑指甲”，其实是几柄样式奇特的专用刀具，只是老人把刀具夹在手指缝中，看来就像是长长的指甲。

马三平这才松了口气道：“老人家，大白天的，您不在家里待着，睡在棺材里，这不是要吓死活人吗？”

文艳丽听了这话，立刻抬起脑袋看了老人一眼，这才发现自己被马三平抱在怀中，顿时又羞又愧。

马三平却暗中使坏，死死搂住她不肯松手。文艳丽狠狠瞪了他一眼，马三平哈哈一笑，将她轻轻放开。

秦老鬼道：“老人家，我们是路过此地的游客，您为什么要躺在棺材里？”

“我在雕刻棺材里的图案，不躺在棺材里怎么做？”

“棺材里面还要雕刻图案？这可真讲究。”马三平奇道。

“你们外乡人，不懂我们这里的规矩。如果死的人没成年，小孩的棺材就要雕刻图案，否则孩子玩心太重，不老老实实地在棺材里待着，跑出来就麻烦了。”

“唉！大爷，您能不能别说这些恐怖故事，听得我浑身起鸡皮疙瘩。”文艳丽皱眉道，刚才被吓得过于失态，她心里多少有些不愉快。

“是你们先问我，我才说的，怕就别问这些事。”老头没好气地说道，满脸不耐烦。

“不好意思，老人家，年轻人不会说话，您别往心里去。您做的这是传统匠人的手工活吗？我们在城市里，从来没见过这种手艺。”

“在我们这儿，你们没见过的手艺多了，没啥大不了。现在的年轻人，对于老祖宗传下来的东西压根儿就看不起，不知道也正常。等我们死了，这些东西就彻底绝迹了。”

说罢老人就要往回走，秦老鬼赶紧上前道：“确实有这样的人，但不包括我，我对于传统的手工艺是非常感兴趣的。您能和我说说，村子里都有哪些传统的手艺活吗？”

老人似乎有些不耐烦，眉头微皱道：“你不过就是一时好奇，我犯得着陪你玩吗？有那工夫，我还不如回去休息好了，晚上多出点活儿。”

说罢老人又要走，秦老鬼赶紧又道：“您做的这套活儿，按你们的行话，应该叫黑暗工匠，对吗？”

这句话让老人的脚步顿时停住了，他缓缓转过身，问道：“你也懂这个？”

秦老鬼没有直接回答他的问题，接着说道：“黑暗工匠是从唐朝就有的，起初是为达官贵人雕刻棺木的，为了和普通匠人有所区别，这种手艺只在晚上做，所以也叫黑暗工匠。而且雕刻棺内纹路时，人必须入棺做活儿，只是很少有人知道，棺材内部也会雕刻。”

“不错，说明你对这一块有研究。”老人板着的脸渐渐放松了。

“我对传统手工艺特别感兴趣。”秦老鬼装模作样道。

“按理说，我应该招待你，不过夜工匠做活儿时的规矩，你应该知道。”

“我当然知道，能亲眼见到，我已是非常荣幸了，有机会咱们再聊。”

老人得意扬扬地走了。马三平笑道：“鬼哥，你连这个都知道，真是博学多才。”

“我曾经为了证实鬼神不存在，下大功夫做过详尽调查研究，包括和与鬼神相关的职业……”

“还有和鬼神相关的职业？”文艳丽皱眉道。

“当然有，比方说巫师神汉，另外还有像黑暗匠人这种鲜为人知的职业，其实之前我说得比较含蓄，黑暗工匠是专门为大户人家横死之人雕刻棺木花纹的。以前的人相信，横死之人会变成厉鬼出来害人，所以必须用符箓镇尸，黑暗工匠和普通木匠最大的区别就在于，他们知道镇尸的符箓。”

“所以，老头是在棺材里雕刻镇尸符箓？”

“没错，那口棺材肯定是给赵小山准备的。”秦老鬼走到新开的坟墓旁，只见打开的棺材内部雕满了各种奇怪的图案。

“难道不火化吗？”文艳丽有些不解。

“即便火化了，他的骨灰也会撒在这里，相信这些的人，无论如何都会按照规矩办的。”

“接下来咱们该怎么办？”

“当然是蹲守了。我有预感，这座坟墓挖开容易，关上就不会那么简单了。”秦老鬼一脸高深莫测地说道。

“鬼哥，你别吓人，我可没你那么大的胆子。”文艳丽有些不寒而栗道。

秦老鬼却紧皱眉头，盯着没上盖的棺材一声不吭。

第七节　真相大白

秦老鬼坚持让文艳丽离开，因为每个人都有短板。文艳丽也没有逞强，她留在当地派出所安排的招待所里做接应。

秦老鬼和马三平则躲在郤平旺山中一处荒草丛生的山地上，只要天气不是太差，此地可以居高临下地把坟地里所有情况看得清清楚楚。

黑暗工匠离开后，直到半夜都没有回来。夏季的山中，蚊虫之多可想而知，把两人咬个半死。一直等到后半夜，老人终于颤颤巍巍返回了坟地。

因为距离较远，小声说话没有问题，秦老鬼轻声道："白天木，夜晚板，他这个时间点来，就是雕刻棺材外部的符篆。"

"这人胆子真够大的，半夜三更往坟地里跑？"

"世界上胆子大的人太多了，只是你孤陋寡闻而已。"

夜晚的坟地万籁俱静，连一丝风声都没有，老人点着一盏马灯，微弱的火光只能照亮身周极小一片区域。在坟地中看来，更添阴森恐怖之感。

老人将马灯挂在身边的树枝上，开始用尖利的工具在棺材板上雕刻图案。夜幕中，金属和木头的摩擦发出"唰唰"的声响。

这时，老人身后的树林中，悄无声息地走出四个身着黑衣、脸色苍白的人，虽然距离较远，但月光下那毫无血色的面孔看得非常清晰。

马三平顿时吓得手足冰凉，他指着那些状如鬼魅的人，连话都说不出来。秦老鬼一把按住他的肩膀，做了个噤声的手势。

只见四人悄悄走到老头身后，各自张开手臂，裸露出的手背也和面部一样苍白如雪。马三平还以为他们要掐死老人。其中一个人忽然发出一声尖利瘆人的号叫，接着四人以极其古怪的姿势，开始围着老人转圈，手里还不停比画着奇怪的动作。

秦老鬼低声道："这是夜工匠人刻棺的最后一个步骤，他身边的黑衣人正在举行的，是一场辟邪仪式。看来自合村人是有崇拜上古邪术传统的，做起来丝毫不差。"

当众人鬼哭狼嚎地举行完邪术仪式后，又有四人抬着一具担架，从树林中走出来。只见担架上的人身着寿衣，面色苍白，双眼紧闭，二十岁出头的年纪。

只听一个苍老的声音道："我苦命的儿子，你一路走好。"那四个举行邪术仪式的老人跪在新坟周围，齐声大哭。

原来这一坟墓并非是装殓红衣男孩骨灰的，而是另一个死去的年轻人。

抬担架的人随即将紧闭双目的死尸抬起，放进棺材里，棺材上板后，黑暗匠人亲手钉上铆钉，然后铲土造坟。一切完工后，那四名号啕大哭的黑衣人才逐渐收声。

黑暗匠人叹了口气道："老嫂子，你要记住柳小明大师说的话，福祸自有天注定，小顺子也是命里有此一劫，这拦路煞神咱们也祭拜过了，你要节哀顺变。"

劝了很长时间，四人情绪才算稳定下来，之后这群行为诡异的人互相搀扶着走出了坟地。

秦老鬼立刻直起身子，神情激动道："我明白了，在这个案子里最重要的一条线索就是柳小明，而我们恰恰忽略了他。你刚才听见了没有，黑暗匠人亲口说了柳小明的名字。"

"听见了，不过他的资料并不多。"

"因为和他打交道的这些老人不会上网，资料当然就很少，但可以肯定一点，此人就是利用老百姓盲目愚从的心理，在这里装神弄鬼，骗取利益。”

“可这与红衣男孩的死亡有什么关系?”

“嗯……虽然我暂时还想不明白，但根据目前掌握的情况，找出男孩死亡的原因，只是时间问题了。”

“你觉得孩子的死亡与柳小明和当地村民有关?”

“当人的思想惶恐到了极致，就会不顾一切地保护自己，即使牺牲别人也在所不惜。余文起的母亲说的凶神下凡，这些村民进行的古怪仪式，就是因为他们相信家人意外死亡是来自这些不可言喻的、冥冥之中的力量。当这种思想变成一种信仰，人就会丧失理智。虽然我不知道柳小明究竟用怎样的手段取得了村民们的信任，但我可以肯定，他利用了村民迷信的心理特点，至于周厂汉……”

思索片刻，秦老鬼才道：“柳小明的手下曾经犯下诈骗罪，这绝不是巧合。这些骗子在此装神弄鬼的目的，十有八九就是为了骗钱。”

“确实很有道理，可咱们怎么让这些村民说出实话呢?”

秦老鬼眼里透露出狡黠的目光，笑道：“这就得看你的本领了。”

两天后，“周厂汉”开着他的奥迪 A6 来到了自合村。车子刚刚停稳，在家的村民便闻风而动，纷纷出现在门口，每个人脸上都满是尊崇和敬畏。仅凭这一点，就知道“周厂汉”在村民心目中是何种“地位”了。

远处的秦老鬼躲在车里，用望远镜观察着村中人的一举一动。“周厂汉”很快就被这些热情的村民请进了屋里。放下望远镜，秦老鬼又打开监听设备。

“周厂汉”循循善诱，一个让人目瞪口呆的真相逐渐浮出水面。赵小山看似诡异的死亡原因，就在众人的家常聊天里被还原得非常清晰了。

秦老鬼的猜测基本正确。村子里的人正是以五行之术杀死了赵小山，祭祀所谓的五路邪神。

秤砣为金、木梁为木、泳衣为水、红色外套为火，脚上的鞋子里还有少量的泥土为土，凑齐了金木水火土五行。

双脚悬空，头不沾顶是为上不能挨天，下不能入地，头上的回形针则是封魂之用，用意是要将男孩的魂魄永远封在此地，不让其投胎还魂。无论是手段还是用意，皆是狠毒到了极点的迷信之术。

秦老鬼无比愤怒，差点儿没把手机给砸了。

得到了自己需要的资料，“周厂汉”便借故离开了。这次他们直接去了县局，将资料交给办理此案的干警，专案组再次进驻自合村，立刻展开调查。

由于有了明确的线索，案件很快便有了进展，而这些查明的新情况，让办案人员唏嘘不已。原来早在五年前，柳小明便以神仙附体的高人身份，取得了自合村老人们的信任。

这些老人之所以会轻易相信柳小明，是因为自合村几乎所有青壮年都离开了村子外出打工，留在当地的只有孤苦相伴的老人。而自合村人的另一个特点，就是早年间绝大部分村民都替人做过起土建坟的活儿。

因为很相信报应之说，所以只要是村里人在外打工遇到意外，这些老人就会将其与神鬼作祟联系起来。

而柳小明欺骗老人的方法，其实一点儿也不高明，就是将自己打造成一个无所不知的先知，投村民所好，再隔三岔五来探望这些有子却似无子的老人们，给予精神上的慰藉。

一来二去，当地老人从情感上认可了他，甚至有人明明知道他就是骗子，可为了获得无法从自己孩子身上得到的“关怀”，而心甘情愿地被他骗。

对于村里人长久担心的所谓“邪灵作祟”，柳小明随口编瞎话，告诉他们需要杀人祭拜邪神，结果被大学毕业回村的程仲清当场揭穿，骂了个狗血淋头。可是长期被柳小明洗脑的老人们根本不信程仲清的话，他只能无奈离开。

而程仲清和王洁师其实是双胞胎兄弟，他们的母亲当年是被拐卖到自合村的，所以等孩子长大后，她便带着老大跑了，哥哥跟了母亲姓程，弟弟则继续跟父亲姓王，这就是“死人复活”的真相。

程仲清在回城的路上，被柳小明的手下周厂汉杀害了，而他的母亲并不知道他回了自合村，以为孩子是从学校返家的路上被害的，所以无法提供线索，这件案子就成了一宗悬案。

弟弟王洁师知道哥哥真实的死因，可因为自己是自合村人，所以他不敢声张，因为他知道没人会帮助他。于是他便离开了自合村，之后一直暗中监视着柳小明。

后来柳小明身患重病，妻子和手下都离开了他，柳小明被王洁师以下毒的方式杀害，却被当地警方定案为“对病情绝望而自杀”，王洁师没有受到任何怀疑。之后王洁师便将目标转向周厂汉，但这时周厂汉已经被捕入狱。

本来王洁师已经放弃了报仇的打算，没想到又发现自己身患绝症，在求生无望的情况下，他决定潜入监狱杀死周厂汉。可巨大的心理压力让他开始梦游，居然还在梦游中杀死了一名小偷。

而赵小山的父亲因为是半道入村的“外人”，他的孩子自然就成了最合适的“祭品”。所以赵小山的死亡是个天大的悲剧，他最终死在一群被子女忽视却满心只想保护他们的糊涂老人之手。

当警察将这些白发苍苍的老人押上警车，秦老鬼满心不是滋味。

“您的系统实在太神奇了，如果不是提前预判预知，差点儿就放跑了一群杀人犯。”刘局由衷地说道。

“如果死因有秘密，那一定是世界上最可怕的秘密。”秦老鬼道。

在回程的路上，马三平道：“我冒充别人的本领还可以，没有退步。”

“因为那是一群老头老太太，眼神不好，容易糊弄。”文艳丽冷冷道。

“艳丽，你知道那天你钻进我怀里，我心里在想什么吗?”马三平表情严肃道。

“你在想什么?”文艳丽满脸通红。

“你身上好香。”马三平满脸坏笑道。

“鬼哥，你看这个人，简直就是耍流氓。”在文艳丽的告状声讨中，秦老鬼呵呵笑着，没有发表任何意见。

第六章

招　灵

楔　子

“说真的，我觉得人和鬼其实没什么区别。”一个二十来岁的年轻人，边走边对身边一人道。

“你说的没错，这世上杀人的、害人的都是人，怕鬼的都是自己心里有鬼。”

“很正常，林子大了什么鸟都有，再说这世界上那么些稀奇古怪的事情，保不齐闹个鬼、显个灵什么的。”

“这么说，你还是相信有鬼神这回事？”

“我只是说人和鬼的区别不大，可不是无鬼神论。”

“你年纪轻轻的，这么迷信？”

“你不信那是因为你没见过。”

“那你见过？”

“嗯……暂时还没有。”两个人一路说着话往前走。

第一节　轻度偷窥欲

陈启海赶着上班时，因为过于匆忙，一不小心滚落楼梯，把左手给摔成了粉碎性骨折，没法上班，也没法出去玩了，只能老老实实待在家里养伤。

陈启海算是个富二代，他父亲是当地最大的超市业主，因为他对观测星空发自内心的热爱，所以家里人给他买了一套顶层复式的房子。

他买了一架德国蔡司天文望远镜，只要有时间，他就透过望远镜仰望辽阔的星空。他崇敬宇宙的浩瀚，希望有一天能驾驶宇宙飞船，在无边无际的宇宙中遨游。

不过在观察星空的过程中，陈启海无意中发现了望远镜带来的另一项“福利”，就是能够观察周围人家的一举一动。

他家的位置，正好是整个小区的中心，四周群楼环绕，虽然空间十分开阔，可是有望远镜襄助，那几十米的距离，几乎就在眼前。

陈启海发现，人们对于自己的隐私往往保护不足，尤其是这个小区里的邻居们，所以他能轻易地观察到这些人的生活细节。每当夜幕降临，陈启海在观测星空的间隙，会用望远镜对准那些粗心大意的邻居，观察他们的所作所为、一举一动，那种犹如直播一般真实的生活状态，令他沉迷其中，无法自拔。

陈启海虽然知道偷窥别人是不对的，可他并不觉得这是一种变态行为。因为他从没有刻意窥探过年轻异性，他只是对别人的生活状态感兴趣而已。

拌嘴的年轻夫妻、偷情的邻居、常常抱怨的中年妇女，这些普通人的生活呈现在望远镜里时，就让陈启海觉得很有意思。

每当华灯初上，陈启海就会关闭房间里所有的灯，融入黑暗中，悄悄观察着周围的一切状况。身为富二代，他没有任何不良嗜好，甚至连上网打游戏的兴趣都没有，他唯一的消遣，便是每天晚上的“偷窥时光”。

而左手臂骨折之后，陈启海更是将这一行为“发扬光大”，一天到晚，除了睡觉就是待在望远镜之后，不停地搜寻目标。

观察的时间长了，陈启海发现，这里虽然是一个高档小区，但居住其中的人，素质似乎也高不到哪儿去，甚至更加荒唐无耻。

比如说左侧一栋楼里，十六层的一户人家，里面住的是一个年轻人，看屋子里的装修档次，十有八九也是一个富二代。这人不上班不上学，每天就在家里胡天胡地。他经常毫无顾忌地不拉窗帘，和一些女人做放纵下流的勾当，有时还让女人站在窗户边上跳脱衣舞。或许他觉得没人会注意到他的所作所为，也可能他就是故意这么做，这能让他体会到“不一样的乐趣”，所以他才做得乐此不疲。

而陈启海自己虽然对于这种玩乐并不感兴趣，但他对于此人荒唐至极的生活颇为好奇，很想知道这人究竟能荒唐到何种程度，所以时不时就会去看两眼。

在窥视的过程中，陈启海渐渐发现，此人几乎占齐了富二代所有的毛病，属于怎么荒唐怎么来的那类人。可就是这样一个“小太岁”，居然还有女人愿意做他的长期女友。

富二代身边自然不会缺女人，奇怪的是，这小子的女朋友似乎还不知道男友的所作所为，而且这姑娘似乎特别在意女友的身份，经常来这里收拾屋子、做做饭菜。

陈启海不知道她是真心爱着这个男友，还是看在钱的份上，总之女朋友该做的事情，她都百分之百地做到了。

通过观察两人相处时的种种细节，陈启海觉得这个女孩对于男友似乎愿意无底线地付出。在陈启海眼中，这是一个非常善良的女孩，他忽然觉得很悲哀，好好一个女孩子，为什么要跟这种下三滥的货色勾搭在一起，难道钱真的可以买断一个人的幸福？

陈启海好几次冲动地想要去找那个女孩，劝她离开那个“禽兽”，却始终没有迈出家门的勇气。

这天晚上，从七点多开始，这人又跟一帮年轻人在家里胡闹，先是喝酒抽烟，后来居然在兴奋剂的作用下，开始肆意妄为起来。

混乱不堪的场面，陈启海都看不下去了，他甚至预感到这样下去可能会出什么事情，于是用一台高倍数摄像机，将这混乱的一幕录了下来。

这帮人完事之后，横七竖八地躺在地板上，聊了一会儿闲天，其中一人忽然起身不知说了句什么话，这帮人就像打了鸡血一样，顿时又激动了，起身后各自在房里乱跑乱走，还有一人拿起一瓶白兰地，仰脖子狂灌。

一通胡闹之后，只见这些人围着一个人坐下，坐在中间的人拿出一张白纸和一支红色铅笔，随后在上面画出一些奇怪的图案。

陈启海通过望远镜，将纸上的图案看得清清楚楚，心中正自奇怪，不明白他们这是要做什么，随即出乎意料的事情发生了。那间屋子忽然一黑，灯灭了。

陈启海的鼻子差点儿没气歪，等了十几分钟，对面屋子里的灯再没有亮起。他意兴阑珊地打了个哈欠，便去睡觉了。

天亮之后，同住一个小区的母亲和保姆来这儿做早饭，陈启海找了个借口让两人离开。妈妈离开之前，对他叮嘱了一句：“你现在手不方便，要不我来陪你住几天吧，万一需要个照应呢？”

陈启海当然不会同意，妈妈只能离开，临走时又叮嘱了他好几次，要他注意安全，关好门窗。

陈启海也没多想，随口答应了事。母亲和保姆走后，他便回到窗前，正打算继续他的“兴趣爱好”，却发现楼下停着几辆警车。他下意识地朝富二代所在的十六层楼望去，透过宽大的落地玻璃窗，能看到屋子里站着数名警察。

他们真的出事了？

陈启海没来由的一阵紧张，他透过望远镜，仔细观察着对面屋里的情况。那群胡天胡地的年轻人，一个都不见了，但地板上有白粉笔画出的人体轮廓，这是标记尸体的记号，难道那些人都死了？

虽然陈启海对于这些人有诸多不满，但总归是几条鲜活的生命，就这么突然死了，也是一件很悲惨的事情。

想到这儿，陈启海心中不免有些沉重，此时他看清楚了，地板上有一摊摊的血迹。这显然是一起凶杀案，否则不可能流出这么多的血。

生平头一遭目睹如此凄惨的凶案现场，陈启海的心情顿时变得阴郁晦涩。

第二节　无解之状

陈启海默默地坐到沙发上，打开了电视，但他的心思根本没在电视节目上。宽阔的屋子里，因为合起了百叶窗，显得十分阴暗。正当他沉浸在郁闷的情绪中，忽然听到了一声叹息。

他大吃一惊，浑身汗毛倒竖，然而一眼看去，屋子里并没有外人。

难道刚才是自己听错了？

应该不会，因为刚才那一声叹息，自己听得清清楚楚。这时，他又听到了一声无比清晰的叹息声，这次可以肯定，绝对没有听错。陈启海受不了了，他猛然打开百叶窗，正打算搜寻声音来源，然而叹息声再度清晰响起，这次他终于发现了，原来这个声音是摄像机缺电的提示音。陈启海顿时如释重负地长舒了一口气。

这个提示音是他当时特意选择的，因为觉得很有意思。不过由于摄像机使用频率不高，所以从未出现过缺电状态，这种小事，他早就忘得干干净净的了。

陈启海擦了擦额头冒出的冷汗，正打算充电，却一眼看到男孩的女朋友一路急行，走进了单元入口。陈启海顿时来了兴趣，赶紧用望远镜监视出事的房子。

女孩今天穿得特别喜庆，一袭红色长裙，让她看起来比平时更加白净，修长的身材更显纤细。

女孩对于男孩的死亡似乎并不意外，平静地接受了警方的询问。她的反应倒是暗合了陈启海的心思，他觉得这种男友，不值得真的爱上。

凶案现场除了警察，连家人都无法进入，女孩只能站在门口，透过宽大的玻璃窗，陈启海能清楚地看到女孩脸上细微的表情变化，他心中暗暗判断着，她究竟是压抑着悲伤难过，抑或是无动于衷。

然而就在陈启海胡乱猜测时，他忽然看到女孩的右边嘴角微微上扬，她居然露出了一丝笑意。

这一点着实出乎陈启海意料，不过笑容一闪即逝，女孩很快又恢复了平静。

是不是自己看错了？陈启海有些怀疑，更加用心地观察女孩面部表情。然而过了一会儿，她就离开了，走时表情异常淡然，就像是路过的邻居。

难道她以前和男孩相处时的顺从都是假装的？又或许她其实早就知道男孩的德行，只是为了钱而假装顺从，所以对于男孩的死，不会有丝毫怜惜？

可这一切推测都是胡思乱想，陈启海不可能知道女孩的真实想法，可他的好奇心却令他无法转移视线。这一整天，陈启海都食不知味，一直在想这女孩到底怎么了？

忽然他觉得自己很奇怪，难道是爱上她了？

当然，就算是这样，也很正常。这姑娘美丽、勤劳、温柔，这样的女孩自然讨人喜欢。陈启海是个年轻人，喜欢上一个女孩不足为奇。

陈启海心绪不宁，因为女孩离开时的那一丝笑容，翻来覆去地在他脑海里闪现。他隐约觉得女孩不会彻底离开，十有八九还会回来，所以时不时地就凑到望远镜前，观察那个屋子里的状况。

然而过了很长时间，女孩也没有出现。陈启海不免有些失望，又有些失落。

他觉得，自己之所以牵挂女孩，是因为这女孩就像是他最亲近的人，没有任何秘密可言，他见过女孩一切隐私。他甚至希望女孩能做自己的女友，为自己收拾屋子、做饭做菜，就像她对那个“混蛋”一样。而自己绝对不会不尊重她，一定会爱护她、呵护她。

想象总是令人开心的，陈启海脸上不禁浮现出一丝笑容，然而一阵突然而至的门铃声，打断了他的遐想。

肯定不是保姆给自己送饭来的，于是陈启海问道：“谁啊？”

“市局刑警队的，有些情况需要找你了解一下。”

陈启海心里“咯噔”一下。刑警队居然找上了自己？为什么？带着惊疑，陈启海开了门，只见两名便衣站在门口，其中一人出示了工作证，居然是刑警队大队长傅正义。他在莲花市绝对算得上是个人物，自从他上任至今，亲手打掉的黑势力团伙不下数十个，为莲花市的安定做出了突出贡献，陈启海当然知道他。

傅正义表情有些严肃地说道：“可以进房里聊吗？”

“这……当然可以。”

两个警察随即进了屋子，他们径直走到窗前，傅正义透过望远镜看了看，转身对陈启海问道：“这是天文望远镜吗？”

“是，德国的一款专业设备。”陈启海心虚地说道，他预感这警察有可能知道他有点变态的小爱好，心里不免有些紧张。

“你知道我来找你的原因吗？”傅正义依旧表情严肃地问道。

“我不知道。”偷窥并不是件光彩的事情，陈启海下意识地选择了隐瞒。

“如果我没猜错，你一直用这套专业设备监视对面那栋楼，对吗？”

“警官，不能因为我的屋子里有望远镜，你就断定我是偷窥狂，这个角度只是我顺手推动望远镜镜头造成的。”

傅正义忽然笑道：“小伙子，我们找你的原因，不是为了断定你是不是有心理问题，而是有别的原因，你知道是为什么事吗？”

陈启海诧异地摇头道：“你们既然来找我，必定是掌握了情况，所以有什么事，尽管问吧。”

“我不知道你是否通过望远镜观察过那栋楼的1603住户，假如你观察过，应该看到那里的主卧有一个和侧墙差不多长度的木质衣柜吧？”

陈启海没有接腔，但他确实看到了那个房间里有个巨大的木质衣柜。

傅正义暗暗察言观色，继续说道，“如果你对那个木质衣柜并不陌生的话，或许知道那里并不仅仅是储存衣物的地方，在衣柜的镜子后面，也有一架望远镜，而它对准的就是你这间屋子的窗口。当你观察对面1603房时，柜子里也有人在监视着你。”

听了傅正义的话，陈启海顿时起了一身鸡皮疙瘩，呼吸也明显变得急促。傅正义将他的变化看在眼里，默不作声。陈启海心里愈发没底，屋子里一时静得出奇。

陈启海沉默片刻，叹了口气道：“他真的在柜子里监视我的举动？”

“你不否认了？”傅正义问道。

陈启海用力一拍大腿道：“好吧，我承认确实有过窥视的行为，但我只是在家里通过望远镜看看，这不算犯法吧？”

“当然不犯法，但是隐瞒案情，那就犯法了。我不知道昨天你看到了什么，如果有，你应该和警方合作。”

傅正义从背包里取出一台笔记本电脑，打开视频播放器。陈启海看到了自己在窗口的举动，由于对方所用的摄录设备很先进，甚至连自己的面部表情都看得清清楚楚。

“这么高的清晰度，是专业间谍设备才能够拍出的效果。我们调查了死者的家庭背景，可以肯定，他绝不可能弄到间谍设备，所以我个人猜测，这套安装在死者家里的间谍设备，都是为你准备的。”

陈启海这才明白了警察找自己的真实目的，原来是怀疑自己的身份。他说道：“我不知道对方为什么会用间谍设备监视我，我不过是个普通人，绝对没有隐藏身份，你们可以调查我，调查我的家庭。”

“不用你说，我们已经开始调查了，来找你只是例行公事，并不指望你能交代什么。”

或许是因为掌握的证据并不多，傅正义没有多说什么，他留下了联系方式道：“如果你还能想起新的情况，随时打电话给我。”说罢他想了想，又补充道，“我提醒你一点，杀死三人的凶手手段异常残忍，还吸食了受害者的血液。他究竟为什么这么做，目前还不得而知，但我希望不会再有第四个受害者。”

第三节　碟仙杀人

陈启海没料到，偷窥也会惹来这么大的麻烦，他有些怕了，于是抱怨道：“你们警察应该保护我，而不是来吓唬我。”

“小伙子，你这话说得可就想当然了，总不能因为一桩杀人案，我们就在周围所有人的家里设警戒，这是不可能做到的。”

“可是我、可是我……”陈启海急出了一身冷汗，他万分懊悔，可又有什么用呢。

然而，正所谓急中生智，自觉陷入绝境时，陈启海不算灵光的脑袋瓜子忽然灵光闪现。他想到了昨晚事发前，那几个年轻人无法以常理解释的奇怪行为。

他赶紧拦住傅正义道：“我有线索可以提供，能换来你们提供保护措施吗？”

“你先说，我们根据情况评估后再定，提供警力保护，可不是我一个人说了算的。”

陈启海随即将看到的情况说了一遍，傅正义身边的警员做了记录。

傅正义道：“感谢你的支持，我尽快安排相关人员来保证你的安全，不过你必须得对提供的线索保密，不能对任何人泄露，包括你的家人。”叮嘱完毕后，傅正义便与同事离开了。

陈启海立刻将门锁好，能用上的保险全部用上，甚至还藏起了一把菜刀，以至于保姆中午过来做饭时找不到菜刀，只能用削水果的小刀切菜。

其实陈启海可以和保姆一起离开，不过他担心路上会遇到危险，而且也怕会给父母带去危险，所以并没有透露自己的遭遇。

等保姆走后，他锁好全部门窗，躲在房间的角落里瑟瑟发抖，甚至痛哭流涕。他再也没有勇气靠近窗口，任何细微的动静，都会让他感到心惊胆战。

直到夜深人静，他也不敢睡觉，一闭上眼睛总觉得凶手就在自己身边站着。他坐在沙发上挨到后半夜，实在坚持不住了，终于睡着了。

第二天，当陈启海睁开眼睛时，映入眼帘的居然是卧室的天花板。

陈启海立刻坐起身子，突如其来的巨大恐惧感，差点儿让他吓尿了。

昨晚自己明明是坐在沙发上的，怎么睡着之后却躺到了床上？这还不算，他掖在腰间的菜刀也不见了，而客厅里从昨天上午就一直开着的电视，此刻也黑了屏。

陈启海走到电视机旁，心里祈祷是电视机坏了，然而很快他就看到了被拔下的插头。

电视不但被关了，插头还被人拔下了。所以这绝不是自己的梦游行为，因为电视机的插座在电视柜比较隐蔽的地方，以自己的手伤，根本不可能支撑着身体同时还能够得着插座，而且插头因为几年未动，上面落满了灰尘，并没有任何指印。

陈启海内心的恐惧越来越放大，正当他心理压力即将爆棚时，忽然看到一个灰衣人悄无声息地从他身边走过。

陈启海吓得魂飞魄散，然而随即他看清楚了，原来灰衣人是他家雇请的保姆。转念一想，他又害怕地问道："阿姨，你、你是怎么进来的？"

"你家门开着呢，我就进来了，怎么了？"

她话刚说完，就响起清脆的切菜声，她一边切菜一边问道："你在哪儿找到的菜刀，昨天我还以为菜刀丢了。"

这句话很平常，却一下让陈启海产生了深深的恐惧，这次他的身体反应更为强烈，甚至想要呕吐。

保姆走后，陈启海觉得自己已经身处巨大的危险中，似乎空间里闪烁着凶光毕露的双眼，死亡的气息步步逼近，恐怖的脚步声持续不断地在走廊里响起……

简直要疯了，陈启海忍无可忍，慌忙找到傅正义留下的名片，按上面的电话号码打了过去。

“你好。”一个浑厚而沉稳的声音传来。

“是我，陈启海，你安排的人什么时候过来，凶手已经进到我家里了。”

“陈启海？你确定我们见过面？”对方忽然问了一句莫名其妙的话。

“您、您是傅正义队长吗？”

“这电话没错，可我不认识你，也没有安排警员去你家。你是不是找错人了？”

陈启海握着电话的手抑制不住地颤抖起来，原来昨天找到自己的两个警察根本就是冒充的，或许他们就是凶手，来这里是为了踩点。

可他仔细一想却又觉得逻辑不通，这两人连自己的屋子都进了，还有什么点可踩的，直接动手杀人不就结了？

难道那俩神经病只是为了吓唬自己？那可真是太无聊了。

他正在胡思乱想，对方有些不耐烦道：“你还有事吗？我这还有案子。”

“等等，您先别挂电话，我这事确实比较重要，昨天有人冒充警察来到我家里，套取案情线索信息。”

“什么案子的线索信息？”

“是桂花园小区 1603 号房的凶杀案。”

“哦……你等我查资料再说。”

过了一会儿，傅队回复道：“没错，这案子确实是昨天发生的，不过负责案子的人不是我。”

“如果办案的不是您，凶手为什么要冒充您来我这儿？”

沉思片刻，傅正义道：“我这就去你家，到时我敲门三下，两快一慢，你听仔细了。”

很快，陈启海听到大门被敲了三下，他赶紧打开门，只见一个肤色黝黑、身材高壮的男子站在门口问道："你就是陈启海？"

陈启海听出他的嗓音与电话里的傅正义不同，正要关门，那人却一把按住门，笑道："既然我人都来了，至少让我去你家坐一会儿吧。"

陈启海道："刑警队长马上就会过来，你现在走还来得及。"

"为什么我要走？就算警察要来，和我有什么关系？再说，你就确定那名片是真的？给你名片的人既然能冒充傅正义，名片上的信息就一定是真的？"

陈启海被问得哑口无言，他心里连骂自己是白痴，如此简单的道理都没有想明白。假冒的人给的名片自然就是假的，自己的判断怎么总出问题？

想到这儿，陈启海真恨不能抽自己，然而他后悔也来不及了，只见对方从身上抽出一把匕首，冷笑着朝自己走来。

陈启海不能就这么等死，他准备奋力一搏，于是抄起了身边的花瓶。杀手冷冷道："放弃抵抗，我给你个痛快的。"

杀手话音未落，一名身着风衣的男子悄无声息出现在杀手身后，风衣男一把攥住杀手的脑袋，对着门框狠狠撞了一下。

杀手甚至来不及反应，便被撞晕了。

陈启海"救命"的口型都已做出，却硬是把喊声给咽了回去。风衣男用塑料袋包着匕首，装进口袋，才问道："是你打电话给傅队的？"

到了这份上，陈启海已经彻底没了主意，几次三番的转折，让他彻底懵了，他实在无法分辨到底谁是警察，谁是凶手。

风衣男很快打消了他的顾虑，他用报话机喊道："你们进来吧。"随后，两名手持微型冲锋枪、身着防弹衣的特警走进屋里，风衣男道："我叫刘二浩，是傅队派我过来保护你的。"

"傅队怎么会知道有人要杀我？"陈启海哆嗦着问道。

"对方既然冒充警察进了你的屋子，所以我们假设你的每一步行动都已经被对方掌握了。他们的底线也许就在你是否联系傅队，如果联系了，他们必然会杀人，所以傅队将计就计，安排我们在这儿埋伏，果然抓到人了。”

听了刘二浩一番话，陈启海对傅正义办案的手段佩服得五体投地，感激道：“万分感谢傅队，要不是他，今天我可就死定了。”

刘二浩笑道：“傅队从警二十多年，办了多少大案子，就凭这些人的雕虫小技，想要晃倒他？做梦去吧。”忽然他脸上出现了一丝好奇的神色，“这货的匕首还挺上档次的。”

陈启海朝凶器望去，只见那是一把死神形状把手的双血槽匕首。

这时，一阵急促的脚步声由远而近，接着一名身着深蓝色夹克衫的男人走进了屋子。刘二浩立刻站直了身子道：“傅队。”

这个真的傅正义面色略显苍白，身体也不是特别强壮，时不时会咳上两声。

这次应该没错了，陈启海心里暗暗松了口气，忽然有种委屈要哭的感觉。“警察是人民卫士”，陈启海以前曾经嘲笑过这句话，但是今天他才明白，这句话绝不是瞎说的。

傅正义坐在他对面道：“把你掌握的线索详细说一下。”

陈启海心服口服，自然是极度配合警方的要求，于是巨细无遗地说明了整件事的来龙去脉。

傅正义听罢想了想，问道：“那三人的死亡原因，你确定没有看错？”

“我用的是天文望远镜，所以这些人的行为看得清清楚楚，绝不可能看错。”

陈启海既然如此肯定，傅正义点了点头，对刘二浩道：“你们一定要保证这孩子的安全。”

傅正义又对陈启海道：“你提供的线索确实很重要，如果有需要，我随时再来找你。”

见他要走，陈启海拿出一台摄像机道：“这里面记录了这些人做的事，您看看能不能用得上。”

回到公安局，办公室里的三位客人正聊得开心，傅正义对他们抱歉道：“实在不好意思，让三位久等了。遇到一件棘手的案子，我看这回有的忙了。”

“哦，如果方便的话，傅队能不能大致透露一下案情？”不修边幅的秦老鬼问道。

“咱们先看看视频吧。”傅正义将数据线连到电脑上，打开一个视频，映入眼帘的便是一帮少年无法无天的胡闹。毒品和滥交的线索，根据现场的调查，警方已经掌握了，所以见到这个情形也没觉得奇怪。倒是文艳丽，乍一看到这些情景，立刻羞得满脸通红，起身出了办公室。

傅正义皱着眉头道：“咱们办案的人还能有这么多讲究？”

“她主要是做文职工作的，这方面确实很少接触。”秦老鬼道。

过了一会儿，视频里少年的胡闹结束了，随即一些人离开了，只剩下三人开始做那件古怪的事情。

傅正义指着屏幕问秦老鬼道：“您知道他们这是在干什么吗？”

秦老鬼仔细看了一会儿，有些不确定道：“他们应该是在招灵吧？”

“没错，您看得还真准，这三人就是在招灵。目击者一说他们干的事情，我就想到了这一点。”傅正义压低了嗓门，“您说，真的能招灵吗？”

“不可能，我个人是绝不相信这世上有鬼神存在的。”秦老鬼肯定道。

说话间，屏幕忽然一黑，图像消失了。傅正义经验丰富，下意识的反应并不是关闭视频，而是快进视频，然后对身边的秦老鬼道：“不好意思，几位来了，我一直在忙别的事情，怠慢之处还请见谅。”

“没关系，都有自己的本职工作，也不是忙着吃饭喝酒。”

“您说的这个犯人，确实是我亲手抓获的，虽然他杀了被劫持的人质后投降了，但行为特别恶劣，还是被判了死刑。”

“李旭东这件案子，本身并没有问题，杀害七岁的小孩，这人死有余辜。不过经过我的分析，他应该还有隐瞒未交代的案情。”

“那么您分析的依据是……”傅正义和秦老鬼打过交道的绝大部分警察不一样，他很有耐心，做事风格也比较沉稳内敛。

秦老鬼从包里取出一沓资料，指着照片里的一人道：“依据就在于这个人，他是李旭东案受害者的父亲，对吗？”

“没错，办案时我和他打过几次交道。这人是本市一家电脑公司的老板，生意还算做得不错，有一定的经济实力，儿子是超生的，上面还有个女儿。”

“根据资料显示，李旭东属于随机犯罪，他和受害者一家人是不认识的？”

“对。”

“那么他劫持这个小孩的原因是什么？”

“是因为要债发生的矛盾，李旭东持刀将一人捅伤后被逼入死胡同，恰好受害人卢启乐从那里路过，就挟持了这个孩子，并最终杀害了他。”

“按理说现场应该有狙击手，为什么没有将犯人击毙呢？难道是判断错误？”

“当然不是，在狙击手进入以前，孩子已经被害身亡了。”

“之后的审讯，李旭东对自己的罪行供认不讳？”

“当然，他是在现场被抓住的，想抵赖……”傅正义话还没说完，电脑音响中忽然传来一阵古怪的响声。

傅正义立刻恢复正常播放，只见一团黑暗的视频中，虽然看不清楚任何图像，却能听见异常清晰的惊叫声，随即惊叫声变成了惨叫声，1603 房周围的几户人家陆续开了灯。

过了没多久，1603 房间的灯也亮了，开灯的是一个三十多岁的人。而客厅里躺着三名遇害者的尸体，一个赤身裸体的女孩仰面朝天躺在桌子上，看得最清楚。只见鲜血不停地从女孩脖子处的伤口流淌而出，她还没有断气，浑身痉挛，双眼瞪得滚圆，正好面对摄录机。而一个男孩躺在桌下，另一个女孩背靠飘窗，无法看清他们的正脸。不过傅正义知道案发现场的情况，坐在飘窗上的女孩肚腹处被掏了一个大口子，就像被人将拳头活生生塞进肚子里。

“您也看到了，这是他们在招碟仙后发生的惨剧，我不能说杀死这三人的就是碟仙，但这事确实也太过巧合了。经过调查，三名少年没有任何债务纠纷，所以为利益被杀的可能性几乎没有，而感情方面，这些孩子也是乱成一团，为情杀人也不太可能。排除了这两点，凶手为什么会在招碟仙时出现在屋子里，并同时杀死三人？而且三名死者的脖子上都留有牙印，初步判断，他们应该被人吸了血。所以根据这些情况，我有理由怀疑，这件案子存在非常现象。”

第四节　非常审讯

“您有您的判断，这一点我尊重，不过我来这儿，并不是为了这个案子。您看能不能早些安排我和李旭东见个面，如果他确实不认识被害者的父亲，那么就不应该给他打这么些电话。”

显然秦老鬼不打算在这件案子上和傅正义多做辩论，这宗案子确实有其特殊之处，尤其是三人死在一场“招灵”仪式中，而且死状异常凄惨。秦老鬼或许是故意岔开话题的，他虽然有强迫症，但不是傻子，没人想自找麻烦。

只见他用笔在打印出的资料上标示了十几个相同的号码道：“这

都是李旭东打给卢海洋的，受害者父亲是叫这个名字吧？”

“没错。您是如何掌握这一线索的？”新线索的出现让傅正义很惊讶。

“因为我能在网络中对李旭东留下的线索进行全面搜索，搜索出电话号码来并不难，关键是得将二者关联在一起。这起案件从受害人到犯罪人都说自己不认识对方，所以按正常的办案逻辑，是不会对李旭东外围展开调查的。不过我们就是反其道而行之，会搜索案犯在网络上留存的所有相关信息，并判断与其交代的案情是否相关，是否还存在疑点。这件案子的疑点就在于，李旭东和卢海洋明明认识彼此，为什么在笔录时都说不认识对方？”

“您的意思是，这件案子里有隐情？”

“对，这件案子绝不是表面看来那么简单。所以我来咸林海市，就是为了搞清楚这二人到底想隐瞒什么事情。凶手和被害人之间居然如此默契，这种情况比狼狈为奸更加可怕。”

“听您这么一说，我也觉得这两人确实有大问题，我会尽力配合您对李旭东的调查工作。问题是，卢海洋呢？是不是要……”

“暂时不必，打草惊蛇就麻烦了。不过我有个小小的要求，这次审讯我可能要用些小手段，希望您能全力配合。”秦老鬼道。

“这……”傅正义有些犹豫。

“您放心，所有手段都是合理合法的，只希望您能相信并且完全配合我们。”

秦老鬼诚恳的态度打动了他，傅正义点头道：“好吧，我答应您，全力配合。”

市立监狱里，李旭东满脸憔悴地坐在椅子上，整个人看来比证件照上老了十几岁。

“李旭东，你知道什么样的人最失败吗？”秦老鬼一开始就问了个与众不同的问题。

“哼。”李旭东以轻蔑的口吻算作回答。

“你这是典型的反向性格，越是心里卑微不自信，却越是对别人表现出不屑的态度。我知道你为什么不愿意回答我的问题，因为你就是最失败的人。”

“随你怎么说，我都是要死的人了，还在乎你的冷嘲热讽？”

“是啊，你在监狱里的生活我当然能够想象，肯定很不好过。”秦老鬼说这番话时，满脸都是不怀好意的笑容。

“你胡说，你……”李旭东的样子简直怒不可遏，却又说不出其他话来。

“你之所以愤怒，是因为你正在经历。”

秦老鬼这话说得傅正义眉头皱起，他不理解，如此讥讽一名囚犯，有何意义？

“你这个混账王八蛋，有种解开手铐再对我说这话，看我不弄死你！”李旭东暴跳如雷道。

秦老鬼却轻描淡写道：“我的问题你还没有回答，如果你确实不知道答案，只能说明你没有自知之明。只敢伤害小孩，还有比你更失败的人吗？见了你这张脸，我都想吐。”

“我要杀了你，我要把你碎尸万段！”李旭东想挣脱束缚去攻击秦老鬼，手铐脚镣和固定物摩擦发出刺耳的响动，他身后的狱警正要过来制止他，秦老鬼暗中使了个眼色。由于傅正义之前打了招呼，监狱方面只能配合，于是两名狱警又退了回去。

等李旭东的情绪稍稍稳定，秦老鬼又道：“你凭什么气愤，难道我说的不对？”

“你在胡说，根本就是胡说！这里谁敢动我一下，谁敢动我，我就杀谁全家！”

“哈哈哈。”秦老鬼放声大笑，声音里充满了不屑，“你现在就说自己是玉皇大帝，也没人和你较真，对吗？”

李旭东忽然变得冷静下来，他乜眼看着秦老鬼，冷冷道：“你根本就不是警察，对吗？你来这里不是为了案子，所以我为什么要理你，你不过就是个放屁虫而已，你这样的小人物，我连看都懒得看一眼。”

“你说得太对了，我还真不是警察。”

秦老鬼承认得如此痛快，似乎出乎李旭东意料，他愣了一会儿，正要说话，秦老鬼抢先道：“实话告诉你吧，我是小孩的堂叔，我来这里就是为了羞辱你，就是为了看看，一个只敢伤害小孩的男人是个什么杂种样。今天看了，你还真是个杂种。”

“我迟早杀光你们姓卢的全家！”

“来不及了，你都这样了，还能杀死谁？”

李旭东像杀猪一样高声叫道：“我要检举卢海洋，我要检举他制毒贩毒，是本市最大的毒品贩子！”他这句话一出口，傅正义“呼”的一下从椅子上几乎是弹了起来。

秦老鬼愤怒道：“姓李的，你死到临头，还想拉垫背的？这里没人是傻瓜，不会上你的当。”

“我没说假话，卢海洋上下家的信息资料我全都有。我要检举他，这人就是个杀头的货！”李旭东显然已经失去了理智，声音喊得震天响，恨不能把镣铐震断。

李旭东又喊道：“傅队长，我有重大线索要汇报！”

傅正义从心里佩服，秦老鬼如此快就能突破罪犯的心理防线，他问李旭东道：“你要交代什么？”

李旭东立刻答道：“卢海洋就是咸林海市最大的毒品贩子，他不但贩毒还制毒，制毒工厂就在荔西路一家地下仓库里，门牌上挂着的是储存橡胶制品的仓库。你们现在去抓，一抓一个准。”说完这话，他满脸得意地望着秦老鬼。

第五节 杀子内情

出了监狱，傅正义笑道："不得不说，您的审讯手段太高明了，没想到，一下就激得他交代了个干干净净，而且还自以为捡着个大便宜。"

秦老鬼笑道："他认识卢海洋，又杀了对方的孩子，这说明两人之间存在很深的矛盾，这样的关系当然不可能是铁板一块，只要强烈刺激他就成了。"

"审讯工作其实就是对人下药，您这招太高明了，值得我学习。"

"您客气了。不过这案子还没有水落石出。李旭东虽然供出了另一层隐情，但问题在于，他之前为什么不说？还有，他杀死孩子的真实原因到底是什么？这些问题必须弄清楚。"

"等把卢海洋抓捕归案后，一并审理吧。"傅正义想了想又道，"就是不知道卢海洋的毒品工厂是否还在运作，所以得定点布控，确认了之后再动手，关键时刻可不能出纰漏。"得到了这么大一个案子，傅正义情绪非常高涨。

"嗯，具体的抓捕行动，我们就不参与了，我等您的好消息。"

"好嘞，只要有消息，必定第一时间通知您。"

他们分开后，马三平问道："咱们现在干吗？在这里踏青旅游吗？"

秦老鬼看着傅正义的车完全消失在视野里，才道："你想得挺好，如此诡异的案子，你不感兴趣吗？"

"你是说招灵，结果把自己全搭进去的那帮孩子？"

"没错，就是这件案子。"

"鬼哥，你不能这么对待艳丽，她一门心思等着和我谈恋爱，你总是让她忙工作，这太不合适了。"

“马三平，你胡说什么呢？”文艳丽顿时羞得满脸通红。

秦老鬼呵呵大笑道：“三平，我最佩服你的就是脸皮厚，比城墙拐弯都厚。你们年轻人想出去玩，我不拦着，去吧，只要别迷路就成了。”

“我代表艳丽谢谢您了。”说罢马三平一把攥住文艳丽的手，拉到马路边打了辆车走了。秦老鬼笑着摇摇头，往停车场走去。

上车运行系统后，秦老鬼搜索了桂花园小区发生的案件，很快便得到了详细的资料。三个死者中的男孩叫张辰晚，两个女孩叫梅婷婷和岳丽，三人都是十八岁，没有在校上学，家境殷实。

而当晚参加“聚会”的其余四人也都找到了，他们的讯问笔录上说，吸毒过后，张辰晚突然提出了招灵的提议，因为这些人都相信有可以召唤出鬼魂的法术，而有的人不敢在深夜做这件事，当时便离开了。

秦老鬼又翻看陈启海的讯问笔录，仔细阅读后，他又去搜索陈启海的资料，然而并没有发现任何有价值的线索。陈启海不过就是个有些偷窥欲望的人，处在他这个男性荷尔蒙分泌最旺盛的年纪，有这类行为也不出乎意料。

思考良久，秦老鬼觉得还是要亲自去桂花园一趟，虽然在傅正义面前他表现得对这件案子漠不关心，其实他是希望能够参与的，毕竟破案是秦老鬼的最大的热情所在。但是他不愿意与傅正义发生正面冲突，所以如果直接介入此案，与傅正义配合调查，显然是不合适的。而暗中调查，独立完成侦破，是最好的选择。

桂花园在咸林海市属于很高档的小区，在最好的地理位置，有很齐全的配套设施，绿化面积大，就是把房子盖在公园里的典范。

秦老鬼行走在鸟语花香的小径上，四下望去，暗暗称赞。警方现场取证工作早已完成，事发的居民楼表面上平静如常，不过秦老鬼还是从这里闲坐的老头老太太那儿，听到了小区住户对这起案子的看法。

他并没有说话，默默听了一会儿，便径直走入陈启海所在的楼栋。在进入陈启海家之前，秦老鬼遇到了一些麻烦，因为屋子里居然有警察。

秦老鬼没办法，只能表明了自己的身份。警员经过傅正义同意后，让秦老鬼进入了陈启海的房间。只见这个青年面色苍白，神情呆滞地坐在床上，一副心事重重的模样。

秦老鬼问道："为什么表情如此凝重？"

"我不知道这些人到底要对我怎样，他们的行为实在让我捉摸不透。"

"在你房间被抓到的嫌犯，个人信息我都已经掌握了，他叫李家森。不过据我判断，他对你应该不构成威胁。"

"对李家森的审讯工作，有什么进展？"秦老鬼问旁边的警员。

"这小子嘴巴死硬，就是不愿开口。"

"越是这样，越说明他身上问题很严重。对了，你们在陈启海家搜查的结果，他的屋子里被安装了窃听器，对吗？"

"没错，我们正在对这事进行调查。还有之前冒充傅队进入房间的两人，我们也在展开调查，可以肯定的是，他们和李家森是一伙的。"

"之前还有两个人进来过？我看了陈启海的讯问笔录，里面并没有这个内容呀。"秦老鬼有些诧异道。

"嗨，那人冒充傅队，我们觉得不太好记录这一条，就将这条线索分开记录了。"

"明白了，照顾领导面子，不过傅队这样的领导确实值得维护，对待工作很认真仔细的一个人。"秦老鬼道，接着又问陈启海，"那两个人的模样，你还记得吗？"

"冒充傅队的那人我记得比较清楚，另一个记不住了。"

“那就好办了。”秦老鬼掏出手机打了个电话。一个小时后，文艳丽拿着画板坐在陈启海对面，根据他的口述，开始对嫌疑人进行画像。

不一会儿，嫌疑人的面部素描便出来了。陈启海一看，连声称赞道：“像，实在是太像了。”

秦老鬼没耽搁，立刻回到车上，把嫌疑人的画像扫描入系统，立体图像生成后，系统很快根据五官比对搜索出了这个人。此人名叫于如林，任职于卢海洋的电脑公司。

然而在调查于如林的线索时，系统给出了一个女孩的资料，图片中的女孩身着一身红色连衣裙，虽然很年轻，面相却很成熟。这个女孩是卢海洋的女儿卢丽，她和于如林经常在 QQ 上联系。

秦老鬼立刻调出系统给出的相关资料，经过仔细查看后得知，女孩联系于如林，是希望他能找机会帮自己干掉张辰晚。至于自己究竟做了什么事，被张辰晚抓住了小辫子，女孩并没有说明。

“看来你是打算管到底了？”马三平问道。

秦老鬼笑道：“其实每次调查这一类诡异死亡案件时，都是好奇心驱使着我一步步往前走。”

“你觉得这宗案子真的会是碟仙杀人吗？”

秦老鬼道：“不到最后一步，谁也不能妄下结论。”

四天后，秦老鬼接到傅正义的电话，经过对毒品工厂暗中调查取证，终于在当天上午把毒品工厂一锅端了。

与此同时，对于犯罪嫌疑人的抓捕工作也迅速展开。卢海洋是在办公室被抓捕的，他显然没想到警察能查到自己头上来，傅正义亮明身份后他还存有侥幸心理，直到出屋见到许多荷枪实弹的特警站在屋外，他才明白自己的行径全部暴露了，垂头丧气地上了警车。再次见到傅队，他问的第一句话就是：“是李旭东出卖了我？”

“你们之间的事情，你们自己清楚。”傅正义说了句模棱两可的话。

见到秦老鬼，傅正义笑道：“多亏了您帮我们掌握了重大线索，否则这个失误可就大了去了。”

“这就是我的工作，没什么好说的。搜缴了多少毒品？”

傅正义压低嗓门道：“光海洛因就有二十公斤，其他的摇头丸、冰毒就不计其数了。此外，还有一种新型致幻剂，我们正在分析其成分。这件案子中缴获的毒品数量在国内都算名列前茅了，真没想到，我的辖区里居然有这样一条大鱼。”

得知卢海洋被捕后，李旭东第一时间要求见调查组成员，傅正义正和秦老鬼商量审讯卢海洋的策略，便带着他一同前往。见到秦老鬼，李旭东皱眉道：“你还有完没完？”

秦老鬼笑道：“哥们儿，和你交个底，我不是那孩子的堂叔，我是警察。”

听了这话，李旭东顿时张大了嘴说不出话来，他求助似的看了傅正义一眼，傅正义表情严肃道：“话都说到这份上了，你还不明白是怎么回事？”

李旭东瞪着秦老鬼，半天没说话，就在所有人觉得他是憋着准备来一次爆发时，他只是缓缓叹了口气道：“这就是报应，一切都是命中注定，活该如此，我不怪任何人，只怪自己太混蛋。”

“别发感慨了，你要见我，是有事要说吧？”傅正义道。

“没错，请您来是为了我老婆。我把卢海洋供出来了，他迟早会把消息递出去。毕竟这条线索是我提供的，就算不是立功表现，我希望您至少保证我老婆的安全。”

“他人都进来了，你还担心什么？怕他飞出去？”

“毒品的数量您一定知道了，一般毒贩子能有这规模？卢海洋身后这张网，比您想的要复杂得多，这也是我始终没有供认出来的原因，因为我担心他伤害我的家人。”

"你和他之间到底是怎么回事，能说出来吗？都到这份上了，隐瞒还有什么意义？"

"今天请您来，也是为了说明这件事。我和他原本是合作者，而且关系非常好，不过因为一场意外，我们彻底翻脸了。他一个手下从外地带来一些新型毒品，这种东西可以溶于水中，并可通过蒸发液体提取固体，所以能混入瓶装矿泉水里。结果我去他家时，他儿子拿着这瓶水强行灌进我儿子嘴里，把孩子毒死了。"

说到这儿，他浑身都在发抖，过了好一会儿，才平静下来继续说道，"我就这一个孩子，而且因为吸毒过量，我不可能再有孩子了。这孩子死了，我也就绝了后，所以我不可能饶恕卢家人。无论卢海洋赔多少钱给我，我都必须杀死他的儿子，为我的孩子报仇。"

第六节　真正的主谋

"你这样做，有把握能保护自己家人的安全？"傅正义问道。

"这就是我和他之间的协议，我替他保守秘密，他不动我的家人。"

"可你是个死刑犯，枪决了之后，你的家人谁来保护？"秦老鬼问道。

"我当然有反制他的手段，这一点卢海洋也知道，不过现在没有了。如果你们不保护我老婆，她就死定了。"

"你觉得，调用国家资源是儿戏，你说要调动警力我就能调动？"傅正义冷冷地说道。

"傅队，我没法子起身，要不然就给您跪下了。出卖了卢海洋，我也算是污点证人，难道保护污点证人不是你们的责任？"

"主动交代的才是污点证人，你有这个主观意愿吗？如果不是用计，这秘密你就会带到棺材里去。如果卢海洋逍遥法外，会害多少人？而你就是那个帮凶。”傅正义恨恨地说道。

“我承认自己错了，我已经受到了惩罚，求求你们，帮帮我的老婆。”

“卢海洋犯罪团伙已经被一网打尽了，如何能报复你的家人？你当我是傻子吗？”傅正义怒道。

秦老鬼咳嗽了一声道：“傅队，能让我和他单独谈谈吗？”

傅正义想了想，起身道：“我在外面等您。”

等他出去后，李旭东对秦老鬼说道：“我是死有余辜，只是孩子和老婆却跟着倒霉，我太对不起他们了。”说到这儿，李旭东眼眶红了，他擦了擦眼睛，说道，“您能给支烟吗？我心里太难受了。”

“我不抽烟，不过你也应该理解，警方不可能调动有限的警力，去保护一个死囚犯臆测处于危险之中的家人。”

“我知道，这事我谁都不怪，只能怪我自己。”

秦老鬼微微叹了口气道：“你不用担心你妻子的安危，我已经派人将她带到安全的地方了。傅队正在气头上，等他冷静下来，我会劝他的。”

听了秦老鬼的话，李旭东奇道：“您还是在用计诈我？话说在头里，我可没什么好交代的了。”

“你妻子叫曲筱筱，家住桂花园 5 栋 507 室，对吗？”

“没错。”

“卢海洋和他的手下虽然都被抓了，不过我检索到一封电子邮件，是安排杀手暗杀你的妻子。得到这条消息，我就提前布置了对你妻子的安保工作。”

“谢谢您。她从跟着我，就没过过好日子，整天担惊受怕的。如果再因为我让她受到伤害，那我真是应该千刀万剐。”

“你妻子不会有事的，发出电子邮件的人已经在我的掌控中。用不了多久，这个犯罪团伙就会被一网打尽，到时候，你的家人就彻底安全了。”

告诉了李旭东这些情况，秦老鬼便离开了。他之所以没有把这些事告诉傅正义，是因为他虽然相信傅正义没有问题，但可能有问题的人却在傅正义的身边，所以这件事他决定暂不透露。

审讯卢海洋的信息很快传来，他并没有任何否认，一五一十地承认了自己的罪行。傅正义打电话给秦老鬼时，情绪很高涨，秦老鬼却觉得有些不对劲。

马三平将曲筱筱安置好后回来，秦老鬼道：“我觉得，一名犯重罪的人，如此轻易交代了自己的犯罪事实，这种表现是反常的。”

“或许是证据确凿，他想争取宽大处理。”

“这种规模的藏毒，他得立多大的功劳才能宽大处理？卢海洋不是傻子，他心里肯定有数，而且这案子里还有个关键人物没有落网。”

“你指的是？”

“卢海洋的女儿卢丽，你知道我从哪一点觉得这姑娘不对劲吗？”

“她两次下达的杀人指令？”

“这是一方面。按理说，这种决定应该由卢海洋来做才是，她一个半大孩子居然能下如此命令，证明她就是犯罪集团中的一员。还有一点让我觉得奇怪，虽然我不知道卢丽究竟有什么把柄落在张辰晚的手里，但以她父亲的势力尚且无法摆平，要靠她当张辰晚的女朋友来作为交换条件？这一点实在奇怪透顶。而且根据我对卢丽的调查，她真正的男友居然是桂花园的开发商。这人在咸林海市商界的地位可是首屈一指的，不过我并没有查到此人资产原始积累的资料，在开发桂花园之前，他只是在云南边境某单位任职的一名公职人员。而卢海洋的电脑公司开了十几年，是咸林海市最早做电脑生意的人。根据这一线索，你能联想到什么？”秦老鬼问马三平道。

“我懂你的意思了，你觉得这个毒品集团真正的幕后主谋并不是卢海洋，而是卢丽的男朋友?”

“没错，而且我觉得那个小区和开发商一样有问题。三个孩子的死亡，还有陈启海房间里取出来的监控设备，明显是事先安装好的，都是在墙裙之后、封住的水泥吊顶中，这里的房子都是精装修房，所以只有开发商能够预先装好。问题在于，开发商在房间里安装监控设备又是为什么?”

“这还真奇怪了，死者的屋子里也查出这些东西了?”

“市局的人还没有意识到这一点，我觉得暂时还不到摊牌的时候。我知道市局里有不少人在桂花园买了房子，所以如果调查这个小区，就不能大张旗鼓。”

这时，傅正义打来了电话：“刚才拿到对于三名少年尸检的报告，他们血液中含有大量新型致幻剂成分，而且三人口腔内都有对方血液的残留。根据这些线索判断，三人极有可能是服用了毒品后产生幻觉，继而做出伤害同伴的行为。”

“明白了，他们召唤出来的并不是碟仙，而是毒仙。”秦老鬼道。

“您比喻得很恰当，而且根据卢海洋交代的情况，这三人应该是新型毒品的试用者。不过我有一个疑点尚未解开，就是新型毒品的来源，卢海洋不愿意交代，无论我们如何审讯，他抵死不说。”

“或许不是抵死不说，而是他真的不知道毒品的来源。”秦老鬼道。

“哦，您已经掌握线索了?”

“电话里不方便说，要不然您来我这儿，咱们面谈。”

很快傅正义来到了秦老鬼的车上，秦老鬼道：“桂花园有很大的问题，我建议挨家挨户排查一遍。还有物业管理，据我所知，很少有开发商直接管理项目的，都是请物业公司来管理，但桂花园却自己组建了物业管理公司。我想或许这里面隐藏着未曝光的秘密，需要深入挖掘。”

傅正义面露难色道："您或许还不知道，这里面的业主有很多都是我的同事。"

"这些情况我已经有所了解，所以请您出来说话也是这个意思，打开天窗说亮话，您觉得这些买房子的同志，会不会……"

傅正义立刻道："我可以负责任地说，绝不存在任何问题。因为桂花园的房子并不是开发商找我们，让我们买的，是当初得到消息说那里的房子很便宜，于是就有人过去看，刚开始大家都不抱希望，觉得位置那么好，价格那么低的房子哪能轮到我们头上，可还真有人买到了。于是一传十十传百的，再有人去买房子也都买到手了，从头到尾我们没有和开发商见过面，签合同办手续都是严格按照程序来的。对于这一点，我们可以接受调查。"

听了这话，秦老鬼恍然大悟，点头道："我明白了，我明白这一切到底是怎么回事了。"

"您明白什么了？"

"我建议您立刻对桂花园小区的开发商展开全面侦查，包括整个物业公司里所有任职的员工。"

饶是警方行动迅速，桂花园开发商和卢丽却还是改换身份，在此次行动的前一天就逃离国境，飞往了南美某国。其实他们早就做好了逃跑的准备。

侦查工作结束后，对所有犯罪嫌疑人的审讯工作随即展开，这么多的嫌疑人降低了审讯的难度，因为总有坦白交代的。

很快，审讯工作就取得了重大进展。不出秦老鬼意料，桂花园小区是贩毒集团为了搜集情报而建的"基地"，开发商预先在房子里安装监视器，然后吸引市局的工作人员来此买房，以此获得了许多内部消息，大大提高了贩毒集团行动的成功率。而且桂花园还有一个重要功能，就是藏毒，警方突击捣毁的毒品工厂，不过是这一贩毒集团其中一处临时仓库而已。没人能想到，一个如此高档的小区，居然被用来当毒品仓库。

经过调查，所有在这个小区买房的市局工作人员与这一贩毒集团没有任何瓜葛，但是大家得知调查结果后，还是主动退了房。

出乎傅正义意料的是，秦老鬼又送了他一份惊喜。两人在傅正义的办公室里喝茶聊天时，秦老鬼道："这起死亡案件的起因，是卢丽在一次毒品运输的过程中，被张辰晚无意中撞见，他沉迷于卢丽的美貌，虽然明知对方的身份背景，还是以此要挟，让卢丽做他的女朋友。

"以卢丽的手段，杀了张辰晚灭口并不是难事，但是他把自己知道的情况录成音频，分别藏在几处，宣称如果他遭遇不测，便会有人将这些音频资料寄给警方，所以卢丽虽然狠毒，也只能无奈地满足张辰晚的要求。

"而张辰晚本身也吸毒，所以还要求卢丽给他提供毒品。出事当晚，三个年轻人吸入的新型毒品就是她提供的，但最终导致三人出现幻觉，互相攻击致死，确实是她没有料想到的。"

"这些事情，你是怎么知道的?"傅正义不解地问道。

"张辰晚不但录音频，也录视频，他把和卢丽苟且的过程录制下来，却不知道是什么原因，这些淫秽视频流传到了网上。得到这些视频后，我又暗中调查了和张辰晚私交不错的朋友，综合调查信息，得出了以上结论。"

"原来如此。"

"所以，卢海洋并不是毒贩，他只是一个不择手段、不辨是非包庇女儿的父亲。他虽然大错特错，但落得如此下场，也挺可惜。"秦老鬼补充了一句。

"真没有想到，一个看似柔弱的这么年轻的女孩子，居然才是真正的毒贩头子，真是人不可貌相。"傅正义感慨道。

"这个案子说明，人有多贪婪，手段就有多可怕。说实话，我真佩服他们的想象力，这么缺德的点子都能想出来，也算是不容易。”秦老鬼叹了口气道。

“只可惜，真正的头目还没有抓捕归案。”

“既然犯罪了，就必定会受到惩罚，无论是不是在监狱，结果一定如此。没有人可以逃脱，只是时间未到而已。”秦老鬼平静地说道。

第七章

白骨床

楔　子

“什么瓜不能吃？”

“坏了的西瓜。”

“什么瓜坏了都不能吃，你回答得不对。”

“那你说，什么瓜不能吃？”

“你真笨，傻瓜就不能吃。”问问题的孩子满脸坏笑道。

“谁说傻瓜不能吃，我说傻瓜就能吃，要不要我吃给你们看？”一个身体强壮、从此地路过的中年男人搭了腔，他露出满嘴的黄板牙傻笑一声，模样既邪恶又可怕。两个小孩惊叫着跑开了。男人望着两个孩子的背影露出了一丝诡异的笑容，一瘸一拐地走开了。

第一节　白骨床

马小然遇到了一件非常巧合的事情，他是西河江省北河乡人，五天前上集市时，他见到一个家具生产厂家在做促销活动，推销的是一种圆形的床，有四个床脚支撑。

在人群涌动的集市上卖床的人，还找了一个身材火辣、年轻貌美的模特，穿着睡衣坐在床上，摆出各种姿势让人拍照。因为模特漂亮，所以吸引了很多男人驻足围观。厂家的宣传口号是："只要有人能在这床上睡一晚，他们就把这张床送给过夜的人。"

有无聊的人便问道："床上的姑娘送不送？"一句话说得围观众人哈哈大笑，模特也不恼火，假装听不见这些无聊闲汉的轻浮言语。不过这些人虽无聊，却没人真的愿意因为一张床而在外露天过夜。

三天后，马小然去县城一个朋友那里办事，路过最喧闹的路口时，又见到了这家做促销的厂家，还是那个模特，扩音机里喊的还是那个条件。

第二次遇见，马小然终于看清楚了这张床。那是一张直径两米左右的圆形大床，铺着一块鲜红的床单，光洁平整，美女虽然在上面变化各种姿势，却丝毫没有弄皱床单。

那个美女虽然漂亮，但最明显的缺陷是两只脚的大拇指都齐根断了，这也应了那句老话——"世界上没有完美。"

不过这次厂家运气不错，他们终于碰到了一个愿意睡在床上过夜的人。只听一声粗嗓门道："是不是只要睡一晚上，你们就给床？"

循声望去，人群顿时爆发出一阵惊叹。只见一个衣衫褴褛的乞丐，拄着一根拐杖站在美女面前，他的右小腿截肢了，左眼眶里是一只义眼，离得老远就能闻到他身上发散出的臭味。

美女也不嫌他邋遢，温柔一笑道："当然给了，我们童叟无欺，只要你能在上面睡一晚上，这张床就是你的。"

乞丐哈哈笑道："睡一个月都成，我都快十三年没沾床了，今儿正好试试。"众人顿时走了大半，都觉得这么漂亮的床被一个乞丐睡了，简直暴殄天物。

模特很快下床，站着说道："从现在开始，这张床就交给你了。"

乞丐也不客气，大剌剌地将拐杖往床上一放，坐下后将随身携带的破烂当枕头，一头"砸下"尘土飞扬。

乞丐毫不顾及他人感受，将断腿跷在好腿上，还伸手在大腿上挠了挠。

看热闹的人见了这副恶心模样，立刻四下散开。马小然走远后回头望了一眼，只见模特取了一床被子，轻轻地盖在乞丐身上，乞丐不客气地闭着眼，晃荡着二郎腿。

又过了两天，马小然在北河乡五天内第三次见到了这张圆形的大床，就在距离家不远的北河乡垃圾处理站里。圆形的床面上摆放着一具白森森的骸骨，鲜红的床单和森森白骨看来触目惊心。

更为惊悚的是，那具骸骨居然保持着跷二郎腿的动作，右腿没有小腿，身侧右边的位置放着一根脏兮兮的拐杖。

垃圾站周围有一群看热闹的人，有的说这是石膏模型，有的说是真人骸骨。马小然吓得浑身冰冷，连自己是如何走回家的都不知道。

这天中午，刚好马小然的叔叔请家里人吃饭，因为表弟考上了大学。席间，极爱吃螃蟹的叔叔用专门的工具将一只螃蟹掏得干干净净，之后将壳子和螃蟹腿完整地拼凑起来。

他炫耀似的将空无一丝肉的"螃蟹"放在桌子上道："我要是不说，谁能看出这螃蟹被人吃干净了？"

马小然忽然张嘴吐了一桌。

第二节　职业乞丐

马小然的当众呕吐当然让叔叔极度不爽，他本来就对学习不好的侄儿瞧不上眼，没想到中午又被他搅了饭局，恼火之下顺手将筷子拍在桌子上。

马小然老实巴交做工人的父亲，对着马小然的脑袋就拍了一巴掌，道："你搞什么东西？不舒服就去厕所吐，在这里丢人现眼。"

吐了之后，马小然觉得心里稍微好受了些，便一五一十地将遇到的怪事说了一遍，并说明了为什么听到最后一句话会如此失态。

马小然的叔叔是县法院的副院长，听他说了这些情况后，立刻意识到可能存在犯罪行为，当即打电话给县公安局的王局长。没想到王局长已经知道了这件事，办案的警员已经进入现场。

马副院长就带着马小然开车去了现场，只见垃圾站周围已是人山人海。挤进去后，马副院长和在场的熟人打了招呼，接着很积极地推出侄儿道："我侄儿见到了犯罪嫌疑人，他要提供线索。"

马小然便将刚才说的话又说了一遍，警员做了详细记录后问道："你还记得那个女人的样子吗？"

"大概还记得，尤其是她那双脚，她的两只脚上都没有大脚趾。"

刑警队长很客气地答谢了马副院长，然后带着马小然去县公安局拼对嫌疑人五官。经过电脑储存的五官图片拼对，电脑上出现的人脸，马小然怎么看都觉得不像，而以县局的条件，没有能为嫌疑人画像的人。刑警队长罗国庆皱着眉头道："还是先等骨骼的化验结果出来再说。"

很快化验结果出来，不但确定了死亡的时间，也确定了死者的身份。死者叫赵志华，家住南河省马台村，今年四十五岁，常年"供职于”要饭团伙。并且在他的带动下，马台村很多人都进了这行，跟着他在全国各地四处要饭。

千万不要小看“要饭的”，这行的收入比普通白领还要高得多。而马台村在一群要饭村民的“帮衬”下，虽然算不上经济发达，但村子里家家户户盖上了小楼，也算是标配了。

赵志华在村子里是有绝对威望的人，他之所以会在这里出现，是因为天气渐暖，这群人就由南向北走。他很懂得如何让自己在这个世界上生活得更舒服，也正是这样的“生活理念”害死了他。

赵志华的老乡很快聚集到了县局。经过调查询问，赵志华整日忙于“工作”，而“要饭”的人又必须低调，所以不存在与人结仇，情杀就更不可能了，唯一的可能便是有人见财起意。

问题在于，这些人身上从来不放大钱，隔三岔五就会打钱回家。赵志华的“工友”提供了线索，说是死者前一天刚刚打了三千元回家，身上只有两百块和一些要饭的“备用金”，而这些钱也都在死亡现场找到了，一分不少。

那么凶手杀赵志华的目的究竟为何？

罗国庆最担心的便是无特定目标杀人，他曾经办过一个案子，一个少年因为想体会杀人的感觉，在同一条弄堂里杀死了两个与他毫不相识的路人，这宗案子一直未破。直到十几年后，少年变成中年，因为一起经济犯罪被捕后，无意间被查出这两起凶杀案，当年的无头案才算了结。

如果有人真的是不为什么就杀了赵志华，那这宗案子可就不太好查了。

就在罗国庆满面愁容时，尸检部门的同事推门而入道：“您赶紧去看看，有重大发现。”

解剖室里，死者的骨骼已经摆放平整，法医指着肋骨的位置道：“我在提取组织时，发现有一处伤痕，于是我仔细将骨骼全部检查了一遍，发现其上遍布类似的细微伤痕。我在几处伤痕上做了摩擦实验，证实这些伤口都是新鲜伤口。”

“这能说明什么？受害人身上的皮肉都被割干净了，在这个过程中肯定会对骨骼造成损伤。”

“开始我也是这么想的，但是第三根肋骨之间的痕迹，您仔细看看。”

罗国庆凑上去仔细看了看，只见第三根肋骨上留有两排清晰的痕迹，他仔细看了很久，才直起身子，目瞪口呆道：“这是牙印啊？”

“没错，找您就是因为我在骨头上发现了牙印。”

第三节　监狱诡案

罗国庆皱眉道：“难道这人是被吃了？”

“食人案也是有的，这年头什么样的疯子都有。”

“废话，这还用你说。”罗国庆伸手在年轻警员的头上凿了个爆栗。

“不过话又说回来，吃人案件虽然发生过，但把一个人吃得如此干净，还真是骇人听闻。首先从骸骨状态来看，几乎没有任何破坏，甚至连死者生前的姿势都保持原样，这说明凶手在食人肉的过程中情绪稳定。我查阅过世界各地的食人案件记载，罪犯吃人的目的是为了品尝人肉，在这一过程中，所有罪犯的情绪无一例外都处在亢奋状态，所以切割下的肉块有大有小。但这个人的骨骼处理得如此干净，全身上下连一条肉丝都没剩下，这是非常可怕的。”

罗国庆意识到，这个案子有别于普通凶杀案，罪犯可能有心理或精神上的缺陷，而这类人连续作案的可能性非常大，于是他将这宗案子汇报给了局长。

很快，这宗奇怪的案件便层层上报到了省厅，得到的反馈是，省公安厅立刻组织相关人员来此调查案情。

来的人是两男一女，领队的人头发犹如鸡窝，衣服邋里邋遢，戴着度数极高的眼镜，看谁都像是目瞪口呆地盯着，那眼神让罗国庆感到很不舒服。另外一男一女年纪很轻，外形也算得上帅哥美女，尤其女孩梳着马尾辫，一身职业装，看样子就很精明干练，皮肤白皙，身材高挑。

经过介绍，领队的邋遢鬼居然叫秦老鬼，他再三证明这名字就是他的真名，而非外号。他的工作证上，名字一栏填的真是“秦老鬼”。

寒暄过后，罗国庆问道：“还未请教，三位领导分管哪项工作?”

秦老鬼的笑容和眼神一样古怪，他说道：“我们隶属于社会安全科，但并不归他们管辖。事实上我们有各自分工，主要做死囚的分析工作，您可以认为我们是职业死囚分析师。”

“恕我孤陋寡闻，我没有听说过死囚分析师，死囚还有分析的必要吗?”

秦老鬼呵呵笑道：“省厅的李厅长介绍我来的，我曾经和他联手办过一起案子，那时他还在陵川市任局长，这宗案子罗队或许也听说过……”

“您说的是五号囚室那宗案子?那宗案子的传闻很多，您能和我说说吗?”

“当然可以，那宗案子发生在陵川市螺丝刚监狱第六监区，那是专门关押重刑犯的监区，安保级别是最高级，牢房全是隔间，与其余监区也是完全隔离的，与监区一墙之隔便是广元渠水库。当时第六监区关了一名死刑犯，此人强奸致死五名未成年人，杀人手法是先将被害人以红砖击晕后强奸，然后锤杀，再将尸体喂狗。为了毁尸灭迹，此人特意办了一个狗场，养了十来条猛犬，用以吃掉死者尸体。案发正是因为有猛犬爱好者在参观犬舍时，无意中发现狗粪便中有人的指甲，于是报案。如果不是因为这个意外发现，肯定会有更多女孩遭到毒手。不过此人在牢里受到同牢囚犯的虐待，监狱担心发生意外，便将他关入五号囚室，这是独立的囚室，被关押在此的，都是犯案性质特别恶劣的重刑犯。整个房间只有墙壁上一个直径不到四十厘米的透气孔，外部是铁栏杆组成的防护网。”

“为什么五号囚室比别的囚室特殊?”罗国庆听得津津有味。

“因为整个第六监区只有五号囚室是凸起的，整体悬空在广元渠水库之上，完全不明白如此设计的原因，监狱的工作人员开玩笑，说这是一间临水而居的水景房。整间牢房潮湿气重，常年弥漫着腐臭味，有说是鱼虾腐烂的气味。罪犯名叫卢毅友，他被关入后不久便要求调换囚室，他说半夜醒来时，如果当晚下雨，就能看到透气孔上有一只滴溜滚圆的大眼珠子。监狱管理方认为他是胡说八道，五号囚室正对着的就是广元渠水库，即便有人划船过来，也不可能突破护栏，就算突破护栏也不可能悄无声息，所以也没人拿他的话当回事，更不可能给他调换囚室。

“我所说的情况，并非事后了解，在我进入陵川市以前便已知晓。因为卢毅友的事情，被一名叫盛长友的狱警记录了下来，当作故事发在某个网站上，被系统追踪到了。而系统锁定卢毅友，就是因为他关在五号囚室，有资料记载，螺丝刚监狱五号囚室不止一次发生过死囚离奇死亡的案子。我估计卢毅友不是信口胡说，所以进驻了陵川市。

“三天后，盛长友值夜班，距离卢毅友执行枪决的日子还有两天，我得知卢毅友在囚室里不停号哭，便立刻联系了李厅长。他对我并不信任，所以开展工作也不算顺利，但经过一番游说，他最终还是答应了我的要求，让我进入第六监区。进去后我立刻去五号囚室，透过门上的观察孔看见卢毅友正跪在床上，将脸贴在双膝上，整个人蜷缩成一团，浑身不停抖动。我以为这是死刑犯常有的状态，当时也没多心。到了凌晨三点二十分，他突然发出骇人的惨叫声，那声音凄惨无比，值班人员立即赶往囚室。

“我到现场时，狱警已经把门打开，而我看到了毛骨悚然的一幕。只见通气孔里有一条不知是何物的长条状身体正往外抽缩，而卢毅友的身上就像被千斤钢闸砸过，现场一片血肉模糊，就连天花板上都黏满了人的血肉。当长条状身体退出气孔后，能清楚地看到一只滴溜滚圆的大眼睛贴在气孔上，滴溜溜转动着打量我们，我真的是起了一身鸡皮疙瘩。现场的其他人也都和我一样，对这一幕印象非常深刻，感到很恐惧。”

“那应该不是人吧？”罗国庆瞪大眼睛问道。

“不能确定，因为仅仅看了一眼，它就消失不见了，只能看到一团模糊的身体，无法分辨五官。这一突然变故，把我们所有人都吓得够呛，之后才发现，除了身体筋骨碎裂，卢毅友的头和身体的一些部位也不翼而飞，失去的身体部位与他杀害的女孩数量相同，不知道是不是巧合。之后监狱组织很多人力在水库里打捞残肢，却没有任何发现。”

“监狱的外围应该有监控，视频里没有看到什么？”

“那个位置的监控摄像头早就坏了，因为背面位置特殊，所以大家都没当回事，没有及时维修。不过系统给出的判断结果是，卢毅友遭遇意外死亡的概率在百分之九十以上，事实证明系统的判断完全正确，在严防死守之下，卢毅友还是离奇地死了。”

“那这件案子的凶手，后来有没有查出来？”罗国庆问道。

“没有结果，这件案子只是证明系统具备逻辑判断能力，而且准确率相当高。也正因为如此，李厅长决定和我深度合作，破了几起大案要案，所以他非常清楚这套系统能做什么事情。知道你这里发生的案子后，他第一时间联系了我。”

“有些案件，让人产生无法破解的错觉，但我相信这宗案子，最终将会水落石出。”罗国庆坚定地说道。

第四节　马小然的秘密

“我想安排目击者做一次画像，请罗队帮忙联系一下。”

“我们早就安排电脑画像了，但是目击者似乎并不肯定，画出的犯罪嫌疑人肖像并非本人。”

秦老鬼微微晃动着脑袋道：“没错，不过这件事必须对程序，甭管事情做不做，手续得办完整了。”

“了解，我这就去联系目击者。”

很快马小然便坐在一间安静的办公室里，为嫌疑人画像的是三人中唯一的女性，名叫文艳丽。她并不是五官特别好看的女人，但是身材修长、皮肤白皙，一身得体的职业装配着马尾长发令人有眼前一亮的感觉。

她坐在马小然对面，面前摆放着画板、白纸和一支素描用的铅笔，她面无表情、语调平静地说道：“按照脸型、额头、眉毛、眼睛、鼻子、嘴巴、头发的顺序，详细描述一下。”

马小然按她的要求逐一叙述了，他习惯性地不停用手比画形状或大小，文艳丽却连一眼都没看他，在画板上运笔如飞地画了十几分钟后，朝他翻过画板，问道：“是她吗？”

虽然只是素描，但画板上的人脸和自己见到的女人几乎一模一样，虽然没有色彩和立体感，也比县局拼凑出的人脸要接近真人多了。

马小然看得目瞪口呆，心中对文艳丽佩服到五体投地。不过文艳丽始终没有看他一眼，画完后揭下画像出了屋子，将马小然一人晾在屋子里。

过了一会儿，罗国庆举着画像过来问道：“你确定是这个人吗？”

马小然点头道：“没错，画得和那个女人几乎一样。”

之后他又被带到秦老鬼面前，秦老鬼那一副酒瓶底厚度的眼镜，让马小然想到了科学怪人里的科学家。秦老鬼愣愣盯着马小然打量了一番，才说道：“五天内连续三次遇到那群人，真够凑巧的，对吧？”

“是，我也觉得很巧合。”

“但就是发生了。”

“对，发生了。”

“你确定自己没有看走眼？”

“当然没有。”马小然不明白他为什么要问这些毫无意义的问题，略微有些不耐烦。

“你有些不耐烦？”秦老鬼忽然问道。

“这……我、我没有……”

“面对问题，一个说话不结巴的人突然变得结巴，那么随之而来的肯定是一句谎言，所以千万不要否认。很多人在不耐烦时，脸上都会出现厌恶的表情，就是两眉下垂，你的表情出卖了你的内心。”

“我……好吧，我承认，不过我真的不是针对您才……”

“没关系，不需要为自己的不耐烦作解释，这是人的正常反应。恰恰相反，如果你很耐烦，我反而会觉得奇怪。”

“为什么？”马小然下意识地问道。

“反社会人格有一种表现是无责任心、无义务感，而正社会人格正好反过来，就是太有责任心和义务感。这社会里有很多人都具备正社会人格，哪怕和他们毫无关联的事情，也要想办法参与进去。比方说每一次警方出悬赏抓捕罪犯，都会有许多人提供虚假信息，这些人中绝大部分都具有正社会人格，所以明明没有任何线索，他们也会隔三岔五地提供一些假消息。倒不是为了那些奖赏或是要恶作剧，而是他们认为，这是督促警方努力办案的一种手段。所以每次见到目击证人，我首先就要确定他是否具有正社会人格。”

马小然听罢，啼笑皆非道：“您放心，我绝不是这类人，揭发嫌疑人这种事情，我肯定是有一说一。”

秦老鬼犹豫片刻道：“问个和案情本身无关的问题，你坐过牢，对吗？”

马小然吃了一惊，自己坐牢的事，除了父母，连亲戚都不知道，这个邋里邋遢的人是如何看出来的？难道是罗国庆告诉他的？按理说也不可能，自己的案子并不是在罗国庆手上办的。

秦老鬼又道：“其实这一点和案情无关，但是咱们之间一定要坦诚相待。”

“可是告诉了你这件事，也只是我坦诚而已，可不算互相坦诚。”

“那我也说说自己的情况。我是一个孤儿，从小被人收养。”

这时，秦老鬼伸手指着马小然的脸道：“你不自觉地流露出笑容，这是典型的幸灾乐祸，这说明你终于发现了一个还不如你的人。看来你虽然没有正社会人格，却有些自卑。”

马小然觉得这人简直就像是有读心术的超人，那一副厚厚的“酒瓶底”掩盖了无比犀利、足可以穿透人心的目光，他不禁好奇地问道：“你是怎么看出我坐过牢的？”

“因为你的坐姿就是标准的囚犯坐姿，当然也有可能是士兵的坐姿。不过之前你面对我的质疑有强烈不安的表情出现，这说明你非常在意我的看法，陌生人之间应该是不会有这种感觉的。所以当这些细小的线索综合在一起，我猜你应该被公安机关处理过。”

“没错，我确实被判过六个月的监禁。”马小然彻底心服口服了，“不过我觉得自己没有犯罪，我只是喜欢开锁，我能开各种各样的锁，并以此为乐。或许我有一定的窥探欲吧，就喜欢进陌生人的房间……”

“未必是窥探欲，这或许与你的自卑心理有关。开锁是一项技能，你或许是想通过这种行为来证明自己有能力。”

“您说得太对了，我从来没有偷过钱，甚至没有动过任何一个抽屉。我的目的其实很简单，就是每次打开一把新锁，都会有一种特别强烈的成就感。所以我虽然想停手，却总是停不了，后来终于被人抓到了，那家人诬陷我偷了他们两万块钱，其实我只是在他家站了一会儿而已。不过到这份上，也只能自认倒霉，家里赔了两万块钱，我才被放出来。”

“你讲起这段往事时，气息变得剧烈，这说明你很愤怒，亏心的人不会有这种反应。所以我可以断定，你的确没有偷那家人的钱。”

“要是早认识您就好了，我也不会被人栽赃陷害。”

秦老鬼笑道：“你也不用沮丧，人要是从坏事中得到了利益，那么他肯定会受到惩罚，只是时间早晚而已。不过你说你能打开任何锁，这话是不是有点大了？”

“只要有专业的仪器，我连密码锁都能开，如果是开普通的防盗锁、铁锁，我只要两段铁丝。”

秦老鬼从身上掏出一副手铐，说道：“咱们就用这个东西试试，我给你找铁丝。”

马小然道：“不用。”他摘下中指戴的戒指，用指头一按就将戒指扳直，随后将细长的铁条捅进手铐中，拨弄了两下，“咔嗒”一声响，手铐便被弄开了。

“你这手功夫真不赖，这戒指是隐蔽的开锁工具？”秦老鬼赞叹地点点头。

马小然道：“是，这样很少有人能看出破绽。”秦老鬼赞同地“嗯”了一声，表情似乎有些怪异。

第五节 “天眼”神算

随后秦老鬼带着马小然进入一个昏暗的房间，电脑屏幕中央正根据文艳丽的素描逐点生成一张饱满的3D头像，基本上就是那个美艳女模特的真人动画版。马小然赞道："简直和照相一样。"

"没错，我们必须对得到的线索做最深度的挖掘。"

这时，马三平叼着香烟，双手插在裤子后兜里，颠儿颠儿走了进来，看见电脑上的女人头像，靠在门边吹了声口哨道："哟嗬！美女哎，把咱们丽丽都比下去了。"

文艳丽冷冷道："不但漂亮，还吃人呢。"

"牡丹花下死，做鬼也风流啊，能被这样的美女吃了也是福气。丽丽，哪天你想吃我，尽管说，我宁可你把我吃了，也不愿意你对我不理不睬的。"

"谁吃你，你的肉是臭的。"文艳丽皱着眉头道。

马小然忍不住笑出了声。马三平这才注意到他，便问道："这位帅哥是目击者？"

秦老鬼全神贯注地盯着电脑，心不在焉地"嗯"了一声。

很快，女人的头像清晰地显现出来，配上头发后和真人无异。秦老鬼问马小然道："你看看，有没有需要调整的地方？"

"不需要，一模一样。"

秦老鬼随即让系统开始比对，只见资料库里许多女人的照片飞速闪过，他起身道："我们出去坐坐吧，得有段时间。"

随后他联系了罗国庆，等人来了，秦老鬼道："其中一名嫌疑人的容貌已经确定，我正在查找她的个人信息，找到她应该不难。"

罗国庆道："那么，这个案子就拜托几位了。"

"您放心，我们有一个评估机制，根据掌握的线索信息进行分值评估，您这宗案子的破案率，超过百分之八十。"

"这个评估机制是由谁决定的，您三位？"

"当然不是，那也太不负责任了，有一套专门的电脑程序，我称它为'天眼'。'天眼'程序有非常庞大的计算、比对功能，输入所有掌握的关键信息，它便能测算出一起案件大概的破案率，或是一个人犯罪的可能性。我之所能做死囚分析工作，根本原因在于有这套软件。”

“还有这种高科技的东西，能给咱们安一套吗？以后有案子，咱们也过过再说。”罗队惊讶道。

“不成，这套程序有安全密码，是无法复制安装的。”

“哦，那么这套程序测算的准确率高吗？”

“差不多吧，就以圆床骷髅这宗案子来说，系统给出的侦办成功率就在百分之八十以上，是非常高的概率了，所以我很有信心。”

“真牛，这套程序是公安部做出来的？将来会大力推广吗？”罗国庆满脸羡慕地问道。

“这套程序是我养父设计编写的，他是最早一批出国留学的程序员。这个项目整整做了十五年，他为这套程序付出了自己的所有，终生未娶，得了一身慢性病，所以这套系统在我眼中就是父亲的灵魂，也是我在这个世界上最信任的朋友。”

“老爷子真了不起。”罗国庆一听居然是个人所做的程序，立刻否定了之前建立起的信任，口是心非地奉承了一句。秦老鬼看在眼里，只是微微一笑，自此后再也没有跟罗国庆提过关于程序的任何一个字。

第六节 失踪的美女

忽然电脑发出“嘟”一声轻响，接着屏幕上的图像定格，一张女人的照片清晰地出现在电脑屏幕上，马小然指着她大声道：“没错，就是她，我见到的人就是她。”

有了照片，接下来就好办了，系统中的资料显示，这个身材高挑、样貌娇美的女人叫刘婷婷，江南省金陵市人，不过接下来显示的资料让几人都目瞪口呆，是一张死亡证明。刘婷婷居然已经死了。

马小然忍不住打了个冷战，浑身都起了鸡皮疙瘩。

秦老鬼喃喃自语道："这事真有趣了，难道这次还真遇到女鬼了？"他有些无奈地摇摇头。

"你会不会看错人了？"马三平问马小然道。

女模特肯定是浓妆艳抹的，与证件照片相比多少会有些出入。马小然仔细看了很久，觉得五官没有大的差别，但还是有些犹豫道："应该是她吧？她两只脚的大脚趾都没了，能不能找到她的全身照片？"

"你以为咱们在浏览什么网站呢？想看哪部分就看哪部分？"马三平训斥道。

秦老鬼想了想道："我再找找刘婷婷的详细资料，查清楚她的死因，我不信这世上真的会闹鬼。"

他贴着屏幕仔细看了一会儿，点点头道："我明白了，这个人根本没死，她只是失踪后又出现了。"

"什么意思？"马三平由一脸倦意瞬间变得聚精会神。

"刘婷婷的死亡认定，是失踪时间超过了四年，法律上认定的失踪死亡人口。失踪人口未必真的死亡，有可能落入传销组织手里，或者被拐卖了，所以日后有一天突然出现，也不奇怪。"

秦老鬼接着在系统中检索刘婷婷的相关信息，数分钟后系统开始产生文档，内容是关于刘婷婷的分析报告，包括她的家庭成员、学校同学、闺中密友，记录得清清楚楚。

系统最后的分析是：刘婷婷自小受家人溺爱，O 型血的嫌疑人可能自我意识极其突出，但是犯罪时大多会选择强有力的庇护作为依靠，所以成为独立犯罪人的可能性不大，关注她的同时，必须注意到她身边潜在的同伴，这些人的危险程度更高。

一个"分析原理"的页面随即弹出，上面记录的是系统做出判断的依据，包括血型与犯罪的联系，以及一切可用作判断其性格的书面资料。

看完程序提供的所有资料，秦老鬼微微点头道："所以刘婷婷身边必定潜伏着一个犯罪团伙，她是江南人，却出现在西河江省，我怀疑类似案件绝不只有一件，系统应该能查到相同作案手法的未破悬案。小文，你明早给刘婷婷的家人打电话，了解一下她失踪的原因。"

第二天得到的消息是，刘婷婷在五年前，因为早恋挨了父亲一记耳光后离家出走，从此后再也没有回家。三年前，其父母以人工受孕的方式再生下一个男孩。对于失踪的女儿，他们已经放弃了希望，而秦老鬼并没有查到类似于白骨床的死亡案件。

就在众人整合资料一筹莫展时，系统忽然又给出了一个人的照片。只见这人相貌极其丑陋，浓眉小眼，嘴巴大得简直能塞进一个鸵鸟蛋，嘴唇又圆又厚，乍一看简直就像挂着两根火腿肠。这人的头顶长着稻草般枯黄的头发，就像是烫了一个爆炸头，大饼脸上满脸褶子，笑得一脸傻样。

紧接着又是一张照片出现，刘婷婷搂着这个男人，对着镜子用手机自拍了这张照片。只见照片中的刘婷婷笑得十分放浪，而丑男人则站在她的身后，双手紧紧按在刘婷婷的胸部。

原来电脑之所以会找到丑男人的照片，是因为他和刘婷婷之间的关系。

秦老鬼喃喃自语道："这两人是闹哪样呢？"说罢将照片放大，他指着镜子中的背景，"这两人是在男厕所拍的照片。你们觉得，刘婷婷为什么会在男厕所里玩自拍？"

"寻找刺激呗，还能因为什么？"马三平道。

"可是系统突然蹦出的另一个人是谁？"

"这个人肯定不是莫名其妙搜出来的，他的出现意味着，如果刘婷婷确实犯了罪，那么这人必定是同谋。"

果不其然，秦老鬼话刚说完，系统便给出了追踪丑男人的原因。原来，三个小时前，丑男被距离此地大约三十公里的开县警方抓捕归案，可能是资料刚刚上传到数据库，便被系统搜寻出来。

“系统给出的所有资料都有相关性，任何线索肯定都与这起离奇的死亡案件有关联，咱们赶紧联系开县警方。”

第七节 血宴

马小然不明白秦老鬼为什么非要抓着自己不放，但也不敢违抗“命令”，只能跟着他们走了。

罗国庆开车，三十公里的路程半个小时就到了。因为之前已经联系过，他们一进开县公安局的大门，便有专人出来接待。

经过了解，丑男叫李步伟，西山人，今年只有二十七岁，不过看外表，这人至少得有五十岁。他戴着一副手铐，露出一脸傻乎乎的笑容坐在审讯室里，被捕的原因是殴打房东。而房东本人已经被打得住进了医院，脑部受到剧烈撞击，已经重度昏迷。

“你为什么要打他？”面对罗国庆的问题，李步伟嘿嘿傻笑着。

“你们之间有什么矛盾？”秦老鬼的提问，李步伟似乎也听不懂，还是一个劲傻笑。

“我警告你，不要装傻充愣，在这里不把问题交代清楚，你是走不了的。”虽然被罗国庆瞪着眼警告，李步伟还是呵呵傻笑。

秦老鬼用手托着脑袋，盯着李步伟傻笑的脸看，忽然道：“马小然，你过来。”

马小然身形刚动，秦老鬼便指着李步伟的脸道：“虽然你极力想装傻充愣蒙混过关，但是你的表情出卖了你，让我告诉你，你的伪装有多么失败。傻子确实会傻笑，但不是只会傻笑，傻子也会累，笑的时间长了也会受不了。其次，除了精神病，傻子对于外界的干扰也会做出反应，但是他们的动作要慢于正常人，你对我们的提问连眉毛都不抬一下，可是他一动，你下意识就看了他一眼。我说傻子兄，你这么做是不是有些厚此薄彼了？”秦老鬼冷冷地说道。

李步伟虽然还在傻笑，但笑容已显得有些僵硬。秦老鬼叹了口气道：“我建议你别装了，以你的心理素质，再装下去会破绽百出。即便你死扛着不松口，我都知道你见过我的手下，而且不止一次，你也不想想，为什么会这样？说明我早就盯上你们了，你们这些人到底做了什么事情，还需要我一件件说出来吗？”

说罢秦老鬼从口袋里取出系统搜到的男女合影，丢到李步伟面前。

李步伟脸上的笑容渐渐消失，过了一会儿，他的表情逐渐平复道：“我只是打了人，判不了死刑吧？”

“你别想蒙混过关，你做的那些事情，我们早就掌握了。”秦老鬼平静地说道。

“是吗？那你说我还干了什么，只要你能说出来，我立马认罪。”

李步伟一张脸憋得通红，整个人不由自主地微微颤抖。秦老鬼盯着他看了一会儿，也没说话，起身而出。

罗国庆跟出来道：“要说他吃人，我还真信，他那副样子就不像是好人。”

秦老鬼道：“犯罪心理学中，美国智库对于罪犯的五官做过统计，五官端正的人犯罪概率比五官凶恶丑陋的人要高百分之十五。因为前者较为自信，所以犯罪时的迷惑性更高，更容易得手，而样貌丑陋的人大多有自卑感，自卑感强烈的人会尽量避免与人过多接触，所以犯罪概率反而不高。”

“你的意思是，李步伟不是罪犯？”

“目前还不能下定论，但至少我对这一点心存疑惑。如果李步伟真的吃了人，应该属于心理承受能力极强的人，但是你看他的反应，连一些压力稍高的问题都无法承受，他胆子不大，没有吃人的胆量。”

“可这个结论不是系统得出来的吗？”罗国庆问道。

“程序没有问题，可它毕竟不是人，无法将李步伟与刘婷婷联系在一起的原因详细说明，但结果至少证明李步伟与这个案件是有联系的。系统的判断，我坚信不疑。”

“好吧，那接下来咱们该怎么办？”

“麻烦你了解一下李步伟打人的原因。我用系统检索一下李步伟的背景资料，对他做一次个人评估。”

系统其实不只有操作端，还有最先进的服务器，而这一切都安装在一辆加长的商务车里。

很快，系统给出了李步伟的个人资料，不过让所有人失望的是，这人只因嫖娼被当地公安系统处理过一次，系统对他的评估甚至连坏人都算不上。

李步伟家世不错，名下有多套房产出租，按他在网上的报价，这些产业一个月就能给他带来五万元左右的收入，所以衣食无忧。他家里有老婆孩子，父母死于一年前，原因是被人谋杀，房产都是父母的遗产。

“好色虽然不是优点，却是人性。”马三平道。

“是啊，可是系统为什么要给出他的资料呢？这人与刘婷婷到底是什么关系？”秦老鬼自言自语道。

罗国庆的调查结果也出来了，房东挨打的原因是偷窥两人“办那事儿”。

那个房东一直有偷窥的癖好，只要是年轻女性租住他的房子，几乎都被此人偷窥过。所以对于他被打，大家都觉得“是好事”。

不过刘婷婷早已跑得无影无踪，随后李步伟交代了两人的关系，大家这才知道他为何会被系统搜索出来。并不因为他是罪犯，而是因为他根本就是个猎物，如果没有发生殴打事件，李步伟很可能已经被做成菜了。

眼下再也没有可用的线索，马小然便告辞回家了。秦老鬼道："你先回去休息，过段时间我再找你，因为有件事需要你配合。提前告诉你一声，我可能会招你进部门工作，我们是公务员编制，只要你一进来，级别就比罗队长高。"

说罢为了表明诚意，秦老鬼拿出一个类似于钥匙扣的电子表，递给马小然道："一点小意思，算是见面礼。"

马小然都晕了，他不知道秦老鬼看上自己哪一点，不过能进入体制内工作，是他梦寐以求的事情。他从小就是家族里最没出息的孩子，学习成绩差、脑子不聪明，总之没啥优点。如果能当上公务员，就可以挺直腰板做人了。想到这儿，马小然是一路笑着回家的。

回家的路上，马小然看见一个断了左腿的老人一瘸一拐当面走来，他忽然脚下一个不稳，连人带拐摔倒在地。马小然赶紧上前，正打算扶起老人，老人却突然掏出一瓶喷剂，对马小然的脸部就是一阵猛喷，马小然顿觉头晕目眩，失去了知觉。

当马小然再度醒转，发现自己坐在一个铁制柜子里，双手双脚都被牢牢绑在椅子扶手和椅子腿上。他之所以能判断出这是个柜子，是因为从缝隙处能看见，外面似乎是一处废旧仓库。偌大的空间除了灰尘蛛网和一排排废旧的机床，还有许多靠墙摆放的工具铁柜，柜子表面早已锈迹斑斑腐朽不堪，这应该是一间被废置了很久的仓库。

马小然虽然浑身被绑紧了，嘴巴也被堵住，但脑袋还能转动。然而没等他动，一柄锋利的刀刃便已抵在他的脖子上。他无法看见身后之人，只能听见沉重的喘气声，一股股喷出的气息简直比屎都臭，差点儿没把他熏昏过去。

马小然紧张到了极点，额头上的冷汗大颗大颗流淌下来，忽然听到铁器摩擦的"咔咔"声，沉重的铁门被人从外推开，锈掉的门闩发出刺耳的响声。

继而传来一阵放肆的笑声，马小然看到刘婷婷带着一个五官清秀的男人走进了仓库。

男人进来后，皱着眉头四处张望道："这里也太脏了。"说罢他转身要走，刘婷婷满脸媚笑地将他拖进仓库道："我和你说过了，越脏我才会越开心嘛。"

两人调情玩笑，马小然身后那人的喘气声更加急促、粗重。

刘婷婷就像是一只性感的小鹿，将男人轻轻拖进仓库，表情诱惑到了极致。没几个男人能抵抗美女的诱惑，这个帅哥起初还有些抗拒，到这份上也不管不顾了，一把将刘婷婷搂进怀里，便开始了激情四射的互动。

刘婷婷再度发出狂浪的笑声，她的脸正对着藏人的柜子，此刻她的表情马小然看得清清楚楚。只见她满脸得意的神色，右手居然从坐着的桌子底下抽出一把锋利的匕首，对着柜子炫耀似的晃了晃。

她知道柜子里藏着人，然而这一点帅哥并不知道，此刻他早已意乱情迷，哪里还能觉察到怀里抱着的"温香软玉"，根本就是一个披着美女皮的魔鬼。

刘婷婷伸出舌头，灵活地舔着男人的耳朵，身体如蛇一般扭动，这让男人更加难以自已，他再也没有平时的骄傲自矜，发出沉闷的低吟。

而此时刘婷婷高高抬起两只脚，鞋子掉了，露出两只脚丫，两根断趾看得清清楚楚。与此同时，她又炫耀似的挥动手里的尖刀，在空中做出刺击动作。

马小然恨不能放声大喊，提醒帅哥赶紧逃跑，可脖子上抵着一把尖刀，他丝毫不敢乱动。

这时，帅哥一脸兴奋地仰起头，刘婷婷出手如风，一刀便将他的脖子划开了。虽然帅哥背对着马小然，但从血管中喷射而出的鲜血，顿时将刘婷婷染成了“红人”。

鲜血足足喷了十来秒钟，帅哥显然没料到会有如此变化，他僵直不动，甚至没有去堵住伤口。当他回过神来，正要捂住伤口，刘婷婷却一把将他拉进怀里，双手将他紧紧锢住。帅哥已经无力挣扎，浑身抖动不停。

鲜血从桌子两边蔓延而下，形成两道小小的红色水幕。当水幕变为水滴时，帅哥终于不再动弹。

刘婷婷一把将他从身上推落道：“人都死了，还不出来。”

两扇柜门打开，马小然身后的人绕过他走了出去，居然有两个人。

只见其中一人身形魁梧，穿着一身破破烂烂的黑色衣服，头发乱如鸡窝，而另一人则穿着褐色夹克衫，头发花白，就是迷晕马小然的老人，不过此刻他的断腿已经接上了假肢，但走路仍然一瘸一拐的。

身材魁梧的男人回头看了马小然一眼，挤出一丝古怪的笑容，接着他扭头对已成为血人的刘婷婷问道：“爽吗？”听声音似乎有些愤怒。

“你要是吃醋，以后勾引男人的事情就你来办，我还懒得操这份心呢。”刘婷婷张口骂道。

“得了便宜还卖乖。”男人嘀咕了一声。

“石茂才，你把话说清楚，是不是你们俩逼老娘做这事的，现在人给你们弄到了，就说这些屁话。以后这些事老娘不管了，你爱咋咋地。”

石茂才还要说话，老人道：“都少说一句成吗？婷婷，你别和茂才一般见识，这小子还没长大呢。不过话也分两头，有必要非得到这份上再动手吗？”

“我倒是不想，万一这小子脑子清楚，把刀抢了怎么办？他可是练过柔道的，就你们父子俩都未必是他的对手。”

“这事别说了，反正人都在这儿。”老人皱着眉头对石茂才道，

“你快去烧水，别在这儿干看。”

石茂才随即从墙角搬出一口大缸，打满一缸水。刘婷婷将身上的血洗干净，当着两人的面换了一身衣服，她有些鄙夷地对石茂才道：“一个大男人，从头到脚就张嘴能用，还好意思吃醋。”

石茂才这次没和她争辩，忽然抄起挑水的扁担，对已经死亡的帅哥的脑袋狠狠敲打了数下，打得脑壳开裂。马小然胃里一阵翻腾，如果不是嘴巴被堵得过于严实，他就要吐了。

石茂才接着将赤身裸体的尸体扔进水缸，又插入两根粗大的加热棒，将电源接在一块蓄电池上。很快，缸中的水被加热烧开，袅袅升起的白色雾气中散发着怪异的气味。

马小然脑子里首先想到的就是，自己的下场应该和缸里那人是一样了，心中既懊悔又害怕。可是这些人究竟是如何跟上自己的？

只见石茂才将加热棒抽出来，也不怕烫，就开始处理尸体。他用一根挂猪肉的铁钩将烫熟的帅哥勾了出来，挂在仓库横梁上，开始分尸。

这一恐怖的过程被马小然看得清清楚楚，他能清晰地感受到心里巨大的恐惧感，就像冷风一样在身体周围不停吹拂，由内到外，身体的每一处都很敏感地觉察到这种寒意。那一刀刀似乎感同身受，马小然忽然觉得自己全身剧痛无比。

刘婷婷则盘腿坐在一个铁桌上，开始耐心而仔细地化妆，她确实是个美丽的女人。蛇蝎美人，用来形容她再恰当不过。

很快，帅哥的人体组织被分离出了大部分，骨骼已是摇摇欲坠。两个男人又从仓库一角抬来一张大圆板，罩上红布后，那张“白骨床”便出现在马小然眼前。石茂才小心翼翼将尸体抬下来，放在“圆床”上继续分解。很快，一副完整的人体骨架便呈现在马小然眼前。

接着，两个男人居然支起了锅灶，开始用人肉做菜。马小然简直恨不能割了自己的鼻子，或是干脆憋死算了，可惜无论哪一种方法他都无法做到。

到了傍晚时分，他们做了满满一桌子菜，刘婷婷点了一根蜡烛，黯淡的光亮让仓库里的气氛看来更加诡异恐怖。三个食人者围坐在“圆床”周围，就像普通家庭一样开始享用晚餐。

第八节　逃出生天

趁他们吃饭时注意力不在自己身上，马小然悄悄地将手上的戒指摘了下来。

这枚戒指除了能捅开锁眼，锋利的边缘也可以做切割工具，只要给他足够的时间，就可以割断手上的绳索。

可是对方并没有给他这个机会，放下筷子后，刘婷婷便举着蜡烛朝他走来，马小然赶紧将戒指压在自己手掌下。

满嘴油光的刘婷婷走到他面前，尖声一笑道：“让我看看你身上有没有好东西。”说罢挨个儿掏马小然的口袋，拿出了一个皮夹和秦老鬼送给他的电子表钥匙扣。刘婷婷扬了扬皮夹道：“反正你用不上了，我替你收着。”她回头朝还在吃饭的两人看了一眼，只见他们喝酒正酣，嘻嘻一笑，退回去道：“身上没几个钱，就是个穷小子。”

老人翻开马小然的皮夹，抽出他的身份证看了看道：“马小然，二十五岁。你确定两次看到的人是他吗?”

“是不是的也没法给他留活路了，问这些有意思吗?”刘婷婷懒懒地说道。

马小然这才知道，这三个丧心病狂的疯子，早就在暗中注意到了自己，这是一帮异常狡猾残忍的罪犯，不过万幸他还保住了戒指。

老人没再说什么，三人吃过饭后便离开了仓库，他们并不住在这里。月亮悄悄爬上了夜空，透过窗户洒落在仓库中，那副骷髅静静地躺在铺着鲜艳红布的“圆床”上，周围摆放着恐怖的“菜品”。

马小然顾不得害怕，一点点地割着绳子。不过绳索虽然不算牢固，奈何切割工具过于细小，他只能耐着性子，用了很长时间才将一处绳索割断。

马小然立刻挣脱出双手，解开全身的绳索，迫不及待地扯下嘴巴上堵着的毛巾，立刻冲出仓库。他还没跑远，隐隐就看到狭窄道路的尽头有两三束手电灯光闪现，而且有说话声音传来。

马小然顿时吓得浑身发麻，这三人深更半夜返回此地，难道是为了吃“消夜”？此时他已无退路，但他就算死也不能窝囊到进人肚腹。

马小然猫着腰跑入另外一条岔道，只要眼前有路他便走。可这一片都是被废弃的仓库，每一间仓库外形几乎没有区别，道路犹如迷宫一般，九曲十八弯，马小然在慌乱之下，根本无法冷静地分辨道路。

跑了一段之后，他担心与三人碰个正着，便找了一间仓库，用铁条将窗户插销挑开，钻了进去。

过了一会儿，他果然听见有人声和脚步声传来，是那三个疯子发现他逃走了，正在寻找他。

躲在黑暗角落里的马小然瑟瑟发抖，他觉得自己几乎要崩溃了，那是陷入绝境却孤立无助时的感觉。真是好奇害死猫，当时如果自己不多去看一眼，也不会招惹来这三个疯子，唉，如果能活着回家，他从此以后绝不在大马路上凑热闹了。

不过最终他还是挺了过来，因为害怕被那三人发现，他在这个仓库里躲了整整三天。直到有人把仓库门打开，他才算呼吸到外面的空气。

马小然的意识在巨大压力下出现了混乱，他以为自己看到的是食人者，无奈地举起手中“铁条”道：“别过来，我杀了你们。”

但是，以他目前的身体状况，一阵风就能把他吹倒。

开门的人转身就向外跑去，边跑边喊：“人在这儿、人在这儿。”

马小然已经无力逃跑，他勉强爬到门口，便看到几双穿着皮鞋的脚站在自己面前，巨大的绝望感袭来，他晕了过去。

然而醒来之后，马小然发现自己躺在医院的病房里，身边坐着略显疲惫的秦老鬼。马小然想动，身体却软得像棉花团一样，只能叹口气道："我这是怎么了？"

秦老鬼见他醒了，终于松了口气道："你昏迷了两天。"

马小然确定了这不是幻觉，叹了口气道："那三个人不但杀人，还吃人。"

秦老鬼点头道："他们已经在警方的控制之中了。"说罢，秦老鬼取出电子表钥匙扣道，"这东西你是怎么放到他们身上的？"

"不是我放的，是被他们搜走的。"

秦老鬼笑道："这就是天网恢恢，疏而不漏。这东西是目前最先进的间谍电话，可以用来与人通话，也有无线定位功能。我们一路追踪信号，虽然没有找到你，却找到了犯罪嫌疑人。万幸，罗队长坚持要搜查整个仓库区，否则你就要被饿死了。"

马小然终于松开了紧绷的神经道："谢天谢地，你们终于抓到那三个疯子了。"

"抓到了，之前没有接收到信号，是因为你被关在铁柜里，屏蔽了信号，否则我们早就能赶到现场了。"

"我亲眼看到他们吃人的，这三个疯子，毫无人性。"说到这儿，马小然又有些激动。

秦老鬼笑道："审讯已经开始了，等警方审讯过后，我们就会介入分析，到时候欢迎你的加入，不过现在你需要好好休息。"说罢秦老鬼离开了病房。

三天后，身体恢复了的马小然出了院，马三平接他去了公安局。一路上聊天，他得知马三平是秦老鬼的助手，而对于三名嫌疑犯的分析工作也已经展开，虽然三人暂未定罪，但必定是死刑无疑。

见到马小然，秦老鬼道："系统正在做备份，三人承认杀人并分食人肉，所以这宗案子已经结束了。"

"既然已经结案了，还需要分析？"

"我们的工作就是挖地三尺，这案子看似水落石出，不过我输入石山、石茂才父子二人的资料后，系统经过分析给出了另一人的资料。这人叫钟清文，和石家父子是同乡，石山却否认认识对方，他肯定说了假话，所以我们正在寻找钟清文。"

寻找钟清文的过程非常顺利，很快便传来消息，专案组在南河省某乡找到了他，风尘仆仆地把他带到了北河乡。秦老鬼特意叮嘱专案组，在路上不要透露任何案情细节，所以直到双方见面，钟清文还不知道究竟发生了什么事情。不过让马小然感到惊讶的是，钟清文也装有假肢，他的左腿也是从膝盖处断开的。

双方坐下后，秦老鬼看了看资料，问道："老哥是小学教师？"

"没错，你们找我有什么事情？"

"回答这个问题前，您能否先答复我一个问题：您当年是有个朋友叫石山吗？"

"是啊，他是我的同乡，我俩从小一起长大，几十年的交情了。"

"你们的关系怎么样？"

"非常好。他……是不是出什么事了？"钟清文关切地问道。

秦老鬼道："您觉得，石山有犯罪的可能吗？"

"什么？犯罪？这根本不可能，石山属于一棍子打不出闷屁的性格，说他犯罪……"说到这儿，钟清文忽然有了一个明显的停顿，甚至连马小然都注意到了。

秦老鬼问道："您想到了什么？"

钟清文皱着眉头想了很久，才道："如果你想要从我这里了解情况，就得告诉我，他到底犯了什么事？"

秦老鬼似乎是肯定地点点头道："您毫不犹豫地问我石山犯了什

么事，语气坚定果断，这种下意识的行为是不可能作假的，所以我排除您是同案犯的可能。但我也可以肯定一点，您肯定知道他身上曾经发生过足以改变其性格的事件，很有可能还是你们共同经历的。”

钟清文脸上露出很不可思议的表情，但很快便恢复如常，显然他在竭力掩饰自己的惊讶。秦老鬼当然看到了这一过程，他说道：“钟老师，您为人师表，今天既然把您请来，那么无论您过往曾经做过什么事情，根本没有隐瞒的可能。而且人的心里日日夜夜总为一件事烦恼、压抑，还不如说出来痛快。您觉得我说得有没有道理?”

钟清文重重地叹了口气道：“能给我一支烟吗?”

第九节　弃暗投明

秦老鬼使了个眼色，马三平给钟清文递了一支烟。

钟清文吸了一口，呛得眼泪都出来了，但他还是把一支烟抽完，掐灭后才说道：“这件事我埋在心里有二三十年了，那是我这一生的噩梦。就如你所说，无论如何我都不可能放下，但我必须面对它，谁让自己做了这件事呢。”

说罢他似乎给自己鼓劲似的用力搓了搓手，才继续说道：“改革开放后，村子里有不少人外出打工赚到了钱，我和大山便商量着一起出去淘换钱回来给家人盖房子。不过，刚一进城，我俩的钱就被偷了，那时候人老实，也想不到找谁帮忙，熬不下去了就在城里讨饭生活。后来被一个要饭的人收了，当时他说自己是管那一片儿的头儿，如果想要在他的地盘儿上要饭，就必须听他的话。

“人生地不熟的我们也不敢反抗，稀里糊涂就跟了这个人。这个人把我们所要到的钱全部骗走后，把我们卖到了一个黑煤矿当矿工。那段日子过得真是生不如死，就在我们觉得快要撑不下去时，煤矿出了冒顶事故，矸石当场就砸死了三人，我和大山也被困在了井下。

“在井下撑了几天也没人救，我们绝望了，以为肯定出不去了。大山哭了起来，他说他想家人，不甘心就这样死了，我就劝他，不甘心也没用，没人救，撑不了几天就得饿死。结果大山忽然就爬到工友的尸体旁……”说到这里，钟清文迟疑了很久，才继续说道，“他咬下一只耳朵吃了。我当时都看傻了，做梦也没想到，平日老实巴交的大山敢吃人。随后他不但自己吃，还扔给我一些，刚开始我不敢吃，可是后来……我实在饿得不行了，幻觉里看到了老婆孩子，我就想，无论如何也得活下去，就……唉，就整个儿吞了下去。后来尸体都没了，我们为了撑下去，就互相吃对方的身体。当时我们身上还有一包烟和打火机，所以咬开的血肉就用香烟来烫伤口止血。”

听到这儿，马三平忍不住咬了咬牙，问道：“这不得疼死？”

“刚开始确实疼，疼得撕心裂肺的，可是为了活命，再疼也得忍着。忍到后来就不疼了，浑身都麻木了，看别人一口口地咬在自己身上，就像咬在别人身上一样没感觉。救援的人找到我们时，我们的小腿都没了。后来我才知道，井下四十多名矿工，只活了我们两个。”

说这话时，钟清文满脸都是无奈的苦笑。没人能想到，在他身上居然发生过如此可怕的往事，屋子里一时安静得出奇，马小然甚至都听到了自己的心跳声。

钟清文将假肢取下，放在桌子上，略带哭腔道：“我们对不起工友，让他们死都没有落个全尸，但我们确实没有选择，当时如果不用他们来撑下去，我俩肯定早就饿死了。我也不知道这到底算犯的什么罪，全凭政府判决。”

秦老鬼叹了口气道：“你和石山不一样，你是为了活命，他是为了口腹，这是你们之间的区别。所以你有罪还是无罪，我说了不算。”

钟清文奇道：“什么？他被抓是因为……”

秦老鬼摆了摆手道：“或许是因为被困井下的遭遇，激发了他体内潜在的兽性，把他从人变成了野兽。”

钟清文若有所思地点头道：“我明白了，当时他在矿洞里对我说，如果有机会能出去，他一定要找到黑煤矿的矿主，吃了他们全家。我以为他就是说句狠话，没想到是真的。”

秦老鬼想到了什么，问道：“你还记得那些人的姓名吗?”

“当然，我死都不会忘记的。那个黑煤矿的矿主姓杨，矿长姓李，具体的名字，我就不知道了。”

秦老鬼“嗯”了一声，对属下三人道：“李步伟的父亲已死，所以他就成了目标，而另一个死者叫杨门林，他百分之百是矿主的儿子。”

“可是他们为什么要把死人骨骸摆放在圆形桌面上?”马小然问道。

不等秦老鬼回答，钟清文便答道：“大山是个木匠，他手艺最精的就是打圆桌，年轻时他曾经说过，将来要生很多孩子，最好能坐满一个大桌，他自己打的大圆桌。我想，或许与他年轻时的这个想法有关。”

案情最终水落石出，刘婷婷离家出走后，被拐卖到了石家做媳妇，起初她想跑，石山为了留住她，将她的两根脚趾砍掉了。之后没多久，刘婷婷得了一场大病，石山为了给她治病，不择手段，也是在这一过程中，刘婷婷知道自己并不排斥人体组织。再次获得石家人信任后，刘婷婷终于找到机会逃跑了。不过回到家里她才发现，父母已经又生了一个儿子，看着三人其乐融融地玩耍，从小娇生惯养、只习惯被爱的刘婷婷，觉得自己被家人背叛了。最终她选择离开，并回到石茂才身边，开始了由人到魔鬼的转变。

“我不相信这世界上有绝对的好人或绝对的坏人，但是刘婷婷的犯罪行为让我觉得难以理解。她为什么要如此极端，不能以正常的思维去接纳父母再度生育的现状?”文艳丽道。

“极度的溺爱会造成孩子极度自私的性格。”秦老鬼道，他又对马小然说："你想不想帮我做事，公务员编制，高级别待遇，但是工作确实比较辛苦，而且有一定的危险。"

"遇到类似这三名罪犯的概率有多高?"马小然问道。

"比比皆是，我们遇到的罪犯都是不可以常理度之的。"

"可是您为什么觉得我能胜任这份工作?"

"有一间房子我需要进去，但门锁却是个大问题。不过，我相信你的实力。"说到这儿，秦老鬼脸上透露出一丝怪异的笑容。

（全书完）